中国翻译家译丛

孙用

卡勒瓦拉

Kalevala

[下]

孙用◎译

人民文学出版社

第二十五篇

新娘和新郎归家

一、在伊尔玛利宁家里,他们欢迎了新娘和新郎以及他们的同伴。(第1—382行。)
二、他们用酒食款待这队人;万奈摩宁唱歌赞美主人、主妇、邀请人、伴娘以及别的参加婚礼的宾客。(第383—672行。)
三、万奈摩宁在返家途中,雪车坏了,他修理之后回到了家。(第673—738行。)

    这很早就在盼望,
    很早在盼望、在等待,
    那位新娘就要来了,
    到伊尔玛利宁的家来;
    等在窗边的老年人,
    他们的眼睛都流着泪;
    等在门边的年轻人,
    他们不觉弯着脚膝;
    等在墙边的孩子们,
    他们的脚已经冰冷; 10
    等在岸上的中年人,
    走着走着鞋已经破损。
    终于有一天早上,
    就在太阳升起的时辰,
    森林里传来了嘈杂,

是雪车向这里飞奔。
　最和蔼的主妇罗卡，
卡勒瓦最漂亮的太太，
她就这样地说道：
"儿子的雪车已经到来，　　　　　20
他从波赫尤拉动身，
带来了年轻的爱人。
　"一径向这里的住宅，
他急急忙忙地赶路，
到这父亲给他的家，
到这父母建造的房屋。"
　伊尔玛利宁急急忙忙，
向他的住宅赶着路，
到这父亲给他的家，
到这父母建造的房屋。　　　　　30
在小树制成的轭上，
有松鸡愉快地啭鸣；
在雪车的边沿栖息，
有杜鹃唱出了歌声；
在枫木的车辕上面，
有松鼠跳跃、游玩。
　最和蔼的主妇罗卡，
卡勒瓦最美丽的太太，
她表达她的心情，
说出这样的话来：　　　　　　　40
"村子等着新生的月亮，
青年等着上升的朝阳，
水等着涂柏油的船只，
孩子找长莓果的地方；
我不等半圆的月亮，
也不等什么太阳，

我只等我的兄弟①,
我的兄弟和我的姑娘,
我早也望来晚也望,
不知道他们怎样, 50
如果他有了孩子,
把瘦瘦的孩子养胖,
他这就不能早来,
不管他答应过的话,
在他的脚印磨灭之前,
他的脚步又向着家。
"在早晨我就盼望,
整天我都在猜测,
我的兄弟来了没有,
有没有雪车赶来, 60
迅速地来到这小屋,
来到这狭窄的住宅。
不管他的马多么坏,
雪车也只是滑板两块,
我依然要叫它雪车,
这雪车我决不看轻,
只要它载来我的兄弟,
一起载来了一个美人。
"我一生就这样盼望,
一天天我这样关切, 70
我盼望得垂下了头,
我的头发也皱纹重叠,
我的眼光也渐渐暗淡,
但愿我的兄弟归来,
快来到这小小的家,

---

① 按照一般的用法,称儿子为兄弟是一种尊重的称呼。——英译者。参看本书第二十二篇。

来到这狭窄的住宅；
我的儿子终于来了，
他当真飞快地来临，
可爱的女郎傍着他，
一个玫瑰颊的美人。　　　　　　　　　　80

"新郎，我亲爱的兄弟！
把你的白额马解放，
你先领这高贵的马，
领到它熟悉的牧场，
给它刚刚收割的燕麦，
你再向我们问好致敬，
问候我们，问候别人，
问候村里的一切人。

"在你问好致敬之后，
把你的故事讲一讲。　　　　　　　　　90
在路上你有无危险，
在路上你是否健康，
你旅行到你岳母那里，
到你岳父的可爱的家，
在那里如何获得新娘，
战争的大门如何打垮，
可曾攻下新娘的城堡，
可曾冲塌矗立的高墙，
踏上她母亲的门槛，
坐在她父亲的桌上？　　　　　　　　　100

"我不用问就能知道，
我不用问就能看出，
这旅行他胜利结束，
这旅行他心满意足。
他获得了他的小鹅，
把战争的大门打垮，

把木头的城堡攻下,
把菩提木的高墙冲塌,
他走进她母亲的屋子,
他走进她父亲的家, 110
鸽子在他的怀抱中,
小鸭在他的保护下,
温柔的新娘在他身旁,
闪耀着她的美丽、辉煌。

"谁给我们带来了谣言,
胡诌着不祥的消息,
说新郎他独自归来,
他的马白费了气力?
新郎并没有独自归来,
他的马没有白费气力; 120
马可能带回了什么,
它的白鬃毛尽在摇曳,
这高贵的马尽在流汗,
尽在喷沫,浑身都变白,
它一路载着这鸽子,
把娇羞的新娘拉来。

"美人哪!从车中起来,
站起来,最贵重的礼物!
你起来,不要人帮助,
你起来,不要人搀扶, 130
纵使有青年要来扶你,
纵使有贵人要来抱你。

"你从你的雪车中站起,
你从你的雪车中走出,
就踏在开花的路上,
就走着红褐色的路,
猪已经把路踩平,

411

公猪已经踏平了路，
小羊在路上走过，
马的鬃毛也掠过这路。 140
　"你就像小鹅昂首阔步，
你就像小鸭趾高气扬，
在洗濯干净的院子里，
在光滑平坦的草地上，
这家是公公在统治，
这家是婆婆有主权，
向伯叔的工作的场所，
向妯娌的蓝花的草原。
你的脚先跨上门槛，
再踏上走廊的地板， 150
在甜蜜的地上前行，
再走进里面的房间，
在出色的屋椽下面，
在可爱的屋顶下面。
　"就在这年的冬天，
也在刚过去的夏季：
鸭骨铺成的地板尽唱，
说你要在它上面站立；
黄金的屋顶也响应，
说你要在它下面徜徉； 160
窗户也显得十分高兴，
因为你要坐在窗户旁。
　"就在这年的冬天，
也在刚过去的夏季：
门的把手一直在叽嘎，
让戴戒指的手来关闭；
楼梯也一直在咯吱，
等着盛装华饰的美人；

大门也一直大开,
等着开门的人来临。

"就在这年的冬天,
也在刚过去的夏季:
房间已经都准备,
只等打扫人来拂拭;
大厅已经都停当,
等着来打扫的打扫人;
谷仓也啾啾唧唧,
对着来打扫的打扫人。

"就在这年的冬天,
也在刚过去的夏季:
院子暗暗地准备,
等着人们把木片堆积;
堆房也弯下了身子,
欢迎着进来的旅人;
屋椽低头,屋梁也弯身,
向新娘的衣箱欢迎。

"就在这年的冬天,
也在刚过去的夏季:
等着扫除道路的人,
道路就一直在叹息;
牛房尽向扫除人挨近,
一心等着他来扫除;
连歌舞也都放弃了,
只等我们的小鸭歌舞。

"就是在今天这天,
也在今天的前一天:
盼望着早晨的草料,
母牛在哞哞地叫唤;
马儿也高声地嘶鸣,

170

180

190

它要它的一份干草； 200
春天的小羊也在咩咩，
它要主妇给它食料。

"就是在今天这天，
也在今天的前一天：
老年人坐在窗户旁，
孩子们飞奔去沙滩，
妇女们站在墙壁边，
青年等在走廊的门旁，
他们等着年轻的主妇，
他们都在等着新娘。 210

"向家中的一切欢呼，
向所有英勇的人们！
万岁！谷仓里面的一切，
谷仓里面的一切客人！
万岁！大厅，厅上的一切，
桦皮屋顶和你的人们！
万岁！房间，房里的一切，
百板船和你的孩子们！
万岁！月亮啊，你国王！
跟随新娘的青年们！ 220
以前从来不曾见过，
昨天也不曾见过他们，
跟随新娘的这群人，
这样堂皇漂亮的人们。

"新郎，我亲爱的兄弟！
解开红色的衣服，
放下纯丝的头巾，
看一看怀中的貂鼠，
你向她求婚求了五年，
你想念她想念了八年。 230

"你可曾把心爱的带来，
可曾把杜鹃带在身旁，
从那里选来的美人，
一个玫瑰颊的水姑娘？

"我不用问就能看出，
我不用问就能知道，
你已经把杜鹃带来，
你已经把蓝鸭得到；
你已经从绿林的树顶，
采来了最绿的枝条，　　　　　　　　　240
从最新鲜的稠李树丛，
采来了最新鲜的枝条。"

地板上坐着个小孩，
他从地板上发出声浪：
"我的兄弟！你带来了，
一个不美的柏油树桩①，
就像柏油桶一半长，
身高就像线轴一样。

"可耻呀，不幸的新郎！
这是你一生的心愿，　　　　　　　　　250
你发誓从一百个姑娘，
从一千个姑娘挑选，
从一百个中最高贵的，
从一千个不美的姑娘；
带来了田凫从沼泽，
带来了喜鹊从篱笆旁，
把稻草人从田野带来，
把画眉从休耕地带来。

"她到底干了些什么，

---

① "柏油树桩"，芬兰文的直译，引申为"健壮的人"之意。

就在刚过去的夏季,　　　　　　　　260
是不是没有编手套,
是不是也没有织袜子?
她空空地到我们的家,
并没有带一点礼物,
筐子里只有老鼠在叫,
铜罐里有长耳朵老鼠。"

　最能干的主妇罗卡,
卡勒瓦最美丽的太太,
她听到了这些奇谈,
就说出这样的话来:　　　　　　　270
"坏孩子!你说的什么?
你的话只侮辱了自身!
你可以听别人的怪事,
你也可以非难别的人,
却不能对新娘侮辱,
也不能对这家侮辱!

"你说的是下流的话,
你说的话多么下流,
嘴是一夜的小牛的嘴,
头是一天的小狗的头。　　　　　　280
高贵的新娘很美,
她在一国之中最高贵,
像是成熟的蔓越橘,
又像是山上的草莓,
像是山梨树上的小鸟,
像是树顶上面的杜鹃,
像白胸的鸟在枫树上,
像鸣禽在白桦树之间。

"在萨克森不能出产,
在维洛也不能创制,　　　　　　　290

像这样完美的姑娘,
像这样无双的鸽子,
容貌是这样可爱,
形态是这样高贵,
手臂是这样白皙,
颈项是这样优美。
　"这新娘有的是嫁妆,
她带来了很多的毛皮,
她带来了送礼的毯子,
她还带来了布匹。　　　　　　　　　　300
　"这新娘用她的纺锤,
已经做了不少工作,
她绕在她的纺轮上,
用她的手指做了许多。
多么光华闪闪的布,
她在冬天的时候打卷,
她在春天的时候漂白,
她在夏天的时候晒干;
漂亮的铺床的被单,
柔软的枕头的垫子,　　　　　　　　　310
最最精致的丝围巾,
最最鲜艳的毛大衣。
　"高贵又漂亮的新娘!
你有多美丽的姿容,
像在父亲家里的女儿,
这家也都对你尊重,
你是主妇在丈夫家中,
一生中都对你尊重。
　"我们不会使你苦恼,
也决不会让你忧烦,　　　　　　　　　320
不会领你去沼泽,

不会带你到沟边，
只领你到肥沃的麦田，
只带你到更好的土地，
他们领你出了麦酒房，
却到麦酒更好的家里。

"高贵又漂亮的新娘！
我只要问你一件事：
堆得高高的谷堆，
一路上你可曾注意？ 330
那堆得高高的裸麦穗，
都是我们家的收成，
都是你丈夫的劳动，
是他又播种又耕耘。

"亲爱的年轻的新娘！
这件事我要告诉你：
你决心进我们的家，
一家人你都要满意。
做这里的主妇很称心，
做漂亮的媳妇很不坏， 340
坐在牛奶盆之间，
奶油碟又随意拿来。

"在这里新娘多高兴，
美丽的鸽子多快乐，
浴室里有宽绰的铺板，
房间里的凳子也宽绰，
这里主人像你的父亲，
这里主妇像你的母亲，
儿子像你的弟兄们，
女儿像你的姊妹们。 350

"如果你又念念不忘，
如果你又时时记起，

想要公公捕来的鱼，
想要伯叔打来的松鸡，
你不要问你的公公，
你不要问你的伯叔；
最好是问你的丈夫，
你要他为你去捕获。
无论什么四足的兽，
在森林里来来往往，　　　　　　　360
无论什么两翼的鸟，
在天空中振翼翱翔，
无论什么最好的鱼，
在闪耀的水中游泳，
你的丈夫都能捉来，
都能带到你手中。

"在这里新娘多称心，
美丽的鸽子多快乐，
谁也用不着捣石臼，
谁也用不着推石磨；　　　　　　370
潺潺的流水磨小麦，
滚滚的急流磨裸麦，
溪水把家具都洗净，
湖水也洗净了一切。

"你可爱的小小的村子，
一国之中最美的地点！
上面是麦田，下面是草，
村子在两者的中间。
村子下面是美丽的岸，
岸边是闪耀的波澜，　　　　　　380
有鸭子欢乐地游泳，
有水禽愉快地游玩。"

婚宴上给了很多酒，

酒食真给了不少,
供应了大量的肉,
又供应最好的面包,
他们给了大麦酒,
又给了芳香的小麦酒。

　他们给了不少烤肉, 390
给了那么丰富的酒食,
装着红色的盘子,
装着最漂亮的盘子。
有的是糕饼一片片,
有的是奶油一块块,
还有鲱鱼可以分食,
还有鲑鱼可以切开,
搁着一把把的银刀,
还有小一点的金刀。

"家酿的麦酒流着,
还有买不到的蜜酒, 400
麦酒从屋椽一端滴下,
蜜酒从桶嘴汩汩流,
麦酒在嘴唇边喷泡沫,
蜜酒使大家都活泼。

　他们中间有谁是杜鹃,
有谁唱最悦耳的声音?
年老心直的万奈摩宁,
这伟大的原始的歌人,
他就唱出他的曲调,
他就编出他的歌词, 410
他表达他的心情,
说出了这样的言辞:
"我最亲爱的弟兄们,
我的谈笑风生的伙伴,

我的能说会道的朋友!
你们且听我的发言,
鹅儿很少嘴和嘴相亲,
姊妹很少面对面相看,
弟兄很少并肩站立,
母亲的孩子很少并肩,　　　　　　　　　　420
在这么荒凉的沙漠,
在这么可怜的北国。

"我们要不要编歌词,
我们要不要唱曲调?
只有我们歌人能唱,
只有春天的杜鹃能叫,
能涂色的有息讷达尔,
能织的有甘卡哈达尔。

"拉伯兰人在歌唱,
穿草鞋的人们在高歌,　　　　　　　　　　430
他们只吃稀罕的麋肉,
他们只吃小驯鹿的肉,
为什么我不欢唱,
为什么孩子们不唱歌,
当我们吃着裸麦面包,
当我们结束了宴乐。

"拉伯兰人在歌唱,
穿草鞋的人们在高歌,
他们只嚼着枞树皮,
他们只用水壶解渴,　　　　　　　　　　440
为什么我不唱歌,
为什么孩子们不欢唱,
当我们喝着五谷酒,
喝着大麦的佳酿?

"拉伯兰人在高歌,

穿草鞋的人们在歌唱,
他们只有冒烟的火堆,
又把煤炭搁在火上。
为什么我不唱歌,
为什么孩子们不欢唱,　　　　　　　　　　450
上面的屋椽多么出色,
上面的屋顶多么堂皇。

"男子住在这里多高兴,
妇女住在这里多舒畅,
在满满的麦酒桶之间,
紧紧地靠在蜜酒桶旁,
靠近鲱鱼涌来的海峡,
靠近网鲑鱼的地方,
这里食物永不缺乏,
这里饮料永不定量。　　　　　　　　　　460

"男子住在这里多高兴,
妇女住在这里多欢乐,
这里可以安心地饮食,
这里无须痛苦地生活,
这里饮食可以随意,
这里生活不用担心,
同我们主人过一世,
同我们主妇过一生。

"我首先歌颂的是谁,
是主人呢还是主妇?　　　　　　　　　　470
一般首先都歌颂英雄,
我也就首先歌颂家主。
他第一个整顿沼地,
他沿着岸边游行,
他移来巨大的枞树桩,
他也修剪了枞树顶,

带这些到更好的地方
立起了坚实的建筑，
他建造了堂皇的住宅，
为他的一族建了大屋，   480
墙壁的木材来自森林，
屋椽来自吓人的高山，
板条由树林来供应，
木板来自莓果的草原，
树皮来自稠李树高地，
苔藓来自抖动的沼地。

"房屋已经好好完工，
屋顶已经盖得紧紧，
当这屋子开始建造，
当地板及时地铺平，   490
这里曾聚集了一万人，
屋顶上站立了一千人。

"我们的家主多么出力，
在建造这住宅的期间，
他的头发在风中飘扬，
他的头发蓬松散乱。
我们这高贵的家主，
在枞树间遗下了帽子，
在岩石上落下了手套，
在沼泽里陷下了袜子。   500

"我们这高贵的家主，
在早晨很早的时间，
还没有别的人起来，
全村中都没有人听见，
他就离开了快乐的火，
去看管篱屋里的家禽，
有荆棘梳理他的头，

有露水洗他的眼睛。

"我们这高贵的家主，
在家中接待他的朋友：　　　　　510
欢乐的宾客聚在窗边，
凳子上坐满了歌手，
地板上人们在谈说，
走廊上人们在叫嚷，
墙壁边人们站立着，
篱笆旁人们在徜徉，
院子里人人来往不停，
孩子们在地上爬行。

"我已经歌颂了家主，
我要歌颂和蔼的主妇，　　　　　520
她给我们准备宴会，
酒食是这样丰富。

"她烘的面包多么巨大，
她搅的肉汤多么浓厚，
用她的柔软的十指，
用她的灵活的两手，
她让面包缓缓发胖，
她又急急地供应客人；
她给他们许多猪肉，
盘子里堆满了糕饼，　　　　　　530
餐刀已经磨得很快，
锐利的刀尖往下切，
鲑鱼就应手剖开，
梭子鱼也立时分解。

"我们这高贵的太太，
她是最能干的主妇，
在鸡啼以前就起身，
母鸡之子还没有催促，

她安排了必需的工作,
把要干的一切完工, 540
麦酒已经为我们准备,
啤酒也已经酿制成功。
　"我们这高贵的主妇,
她是最能干的太太,
为我们酿最好的麦酒,
美酒就汩汩地流来。
这用的是发芽的大麦,
这用的是最甜的麦芽,
她不用木头来转它,
她不用木柱来搅它, 550
她只用两臂将它转动,
她只用两手将它翻起,
在擦洗干净的隔板上,
在蒸汽弥漫的浴室里。
　"我们这高贵的太太,
她是最能干的主妇,
当麦芽铺在地上,
她不让它发得过火。
她时常独自走进浴室,
就在夜半的时候, 560
她不害怕狼会咬她,
也不害怕林中的野兽。
　"我们已经歌颂了主妇,
我们要歌颂邀请人①;
选做邀请人的是谁,
在大路上引导我们?
村子里最好的邀请人,

---

① 邀请人显然是芬兰婚礼中的司仪,似与媒人相类。——英译者。

425

全村中最好的向导人。

"我们看一看邀请人，
他穿着外国来的外衣； 570
围着腰是那么称身，
箍着臂是那么合适。

"我们看一看邀请人，
他穿着窄窄的外衣，
他的衣襟拂到地上，
他的衣裾拂着沙地。

"我们也看见他的衬衣，
可是只看见一星星，
像是古达尔的手艺，
是那位锡饰的织成。 580

"我们看一看邀请人，
他系着羊毛的腰带，
是太阳的女儿织成，
她的纤手给绣上花彩。
在那时候还没有火，
还不知道火是什么。

"我们看一看邀请人，
他脚上穿着丝袜，
袜带是缎子的袜带，
他用丝带绑着长袜， 590
这些都刺绣着黄金，
这些都装饰着白银。

"我们看一看邀请人，
穿着最好的萨克森鞋，
就像是河上的天鹅，
又像黑凫依傍着游来，
又像大雁之在草丛，
又像候鸟之在林中。

"我们看一看邀请人，
金黄的鬈发曲曲弯弯，　　　　　　　　600
金黄的胡须结成辫子，
头上的盔高不可攀：
它高耸于森林之顶，
它高耸于云朵之间；
这样的盔无处可买，
不管有成千成百的钱。

"我已经歌颂了邀请人，
我还要歌颂伴娘，
伴娘是从哪里来，
选来这最幸福的女郎？　　　　　　　　610

"伴娘是从那里来，
选来这最幸福的女郎，
从新建的城堡外面，
从达尼卡的要塞上。

"她却从别的地方来，
并不是那样的地方；
伴娘是从那里来，
选来这最幸福的女郎，
跨过大海将她带来，
跨过了茫茫的大海。　　　　　　　　620

"她却从别的地方来，
并不是那样的地方，
像草莓在乡间繁生，
像蔓越橘在草地滋长，
在草儿鲜美的田野里，
在花朵金黄的草地上，
伴娘是从那里来，
选来这最幸福的女郎。

"伴娘的嘴那么美丽，

像在索米使用的纺锤， 630
伴娘的眼那么闪耀，
像天上的星星的光辉，
女郎的鬓角那么明亮，
像是照在湖面的月光。

　"我们看一看伴娘；
颈上围着纯金的项链，
头上戴着黄金的头饰，
耳上戴着黄金的耳环，
指上佩着黄金的戒指，
手上套着黄金的手镯， 640
她的眉毛装饰着珍珠，
她的鬓角佩戴着金箍。

　"看到她的金扣辉煌，
我以为照耀着月亮；
看到她的衣领闪烁，
我以为照耀着太阳；
看到她的头饰振动，
我以为航行水中。

　"我已经歌颂了伴娘，
别的人我也要看一看； 650
他们都那么优秀，
老年人是那么庄严，
年轻人是那么漂亮，
家长们又那么高尚。

　"我已经看了一切人，
他们我已经十分熟悉；
这样的事以前未曾有，
以后也没有这样的事，
看见这样美好的一家，
看见这样优秀的一群， 660

多么庄严的老年人，
多么漂亮的年轻人。
所有的人都穿着白衣，
像是盖着浓霜的森林，
下面像是金黄的晨曦，
上面像是清早的黎明。
"白银是唾手可得，
黄金就在宾客间分俵，
草丛中抛下了钱袋，
街巷里撒下了钱包， 670
给予邀请来的客人，
给予最尊敬的客人。"

年老心直的万奈摩宁，
歌人中伟大的柱石，
他唱完了就登上雪车，
立刻向他的家赶去，
他永远唱着他的歌，
唱着、吟着神秘的咒语，
他唱了一支两支歌，
当他唱到了第三支， 680
滑板碰上了岩石，
车辕撞上了树桩，
雪车打断了他的吟诵，
滑板阻止了他的歌唱，
终于破碎了车辕，
终于断裂了车板。

年老的万奈摩宁，
他就这样地开言：
"正在兴起的一代中，
难道没有一个青年， 690
正在没落的一代中，

429

也许会有一个老人，
他能够到多讷拉去，
能够到玛纳的国境，
多尼的钻子给我拿来，
玛纳的大钻给我取来，
让我造一辆新雪车，
或者修理这破雪车？"
年轻人都这样回答，
老年人都这样说明： 700
"并没有这样的青年，
完全没有这样的老人，
没有这样高贵的种族，
没有这样伟大的英雄，
能够去多讷拉旅行，
能够到玛纳的国中，
多尼的钻子给你取来，
从玛纳的家给你取来，
让你造一辆新雪车，
或者修理这破雪车。" 710
年老的万奈摩宁，
这伟大的原始的歌人，
他又向多尼的国前去，
他又向玛纳的家前行，
从多讷拉拿来钻子，
从玛纳的家取来钻子。
年老的万奈摩宁，
唱出了绿绿的树林子，
树林子里有一棵槲树，
还有一棵漂亮的山梨， 720
他用这些造他的雪车，
他用这些把滑板制成，

他用这些准备了车辕，
他用这些建造了车身。
造出了合用的雪车，
新车的工程已经圆满，
他在车辕间驾了马，
他把栗色马驾在车前，
他又坐上他的雪车，
就在车座中落座， 730
不用挥鞭，马飞去了，
　　不受珠饰的马鞭折磨，
向早已熟悉的草料驰去，
向长久等着的食物飞奔，
载着年老的万奈摩宁，
这伟大的原始的歌人
到自己的大开的门前，
平安地到达了门槛边。

第二十六篇

勒明盖宁重赴波赫尤拉

一、勒明盖宁对没有邀请他参加婚礼这事,大为生气,就决意到波赫尤拉去,不管母亲劝阻他,又警告他要遇到许多危险。(第1—382行。)

二、他动身前往,由于他的法术,安然通过一切危险的地方。(第383—776行。)

　　阿赫第住在海岛上,
　　海湾旁,靠近高戈海角,
　　他辛辛苦苦地耕种,
　　他犁着田,开掘沟道。
　　他长着最好的耳朵,
　　什么都听得一清二楚。

　　他听到村中的叫喊,
　　海边又传来铁锤声,
　　他听到冰上的脚步,
　　草地上雪车的辚辚; 10
　　他心头就这样猜想,
　　头脑里有这样的意见:
　　波赫尤拉在举行婚礼,
　　有一次秘密的欢宴。

　　他的嘴和头扭歪了,
　　他的黑胡须乱蓬蓬,
　　他的脸没有了血色,

不幸的他怒气冲冲，
他立刻停止耕种，
他的犁在田中放下， 20
他当即骑上他的马，
一径骑到了他的家，
到亲爱的母亲的屋子，
到亲爱的老母那里。

他走来了就这样叫，
他走近了就这样说：
"我的母亲，老太太！
你快把吃的拿给我，
让这饥饿的人吃饱，
让这发怒的人吞食， 30
叫他们把浴室烧暖，
替我准备了浴室，
让我洗得干干净净，
打扮得像一位英雄。"

勒明盖宁的母亲，
立刻拿来吃的东西，
让这饥饿的人吃饱，
让这发怒的人吞食，
他们又把浴室收拾，
替他准备了浴室。 40

活泼的勒明盖宁，
他就迅速地吞食，
又立刻向浴室赶去，
迅速地走进了浴室，
这花鸡就动手沐浴，
这苍鹰就开始揩拭，
头洗得那么光亮，
颈项洗得那么白皙。

433

他从浴室走到房里，
就说出了这样的话： 50
"我的母亲，老太太！
到山上的堆房去一下，
给我拿我的好衬衫，
给我拿最好的外衣，
让我披在我身上，
让我穿得整整齐齐。"
他的母亲立刻发问，
老太太这样问道：
"你哪里去，亲爱的儿子！
你还是去猎山猫， 60
还是穿雪鞋去追大麋，
还是去把松鼠射击？"
活泼的勒明盖宁回答，
漂亮的高戈蔑里说道：
"我的生身的母亲！
我不是去猎山猫，
不是穿雪鞋去追大麋，
也不是去把松鼠射击，
我要赴波赫亚的宴会，
我要参加秘密的酒席， 70
给我拿我的好衬衫，
给我拿最好的外衣，
让我赶快去赴宴会，
立刻去参加婚礼。"
拦阻他的有他的母亲，
规劝他的有他的妻子，
像她俩的还不曾见过；

还有创造的三个女儿①,
都想将勒明盖宁拉回,
不赴波赫尤拉的宴会。 80

  母亲对她的儿子说道,
老年人劝告她的孩子:
"亲爱的儿子!不要去,
我的高戈,亲爱的儿子!
不要赴波赫亚的宴会,
去参加大宅里的酒席,
他们没有将你邀请,
显然是他们不要你。"

  活泼的勒明盖宁,
他就对母亲这样说: 90
"坏人要邀请了才动身,
好人不邀请也去跳舞;
在光辉闪耀的刀口,
在锋芒锐利的刀尖,
有的是充分的邀请,
有的是足够的召唤。"

  勒明盖宁的母亲说道,
她依然竭力将他阻拦:
"儿子!你不要去找死,
去赴波赫尤拉的欢宴。 100
一路上多的是怪事,
一路上多的是恐慌,
有三次死亡等着你,
威胁你的有三次死亡。"

  活泼的勒明盖宁回答,
漂亮的高戈蔑里说道:

---

① 参看本书第九篇(见第110—111页)。

"死亡只等待着妇女,
只有她们才到处看到;
英雄却不用害怕,
也不用过分小心。 110
要怎样就让它怎样,
你且说给我听一听:
等着我的最初的死亡,
最初的和最末的死亡。"
　勒明盖宁的母亲说道,
这年老的太太回答:
"我要说的这些死亡,
比你想象的还可怕,
我告诉你第一次死亡,
是三次死亡的第一次。 120
你只走了不多的路,
就在你旅行的第一日,
你来到一道燃烧的河,
横在中途喷吐着火焰,
燃烧的瀑布在火河里,
燃烧的岛在瀑布中间,
岛上是燃烧的山峰,
山峰上是燃烧的老雕,
它在夜晚磨它的嘴,
它在白天磨它的爪, 130
它等待着生人的来临,
它等待着走近的人们。"
　活泼的勒明盖宁说道,
漂亮的高戈蔑里回答:
"这也许是妇女的死亡,
英雄们却不用害怕。
我已经有一个方法,

有一个出色的计划。
我要用神秘的歌，
唱出赤杨木的人和马。　　　　　　　　140
让它在我身边行走，
让它在我前面溜达，
在飞翔的老雕的爪下，
在巨大的老雕的爪下，
我却像是潜水的野鸭，
我却像是潜水的黑凫。
生身的母亲！你告诉我，
第二次死亡是什么。"
　　勒明盖宁的母亲说道：
"第二次死亡等着你：　　　　　　　　150
你只走了不多的路，
就在你旅行的第二日，
你来到一条烈火的沟，
恰恰横在你的路上，
它一直伸到东边，
又一直伸到西北方，
许多石头都烧得通红，
许多石块都闪着火光，
有一百个遇着危险，
有一千个遭到死亡，　　　　　　　　160
死了成百佩剑的英雄，
死了成千钢甲的英雄。"
　　活泼的勒明盖宁回答，
漂亮的高戈蔑里说道：
"男子不会这样死亡，
英雄也决不会遭到，
我已经有一个妙计，
有妙计，有应付的手段，

我要唱出一个雪人,
造一个冰雪的好汉, 170
把它推进猛烈的火焰,
让它禁受灼热的燃烧,
用一把铜的浴帚,
在炽烈的浴室中洗澡,
我就在后面赶去,
火焰中推开一条大道,
我的胡须没有烤煳,
我的鬓发也没有烧焦。
生身的母亲!你告诉我,
第三次死亡是什么。" 180
　勒明盖宁的母亲说道:
"第三次死亡等着你:
当你又走了不多的路,
就在你旅行的又一日,
跨进波赫尤拉的大门,
是一条最窄的路,
一只狼就向你冲来,
一只熊又向你猛扑,
是一条最窄的路,
在波赫尤拉的大门里, 190
成百的英雄都被吞食,
成千的英雄都被杀死;
难道它们就不吞食你,
不杀死毫无防备的你?"
　活泼的勒明盖宁回答,
漂亮的高戈蔑里说道:
"小羊也许会被咬碎,
小母羊也许会被吃掉,
男子却不,无论多么弱,

英雄却不，无论多么乏！200
我系着英雄的腰带，
我穿着英雄的铠甲，
我扣上英雄的纽扣，
我一定不会急匆匆，
到温达摩的恶狼嘴里，
到那该死的畜生喉中。

"对付狼我有了计策，
对付熊我也有手段；
我要给狼唱一个嘴套，
我要给熊唱一条铁链，210
不然就把它剁成碎屑，
不然就把它捣成细粉，
扫清前面的道路，
结束了我的行程。"

勒明盖宁的母亲说道：
"你还是到不了目的地，
在你的路上依然可怕，
有许多非常的怪事。
有三宗危险等着英雄，
有三次死亡等着你；220
依然等在那地方，
是最恐怖的怪事。
当你走了不多的路，
进了波赫尤拉的领地，
那里立着一道铁栅，
那里建着一道钢篱，
从地上高升到天空，
从天空下降到地上。
蜿蜒的毒蛇作篱条，
闪烁的长矛作篱桩，230

用毒蛇编成了篱笆,
毒蛇之间还有蜥蜴,
它们的尾巴老在摇摆,
圆圆的头老在嘶嘶,
粗粗的头老在鼓气,
头转向外,尾巴转向里。
"地上有别的大蛇,
路上有小蛇和毒蛇,
上面,它们的舌头嘶叫,
下面,它们的尾巴摇摆。 240
还有最可怕的一条,
它就横躺在门槛上,
它比屋顶的支柱还粗,
它比屋顶的屋梁还长,
上面,它的舌头在嘶嘶,
上面,它的嘴在嘶嘶,
它并不对别人抬身,
不幸的英雄,只吓唬你!"
活泼的勒明盖宁回答,
漂亮的高戈蔑里说道: 250
"这也许是孩子的死亡,
英雄们却不会遭到,
我能够将烈火驱使,
我能够将熔炉熄灭,
我能够将大蛇咒逐,
在手指间绕着小蛇。
刚刚是昨天的事情,
我耕了一丘毒蛇田;
蛇尽在地上扭动,
我却是赤手空拳, 260
我用指甲掐住蝮蛇,

我用两手抓起黑蛇,
我杀死了十条蝮蛇,
也杀死了成百的黑蛇。
指甲上沾满了蛇血,
两手中沾满了蛇涎。
难道我会不敢上路,
难道我会不敢向前,
难道会让毒蛇的毒牙,
将我一口一口地吞噬? 270
我要粉碎这些怪物,
我要粉碎这些脏东西,
我唱着把毒蛇赶走,
我唱着把黑蛇驱逐,
我走进波赫亚的院子,
我就闯入了房屋。"

  勒明盖宁的母亲说道:
"你不要冒险,我的儿子!
到波赫尤拉的城堡中,
到萨辽拉的木屋里; 280
那里有佩剑的人们,
准备着作战的英雄,
忽布酒使他们兴奋,
他们都喝得怒气冲冲。
他们对不幸的你高唱,
唱到最锐利的剑上,
无论是更伟大的好人,
也在这歌声之下投降。"

  活泼的勒明盖宁回答,
漂亮的高戈蔑里说道: 290
"我原来在那里住过,
波赫尤拉可怕的城堡。

441

拉伯兰人不能咒禁我,
杜尔亚人不能赶开我,
我要把拉伯兰人唱走,
我要把杜尔亚人驱逐,
我要唱到他的肩裂开,
他的话从下巴分离,
他的胸膛分为两半,
也唱碎了他的衬衣。" 300

　　勒明盖宁的母亲说道,
"唉,我的不幸的儿子!
你还记得以前的旅行,
你还夸口以前的功绩?
你当然已经住过,
波赫尤拉可怕的城堡,
他们却让你去游泳,
在满是茨藻的水上漂,
赶你到汹涌的瀑布上,
冲下到奔腾的急流里。 310
多尼的瀑布你知道,
玛纳拉的急流你熟悉;
到今天你还在水中游,
如果没有母亲来救!

　　"你听着我告诉你的话,
当你到了波赫尤拉,
只见山坡上木桩林立,
只见院子里木柱丛杂,
木桩上插满了人头,
空着的只有一根木桩, 320
他们要割掉你的头,
给空着的木桩插上。"

　　活泼的勒明盖宁说道,

漂亮的高戈蔑里回答：
"让没用的如此结果，
让懦弱的如此害怕！
战争了五年又六年，
经过七个夏天的战斗，
这样的英雄不会担心，
他连一步也不会退后。　　　　　　　330
你把我的铠甲拿来，
我的久经战斗的战袍；
我要拿起父亲的刀，
看一看父亲的佩刀。
长久在冷落之处安放，
长久在黑暗之地藏躲，
它老是哭哭啼啼，
渴望着英雄将它挥舞。"
　　他就取来了护身甲，
取来久经战斗的战袍，　　　　　　　340
他父亲的忠心的利器，
他父亲所挥舞的佩刀，
他持刀向地上刺去，
地板上刀尖刺得深深，
他用手弯一弯他的刀，
就像稠李树的新树顶，
又像新长成的杜松。
活泼的勒明盖宁开言：
"在波赫尤拉的城堡，
在萨辽拉的房间，　　　　　　　　　350
都不敢正视这样的刀，
都不能抵挡这样的刀。"
　　他从墙上拿起一把弓，
一把硬弓从钉上取下，

他表达他的心情,
说出了这样的话:
"我就认他为英雄,
我就当他是好汉,
在波赫尤拉的城堡,
在萨辽拉的房间, 360
有谁能把这弓挽一挽,
能挽弓,又能上弦。"
　活泼的勒明盖宁,
漂亮的高戈蔑里,
他就裹着他的护身甲,
他就披上他的战衣,
他命令他的仆役,
他就这样地说明:
"我用钱买来的仆役,
我用钱雇来的工人! 370
快快驾起我的战马,
把狂怒的战马驾起,
我要去赴一次宴会,
参加楞波家的酒席。"
　小心、听话的仆人,
就急忙赶到院子里,
立刻驾起了一匹马,
烈性的红色的马匹,
他回来了就说道:
"你的命令已经执行, 380
已经驾起最好的马,
驾好了马随时动身。"
　活泼的勒明盖宁,
他准备作一次旅行,
右手推去,左手又拉住,

强健的手指又刺疼,
要走了,忽而又考虑,
终于是轻率地前去。

母亲给儿子警告,
老太太对孩子训话,　　　　　　　　　390
在安放水壶的地方,
在大门边,在屋檐下:
"我的最亲爱的独子,
我的最健壮的孩子!
当你到达心爱的地方,
当你参加欢乐的酒席,
你只能喝半杯酒,
只喝到酒杯的中间,
还有一半你得退还,
给坏人留下坏的一半;　　　　　　　400
有一条蛇在酒杯里,
有一条虫在酒杯底。"

她还要给儿子警告,
她还要对孩子训诫,
在最远的门的门口,
在最远的田的边界:
"当你到达心爱的地方,
当你参加欢乐的酒席,
你只能前进半步,
你只能坐一半座位,　　　　　　　　410
还有一半你得退还,
给坏人留下坏的一半,
你就称得起是英雄,
一位最出色的好汉,
你就向军队推进,
他们在你前面溃散,

在英雄们混战中间,
在勇敢的人群中间。"
　　勒明盖宁离开了家,
马已经驾在雪车前面。　　　　　　　　　　420
他用鞭子赶他的马,
他挥着珠饰的马鞭,
烈马跳跃着向前,
快马飞速地向前。
　　当他走了不多的路,
大约旅行了一小时,
他看见一群黑色的鸟,
向空中飞去的松鸡①,
鸟群冲向了高天,
在飞奔的马前面。　　　　　　　　　　　430
　　有几根羽毛落在冰上,
松鸡的羽毛落在路旁;
勒明盖宁捡了起来,
又将它在袋里安放,
他不知道会遇到什么,
在路上会发生什么事,
在屋子里什么都有用,
能够变为需要的东西。
　　他向前赶了一程,
又走了不多的路,　　　　　　　　　　　440
他的快马突然嘶鸣,
惊慌地竖起了耳朵。
　　活泼的勒明盖宁,
漂亮的高戈蔑里,
他在雪车中伸出去,

---

① 松鸡,应为黑松鸡,学名 Totrao tetrix。——英译者。

弯了身子向四周注视。
他看见,正如母亲所说,
正如老母警告过他,
一道火河在路上奔流,
恰恰挡住了他的马, 450
火河里是燃烧的瀑布,
瀑布中间是燃烧的岛,
岛上是燃烧的山峰,
山峰上是燃烧的老雕。
它的喉中腾着烈火,
它的嘴里喷着火焰,
它的羽毛闪着火光,
火星在它周围迸散。

　　它远远就注意高戈,
远远就见到勒明盖宁: 460
"高戈!你要到哪里去,
楞比的儿子向哪里行?"

　　活泼的勒明盖宁回答,
漂亮的高戈蔑里开言:
"我去赴波赫亚的酒席,
去参加秘密的欢宴。
你且稍稍转过一旁,
让一点路给这青年,
让这过客能够通过,
不要将勒明盖宁阻拦, 470
你且向旁边移一移,
让他可以赶路向前。"

　　老雕就这样回答,
从烈火的喉中嘶鸣:
"我要让过客通过,
我不阻拦勒明盖宁,

我让他通过我的嘴,
让他赶着路前进。
这引导你一直向前,
一路上顺利地通行, 480
参加你追求着的酒席,
你一生就在那里安息。"

　　勒明盖宁有一点烦恼,
可是他并不介意,
他就在口袋里摸索,
立刻打开了袋子,
他取出黑鸟的羽毛,
从容地将羽毛摩擦,
在他的手掌之中,
在十指之间摩擦,
突然变出了一群雷鸟, 490
突然变出了一群松鸡,
将它塞到老雕嘴间,
推到它的贪婪的喉里,
推到燃烧的老雕喉里,
塞进火鸟的嘴间,
他这样躲开了危险,
避过了危险的第一天。

　　他用鞭子赶他的马,
他挥着珠饰的马鞭, 500
马就飞快地前进,
骏马就跳跃着向前。

　　他向前赶了一程,
又走了不多的路,
他的马又突然嘶鸣,
他的骏马又突然畏缩。

　　他就从雪车中起身,

他努力向周围视察,
他看见,正如母亲所说,
正如老母警告过他, 510
前面是一条烈火的沟,
恰恰横在他的路上,
它一直伸到东边,
又无尽地伸到西北方,
许多石头都烧得通红,
许多石块都火光熊熊。

勒明盖宁有一点烦恼,
他就祷告着乌戈大神:
"乌戈,至高无上的天神!
乌戈,我们天上的父亲! 520
你从西北送来一朵云,
送来第二朵云从西边,
送来第三朵云从东方,
在东北方朵朵相连,
把云的边缘堆在一起,
云的边缘都连得紧紧;
降下棍子一样深的雪,
周围的雪枪杆一样深,
在烧得通红的石头上,
在闪着火光的石块上。" 530

至高无上的大神乌戈
年老的天上的父亲,
一朵云他从西北送来,
从西边送来第二朵云,
送来第三朵云在东方,
在东北方朵朵相连,
他将它们堆在一起,
空隙都联结成一片;

降下棍子一样深的雪，
　　深深的有枪杆一样长，　　　　　　　540
　　在烧得通红的石头上，
　　在闪着火光的石块上。
　　雪水流成了池水，
　　冰水流成了湖水。
　　　活泼的勒明盖宁，
　　唱出了一座冰的桥梁，
　　从这岸伸到那岸，
　　跨在雪的池塘上，
　　烈火的沟平安地跨过，
　　第二天就平安地度过。　　　　　　550
　　　他用鞭子赶他的马，
　　噼啪响着珠饰的马鞭，
　　他的马奔驰着前进，
　　急急忙忙地向前。
　　　它跑了一二维尔斯特①，
　　它走了短短的距离，
　　就突然停下了站着，
　　一动也不动它的位置。
　　　活泼的勒明盖宁，
　　站起身向周围查看。　　　　　　　560
　　有一只狼站在门口，
　　有一只熊站在门边，
　　在波赫尤拉的大门前，
　　这次长行的终点。
　　　活泼的勒明盖宁，
　　漂亮的高戈蔑里，
　　立刻在口袋里摸索，

---

① 维尔斯特，源出俄文的芬兰字，与俄里同。

袋子里有什么东西，
他取出了一点羊毛，
他要摩擦得软又软，　　　　　　　570
在他的手掌中摩擦，
在他的十指之间。

　　他在手掌上吹了口气，
母羊就咩咩地向前奔，
他造出了一群绵羊，
他造出了小羊一群，
狼立刻向它们冲来，
熊立刻向它们猛扑，
活泼的勒明盖宁
依然向前赶他的路。　　　　　　　580

　　他又走了不多的路，
进了波赫尤拉的领地，
那里立着一道铁栅，
那里建着一道钢篱，
到地下有一百寻深，
到天空有一千寻高，
闪烁的长矛做篱桩，
蜿蜒的毒蛇做篱条，
用毒蛇编成了篱笆，
毒蛇之间还有蜥蜴，　　　　　　　590
它们的尾巴老在摇摆，
粗粗的头老在鼓气，
一排排的头都昂起，
头转向外，尾巴转向里。

　　活泼的勒明盖宁，
他就深深地思索：
"我的母亲很害怕这个，
我的母亲告诉过我；

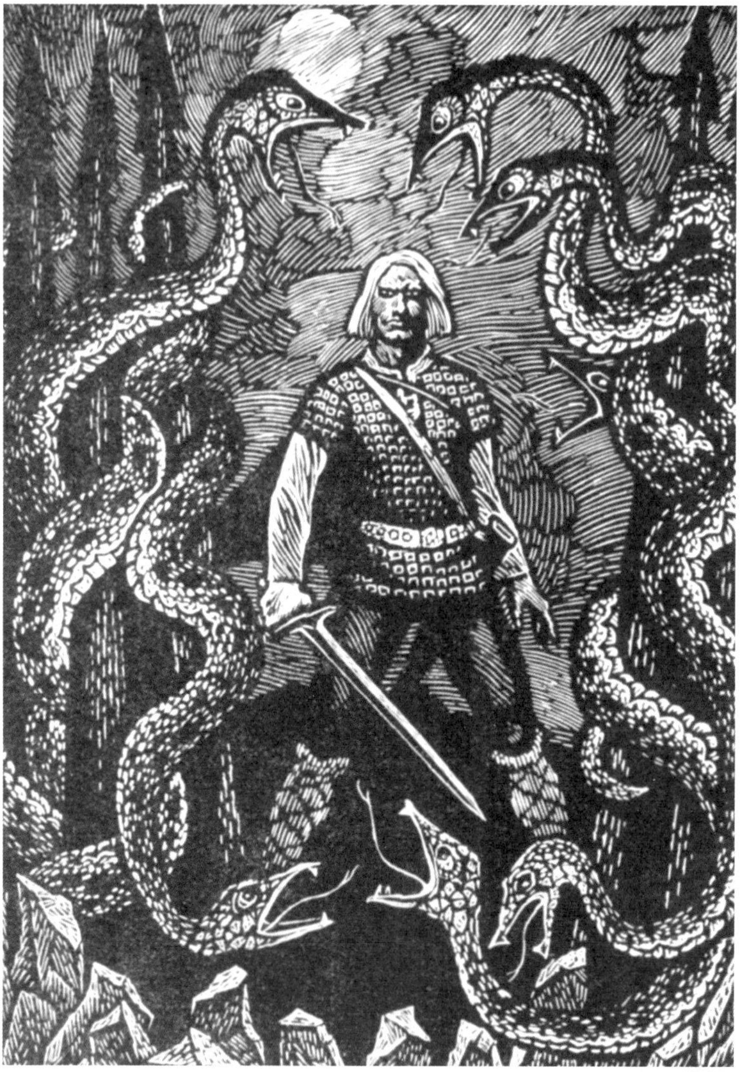

从大地一直到高天，
我看见了可怕的篱笆， 600
下面爬着一条毒蛇，
篱笆更深深地在下，
一只小鸟飞得高高，
篱笆却建立得更高。"

勒明盖宁不太烦恼，
也并不十分介意；
他从刀鞘中拔出刀来，
他拔出了钢铁的利器，
他将篱笆斩得粉碎，
他将篱桩劈作两半； 610
打开了铁篱的缺口，
把毒蛇纷纷赶散，
从五根篱桩的空间，
从七根篱桩的空间；
向波赫尤拉的黑门，
他的行程又继续向前。

路上蜿蜒着一条大蛇，
它就横躺在门槛上，
它比厅上的大柱还粗，
它比屋顶的屋梁还长， 620
这大蛇有一百只大眼，
这大蛇有一千条长舌，
比筛子还大的大眼，
比枪杆还长的长舌，
它的毒牙像耙柄一样，
背脊有七艘船那样长。

活泼的勒明盖宁，
并没有立刻前进，
向百眼的大蛇前进，

向千舌的大蛇前进。 630

活泼的勒明盖宁开言,
漂亮的高戈蔑里说明:
"你在地下的黑蛇,
有多尼的颜色的毒虫!
你得潜伏在草丛里,
在楞波的树木的根间,
你得在小山中游行,
在一切树根之间蜿蜒,
谁将你带出了树桩,
谁将你引出了草根, 640
在这里空地上爬行,
在那里大路上爬行?
谁将你送出了草莽,
谁命令你,谁刺激你,
使你威胁地抬起了头,
使你高高地昂着脖子?
是你的父亲还是母亲,
还是最年长的哥哥,
还是最年轻的妹妹,
还是别的亲戚什么? 650

"藏你的头,闭你的嘴,
赶快缩进你的舌头,
你紧紧地盘成一团,
把你卷成一个圆球,
给我让路,让一半也行,
让这过客继续前进,
或者就从大路滚开,
你恶虫!快向树丛爬行,
躲在野草中间的洞里,
在苔藓中间掩蔽自己, 660

滚动着像一个绒线团，
　　也像一根白杨的枯枝。
把你的头藏在草根间，
你在小山中藏躲，
把你的嘴藏在草皮下，
小山就作你的住所。
如果你伸出头来，
乌戈一定要处死你，
用他的钢尖的指甲，
用一大阵铁的雹子。" 670
　勒明盖宁这样说，
大蛇却置之不理，
它尽吐着它的舌头，
不绝地嘶嘶又嘶嘶，
对着勒明盖宁的头，
它的嘴嘶嘶个不休。
　活泼的勒明盖宁，
想起了古老的咒文，
教他的是个老太婆，
教他的是他的母亲。 680
　活泼的勒明盖宁开言，
漂亮的高戈蔑里说明：
"如果这样还是不行，
你毫不理睬我的歌声，
等不祥的日子来到，
你就膨胀得痛苦不堪。
你恶虫！你就裂为两半，
癞蛤蟆！你就碎成三段，
如果我找出你的母亲，
如果寻到你的女祖宗， 690
我很知道你的出身，

你的来处,地上的毒虫!
秀匡达尔是你的母亲,
海鬼是你的双亲。

"秀匡达尔吐到水中,
唾沫留在波浪之间,
风不绝地将它摇荡,
在水流上东滚西翻,
这样地摇荡了六年,
漂浮了整整七个夏天, 700
在光辉闪耀的海上,
在奔腾澎湃的水面。
海水久久地将它拉扯,
太阳晒得它暖又软,
水波将它赶到岸上,
浪花将它抛到沙滩。

"创造的三个女儿走着,
在汹涌的大海的沙滩,
在围着波浪的沙滩,
看见了唾沫在沙滩, 710
她们就这样地说道:
'这有什么可以造成,
如果创造主给它生命,
如果也给它眼睛?'

"创造主听到了这话,
他就这样地回答:
"邪恶生下的是邪恶,
癞蛤蟆吐的是癞蛤蟆,
如果我给它生命,
如果也给它眼睛。' 720

"希息又听到了这话,
那个淘气闯祸的人,

他就动手来创造，
希息给了它生命，
他用秀匡达尔的唾沫，
他用癞蛤蟆的黏液，
他造出了扭动的蛇，
他变出了一条黑蛇。

"他从哪里取来生命？
从希息的煤堆中间。　　　　　　　　　　730
他从哪里创造它的心？
从秀匡达尔的心弦。
用什么造这毒虫的脑？
用奔腾的大河的水波。
用什么给这怪物感觉？
用汹涌的瀑布的飞沫。
用什么造这吓人的头？
用一粒腐烂的大豆。

"用什么造它的眼睛？
从楞波的亚麻的麻籽。　　　　　　　　740
用什么造它的耳朵？
从楞波的白桦的叶子。
用什么造出它的嘴？
从秀匡达尔的嘴制造。
用什么造嘴里的毒舌？
从盖多莱宁的长矛。
用什么造这毒虫的牙？
从多尼的大麦的麦芒。
用什么造污秽的牙床？
从卡尔玛姑娘的牙床。　　　　　　　　750

"什么造成了它的背脊？
从希息的烈火的煤炭。
什么造成了它的尾巴？

从巴哈莱宁的发辫。
什么造成了它的脏腑？
从死神的腰带造作。
　"蛇啊！这是你的出处，
这是你的光荣,我听说！
　"你从地狱来的黑蛇，
你有多尼的颜色的蛇，　　　　　　　760
土的颜色,野草的颜色，
你有虹的一切颜色。
从这过客的路上走开，
在赶路的英雄前面，
你快给过客让路，
快让勒明盖宁向前，
去参加波赫亚的酒筵，
正举行着盛大的欢宴。"
　蛇就听从他的命令，
百眼蛇就向后蜿蜒，　　　　　　　770
大蛇就扭动到旁边，
转向一个新的方面，
它给过客让开路，
它让勒明盖宁向前，
去参加波赫亚的酒筵，
那秘密举行的欢宴。

第二十七篇

在波赫尤拉的决斗

一、勒明盖宁到了波赫尤拉，态度非常傲慢。（第1—204行。）

二、波赫尤拉的主人勃然大怒，他的法术抵抗不了勒明盖宁，就同他决斗。（第205—282行。）

三、在决斗中，勒明盖宁砍掉了波赫尤拉的主人的头。（第283—404行。）

四、为了报仇，波赫尤拉的女主统率了一支军队向他攻击。（第405—420行。）

我已经带领我的高戈，
带领阿赫第·萨勒莱宁，
经过了卡尔玛的舌头，
傍着死神的牙床经行。
去赴波赫亚的宴会，
参加那隐秘的酒席，
我要讲得完完全全，
我要说得仔仔细细，
这活泼的勒明盖宁，
这漂亮的高戈蔑里，
怎么来到波赫亚的家，
来到萨辽拉的厅堂里，
闯入了这次的欢宴，
闯入了这次的酒筵。

10

活泼的勒明盖宁，
出名的无赖，年轻健壮，
他立即跨进了房间，
走到了房间的中央；
菩提木地板摇摇不定，
枞木屋顶格格作声。　　　　　　　　20
　活泼的勒明盖宁说道，
他就这样地说明：
"我来了，向你们问候，
也向这问候者致敬！
波赫尤拉的主人！你听，
在这屋子里，你有没有，
给我的马吃的大麦，
给英雄喝的啤酒？"
　波赫尤拉伟大的主人，
他坐在长桌的一端，　　　　　　　　30
他就从那边回答，
他就这样地开言：
"屋子里有的是地方，
可以让你的好马休息，
我也不会禁止你，
静静地在这屋角里，
或者在大门里站立，
在屋檐下，在大门里面，
在两把水壶的间隙，
在三把大锹的旁边。"　　　　　　　40
　活泼的勒明盖宁，
大怒地扯着黑胡须，
这就像是水壶的颜色。
他说出了这样的言辞：
"也许只有楞波愿意，

这样地站在大门里面，
煤烟在他周围落下，
浑身都沾满了煤烟！
我的父亲从来不会，
我的老父从来不愿， 50
站在这样的地方，
屋顶下，大门里面！
他的地方绰绰有余，
有让马匹休息的马房，
有整洁的房间给英雄，
有搁他的手套的地方，
有挂他的手套的钩子，
有墙壁陈列他的佩刀，
我父亲能找到的地方，
我又为什么找不到？" 60
　他就大踏步向前，
走到了长桌的一端，
他在凳子的一边坐下，
在枞木凳子的一边，
凳子在下面格格作声，
枞木凳子摇摇不定。
　活泼的勒明盖宁说道：
"我似乎是不受欢迎，
你们没有给我麦酒，
给这刚进来的客人。" 70
　贵妇人伊尔波达尔，
她就这样地说明：
"你哪里是来此地做客，
你这孩子，勒明盖宁！
你不过是来踩我的头，
要我在你面前把头低，

我们的酒还在大麦里，
甜美的酒还在麦芽里，
小麦的面包不曾烘制，
肉也还不曾烧成。　　　　　　　　　80
你应该昨夜就来，
要么明天来也行。"

　　活泼的勒明盖宁，
歪着嘴向周围顾盼，
大怒地扯着黑胡须，
他就这样地开言：
"这次宴会已经结束，
新娘麦酒已经喝干，
麦酒已经分给人们，
蜂蜜酒也已经给完，　　　　　　　　90
罐子已经搁在一旁，
酒壶已经移去储藏。

　　"波赫尤拉著名的女主，
长牙的比孟多拉女主！
你主持的这次宴会，
太不像样，一无是处，
大麦的麦酒你酿造，
大块的面包你烘制，
你发出了六次邀请，
你简直邀请了九次，　　　　　　　　100
你邀请穷人和怪物，
你邀请废物和饭桶，
你也邀请精瘦的懒汉，
只剩一件外衣的劳工；
别的什么人你都邀请，
你就是不邀请我一人。

　　"为什么要这样待我，

我亲自送来了大麦？
别人只带来一勺一勺，
别人只倾下一碟一碟，　　　　　　110
我倾下的是一桶一桶，
我倾下的是整半吨，
都是我的最好的大麦，
以前我播了种的产品。

"现在这个勒明盖宁，
还不是高贵的宾客，
既没有让我喝麦酒，
锅子里也不煮什么，
锅子并没有搁在火上，
也没有给我一斤肉，　　　　　　120
饮食你都没有给我，
当我的旅行已经结束。"

贵妇人伊尔波达尔，
就说出了这样的言辞：
"我的小小的侍女，
你这伺候我的婢子！
锅子里搁一点食品，
拿一点麦酒给这生人。"

这姑娘，可恶的孩子，
她就洗着最坏的盘子，　　　　　　130
她就揩着她的匙子，
她就擦着她的勺子，
在锅子里搁一点食品，
那么老的大头菜梗，
肉的骨头和鱼的头，
面包屑像石头一样硬，
她带来了麦酒一升，
带来了脏食物一罐，

带给活泼的勒明盖宁，
要他把这废物喝干，　　　　　　　　　　140
她又这样地说道：
"如果你真是一位好汉，
你得喝我带来的麦酒，
也不打翻盛酒的酒罐！"
　活泼的青年勒明盖宁，
他就向这酒罐凝视，
有一条蛇蜿蜒于中央，
有一条虫扭动于杯底，
边上只见毒蛇在爬，
还有蜥蜴一起在滑。　　　　　　　　　　150
　活泼的勒明盖宁说道，
高戈蔑里恨恨地回答：
"让拿酒来的去多讷拉，
让这侍女去玛纳拉，
在月亮升起之前，
在这天过去之前！"
　他后来又这样说道：
"啤酒啊！你多么肮脏，
你在不祥的时候酿造，
有灾祸在你里面躲藏！　　　　　　　　　160
无论如何我还要喝，
把那些废物扔在地下，
用无名指把它捞起，
用左手的拇指捞起它。"
　他就在口袋里摸索，
袋子里有什么东西，
口袋里找到一个钓钩，
袋子里取出铁的钩子，
他就抛进了酒罐里，

它就在麦酒中捕捉， 170
他的鱼钩钓着毒蛇，
毒蛇在钩子上钓住，
他钓起了癞蛤蟆一百，
他钓起了黑蛇一千。
他把它们扔在地下，
一起扔在铺板上面，
他拿出锐利的刀子，
从刀鞘里拔出刀来，
他立刻把蛇头割下，
他立刻把蛇脖子劈开。 180
他喝着麦酒非常有味，
他喝着黑酒十分称心，
他又这样地说道：
"我是不受欢迎的客人，
你们并没有拿给我，
我可以喝的更好的酒，
盛酒不用更大的酒壶，
捧酒不用更周到的手；
没有为了我宰牛，
没有为了我杀羊， 190
也没有为我把牛带来，
从牛栏里带到厅堂。"

波赫尤拉伟大的主人，
说出了这样的言辞：
"那你为什么到这里来，
我们有谁邀请过你？"

活泼的勒明盖宁回答，
漂亮的高戈蔑里说道：
"邀来的客人也许不坏，
不邀的客人依然更好。 200

波赫尤拉著名的主人!
听着,波赫亚的儿子!
现在你给我拿麦酒来,
我可以付钱,现钱交易!"
　　波赫尤拉伟大的主人,
勃然大怒,恨恨不已,
那么狂暴,那么愤激,
在地板上唱出了水池,
恰恰在勒明盖宁面前,
他又这样地说明: 210
"这道河,你可以喝去,
这水池,你可以打滚。"
　　勒明盖宁有一点烦恼,
他就说着这样的话:
"我不是妇女赶的小牛,
我不是公牛,拖着尾巴,
我不喝这河里的水,
也不喝这污秽的池水。"
　　他就念出他的咒语,
他就发出他的歌唱, 220
在地板上唱出了公牛,
一只大牛,牛角金黄,
它立刻把水坑喝干,
它愉快地把河水喝干。
　　波赫亚的伟大的儿子,
又使出了他的魔法,
在地板上唱出了狼,
将肥胖的公牛吞下。
　　活泼的青年勒明盖宁,
就在面前唱出了白兔, 230
它靠近张大的狼嘴,

在地板上跳个不住。

波赫亚的伟大的儿子,
唱出了狗,有尖尖的嘴,
狗就吞下了白兔,
将这斜眼的撕得粉碎。

活泼的青年勒明盖宁,
唱出了松鼠,在屋椽上,
它尽在屋椽上游玩,
狗对它不息地汪汪。 240

波赫亚的伟大的儿子,
唱出了金胸膛的貂鼠,
松鼠停在屋椽的一端,
貂鼠突然将它逮住。

活泼的青年勒明盖宁,
唱出了红红的狐狸,
它毁灭金胸膛的貂鼠,
将这毛皮美好的杀死。

波赫亚的伟大的儿子,
念着咒,唱出了母鸡, 250
就在狐狸的嘴前面,
在地上走来走去。

活泼的青年勒明盖宁,
接着造出了老鹰,
立刻用爪子抓住母鸡,
就将它撕得碎纷纷。

波赫尤拉伟大的主人,
他就这样地说明:
"没有再好的酒席了,
也没有再多的供应。 260
做工的进屋,生客上路,
再不能享受这酒席!

去吧,趁没有别人知道,
希息的恶棍,离开这里!
回家去,下流的癞蛤蟆!
无赖,滚回自己的国家!"

　　活泼的勒明盖宁回答,
漂亮的高戈蔑里说道:
"无论是怎样的坏人,
都不愿让人赶跑,　　　　　　　　　　　270
从这样的地方赶出,
从这样的场所驱逐。"

　　波赫尤拉伟大的主人,
摘下挂在墙上的佩刀,
他急忙握住了利器,
他又这样地说道:
"阿赫第·萨勒莱宁,
漂亮的高戈蔑里!
我们来比一比佩刀,
试一试刀口的锋利,　　　　　　　　280
还是我有更好的佩刀,
还是萨勒莱宁的更好?"

　　活泼的勒明盖宁说道:
"我的佩刀却早已破烂,
为了劈骨头已经破裂,
为了砍头颅已经折断!
可是尽管它如此,
如果不为我准备酒席,
那就让我们决斗一下,
看看谁的佩刀更得意。　　　　　　290
我的父亲在决斗中,
从来没有一次打败,
他的儿子又哪能不同,

哪能只像一个婴孩?"
　　他拿起佩刀,拔出刀来,
拔出刀口锋利的武器,
从羊皮的腰带上,
从它的皮的刀鞘里,
他们就估量、查看,
这两把佩刀的长短, 300
波赫亚的主人的佩刀,
比较地长了一点点:
只长指甲上的一片黑,
只长手指的半个关节。
　　阿赫第·萨勒莱宁说道,
漂亮的高戈蔑里开言:
"你的佩刀比我的长,
第一下就让你占先。"
　　波赫尤拉伟大的主人,
就瞄准了向他动手, 310
他的佩刀徒然瞄准,
击不中勒明盖宁的头。
他一下子砍着了屋椽,
屋梁的回声响彻耳边,
横着的屋梁破碎了,
屋拱也裂成了两半。
　　阿赫第·萨勒莱宁说道,
漂亮的高戈蔑里开言:
"你这样打击屋椽,
你又使屋拱叫喊, 320
屋椽遭到了多少损坏,
屋梁受到了多少伤害?
　　"听着,波赫亚国的儿子,
波赫尤拉著名的主人!

469

房间里战斗太不便,
这又使妇女担心,
整洁的房间也许毁坏,
流血也会弄脏地板。
我们不如到院子里,
到外面田野去作战, 330
让我们在草地上斗争。
在院子里,血就更美观,
在院子里,血就更悦目,
在雪上,血也更好看。"

  他们走出到院子里,
就找到了一张牛皮,
他们将它铺在地上,
作为他们的立脚地。

  阿赫第·萨勒莱宁说道:
"波赫亚的儿子,你听! 340
你的佩刀比我的长,
你的佩刀也更吓人,
你一定还想用一下,
在你的脖子断了以前,
在你就要离去以前。
波赫亚的儿子,你砍!"

  波赫亚的儿子挥着刀,
砍了一下,砍了两下,
他接着又砍第三下,
一下也没有砍中他, 350
没有在肉上搔一搔,
也没有动皮上一根毛。

  阿赫第·萨勒莱宁说道,
漂亮的高戈蔑里开言:
"你得让我来试一试,

已经到了我的时间。"

波赫尤拉伟大的主人，
他却依然置之不理，
老是砍着，老是砍不中，
老是轻率地砍个不息。　　　　　　　　　　360

刀口上照射着光辉，
刀身上喷吐着红火，
在勒明盖宁的手中，
刀光不绝地闪烁，
向波赫亚伟大的儿子，
他的刀对准他的脖子。

漂亮的高戈蔑里说道：
"波赫尤拉伟大的主人！
真的，你的可怜的脖子，
红得像红红的黎明。"　　　　　　　　　　370

波赫尤拉伟大的主人，
这波赫亚的儿子，
他就转过眼睛去看，
他有怎样的红脖子。
活泼的勒明盖宁，
立刻就砍了一下，
他用刀砍这英雄，
迅速地砍中了他。

他准确地砍中英雄，
他的头颅从脖子分开，　　　　　　　　　　380
他的头从肩上砍下，
像菜梗上切下大头菜，
像麦秆上摘下麦穗，
像鱼身上撕下鱼鳍。
他的头滚在院子里，
他的头颅滚在围墙里，

像是中了箭的松鸡，
从树顶落到大地。

　　地上有一百根木柱，
院子里有一千根，　　　　　　　　390
木柱上有一百个人头，
没有人头的只有一根。
活泼的勒明盖宁，
捡起这可怜的头颅，
从地下提起了人头，
将它插上了木柱。

　　阿赫第·萨勒莱宁，
漂亮的高戈蔑里，
他重新走进屋子，
说出了这样的言辞：　　　　　　400
"坏姑娘！快拿水来，
让我把手洗一洗，
洗掉坏主人的血污，
洗掉这恶人的血迹。"

　　波赫亚老太太气极了，
充满了愤怒和怨恨，
她立刻唱来了武士，
武装的英雄，准备战争。
她唱出了一百名勇士，
她唱出了一千名武人，　　　　　410
要砍下勒明盖宁的头，
砍断勒明盖宁的项颈。

　　这时间似乎真到了，
到了他离开的时间，
他终于危险临头，
面前的工作太困难；
年轻的阿赫第走了，

472

勒明盖宁走出了屋子，
离开了波赫亚的宴会，
离开了不公开的酒席。 420

第二十八篇

勒明盖宁和他的母亲

一、勒明盖宁尽快地逃出波赫尤拉,回到家中,他问他的母亲,可以在哪里藏起来,避过波赫尤拉人;他们立刻要追到他家里来了,以百攻一。(第1—164行。)

二、他的母亲埋怨他这次到波赫尤拉去,也提出了几处藏身之地,最后要他跨过许多湖,到远远的岛上去,他父亲曾经在那里平安地度过大战的一年。(第165—294行。)

    阿赫第·萨勒莱宁,
    活泼的勒明盖宁,
    他要找一个藏身处,
    急急忙忙地逃生,
    从波赫亚阴暗的国土,
    从萨拉的阴暗的房屋。

    他像雪似的飘出房间,
    他像蛇似的窜到院落,
    但愿能躲开这不幸,
    能避开他所犯的罪恶。 10
    他走到了院子里,
    一边望着一边想,
    他骑来的马在哪里,
    看不出一点迹象;
    有一块大石在田野里,

有一丛柳树在草地。
　有谁劝告他、帮助他,
又有谁来同他商量,
不让他的头遭到危险,
不让他的头发损伤,　　　　　　　　20
在波赫亚污秽的院子,
不让拖着美丽的头发?
他听到村子里的呐喊,
别的屋子里的嘈杂,
灯火在村子里辉煌,
眼睛从窗户里张望。

　活泼的勒明盖宁,
阿赫第·萨勒莱宁,
他不得不改变外貌,
他不得不立刻变形,　　　　　　　　30
他要高高地冲上天空,
像一只飞翔的老雕;
太阳却晒着他的脸,
月亮却照着他的额角。

　活泼的勒明盖宁,
向乌戈念出了祷词:
"乌戈,慈悲的俞玛拉!
在天上,大智大慧的你!
你是雷云的统治者,
你是浮云的领导人!　　　　　　　　40
快给我阴沉的天气,
给我一朵小小的云,
在它的保护之下,
让我向我的家飞奔,
向我的亲爱的母亲,
向那可敬的老妇人。"

他在他的路上飞去，
他又偶然向后一望，
看见一只灰色的鹰，
闪射着凶猛的眼光，　　　　　　　50
好像是波赫亚的儿子，
那波赫亚以前的主子。
　　灰鹰就向他喊道：
"阿赫第，亲爱的兄弟！
你可记得我们以前，
一个对一个的比试？"
　　阿赫第·萨勒莱宁说道，
漂亮的高戈蔑里回答：
"我的鹰，美丽的鸟儿！
你快快转身回家，　　　　　　　　60
回到你出发的地方，
回到阴暗的波赫亚。
高飞的雕很难逮住，
健翅的鸟儿不容易抓。"
　　勒明盖宁急急回家，
回到亲爱的母亲那里，
他的脸上满是忧愁，
他的心中全是悲戚。
　　他的母亲出来接他，　　　　　　70
当他沿着小河向前，
当他经过了篱笆，
他的母亲就这样开言：
"我的儿子，最小的儿子，
我的最强壮的儿子！
你从黑暗的波赫尤拉，
回来了，为什么要忧郁，
是不是喝酒喝伤了，

在波赫亚的酒会里？
如果是杯子使你受苦，
这里有更好的杯子， 80
那是你父亲去比武，
那次斗争的胜利果实。"

  活泼的勒明盖宁说道：
"我的生身的母亲！
如果杯子使我受了苦，
我早已打败那些主人，
早已打败一百位英雄，
早已对抗一千位英雄。"

  勒明盖宁的母亲说道： 90
"那么你为什么烦闷？
如果是马打扰了你，
你何必为了马担心！
如果是马打扰了你，
你可以买一匹好马，
用父亲一生的储蓄，
这老人早已为你存下。"

  活泼的勒明盖宁说道：
"我的生身的母亲！
如果我和马相争，
如果马赶过我前进， 100
我已经凌辱那些主人，
已经打败马的御者，
已经征服骑马的英雄，
已经征服马和御者。"

  勒明盖宁的母亲说道：
"那么你为什么烦闷？
你从波赫尤拉回来，
为什么这么担心？

还是妇人嘲笑了你，
还是姑娘讽刺了你？ 110
如果妇人嘲笑了你，
如果姑娘讽刺了你，
有的是姑娘让你讥诮，
有别的妇人让你嘲笑。"

　　活泼的勒明盖宁说道：
"我的生身的母亲！
如果有讽刺我的姑娘，
如果有嘲笑我的妇人，
我就嘲笑她们的男子，
我就轻蔑一切的姑娘， 120
我要凌辱一百个妇人，
要一千个姑娘变新娘。"

　　勒明盖宁的母亲说道：
"我的亲爱的儿子！
你到波赫尤拉去，
也许遭到了什么事？
是不是吃得太自由，
吃得太多，喝得过分，
还是在安息的夜里，
你做了一个噩梦？" 130

　　活泼的勒明盖宁，
他就这样地说明：
"也许老婆子才记得，
睡眠中见到的幻影！
我也想到夜里的梦，
白天的梦我却更满意。
我的母亲，老太太！
把我的口袋装满粮食，
给我装不少面粉，

也给装一大块盐巴， 140
你的儿子必须走了，
远远地到别的国家，
从这亲爱的屋子，
从这可爱的家园；
他们已经磨快了刀口，
他们已经磨快了枪尖。"
　他的母亲就打断他，
问他为什么忧愁：
"他们为什么磨快枪尖，
他们为什么磨快刀口？" 150
　活泼的勒明盖宁回答，
漂亮的高戈莪里开言：
"他们磨快了刀口，
他们磨快了枪尖：
为了砍断我的脖子，
为了斩不幸的我的头。
在波赫尤拉的地区，
从争吵引起了决斗；
我杀死波赫亚的儿子，
那个波赫亚的主人， 160
波赫尤拉发动了战争，
在我后面追得紧紧，
向一个战士围攻，
大家都要我的性命。"
　老太太就这样回答，
母亲对儿子这样说道：
"我早已对你说过，
我早已向你警告，
我也严厉地禁止你，
不要到波赫尤拉去， 170

479

如果静静地在家里，
住在你母亲的屋子里，
在你的双亲的家中，
在你出生的房里安住，
那就不会引起战争，
那就不会发生比武。

"能逃哪里？不幸的东西！
到哪里去？不幸的儿子！
躲过逼近你的死亡，
逃脱你干下的坏事？ 180
可怜的头免得逮住，
漂亮的脖子免得砍断，
光滑的头发依然美好，
一点也没有踩烂？"

活泼的勒明盖宁说道：
"我不知道那样的地方，
哪里有安全的避难所，
让犯了罪的我躲藏，
告诉我，生身的母亲！
我逃哪里去安身？" 190

勒明盖宁的母亲回答，
她就这样对他说：
"我不知道在哪里，
让你去哪里藏躲。
就像大山上的松树，
就像在远方的杜松，
那里不幸依然会遇到，
那里厄运依然会遭逢。
大山之上的松树，
常常砍碎了做火炬， 200
草地之上的杜松，

常常劈开了做木柱。
　"就像白桦在山谷里，
就像赤杨在绿林中，
那里不幸依然会遇到，
那里厄运依然会遭逢。
在山谷里的白桦，
常常劈碎了做柴薪，
绿林中的赤杨树丛，
常常在开荒时砍尽。　　　　　　　210
　"就像高山上的莓果，
又像草地上的蔓越橘，
又像草原上的草莓，
又像别的地方的越橘，
那里依然会遇到不幸，
那里依然会遭逢厄运，
姑娘们也许来采摘，
戴锡的也许来拔根。
　"像鲱鱼在缓流的河里，
像梭子鱼在湖中躲藏，　　　　　　220
那里依然会遇到不幸，
你终于遭逢了死亡。
如果来了年轻的渔夫，
他要把网撒在水里，
年轻的就用网逮住你，
年老的就用网捕捉你。
　"像游行于林中的狼，
像游行于山地的熊，
那里不幸依然会遇到，
那里厄运依然会遭逢；　　　　　　230
碰到了污黑的流浪者，
他就刺来了他的长枪，

不是狼遇到了毁灭，
就是林中的熊死亡。"
　　活泼的勒明盖宁，
他就这样地说明：
"我只知道很坏的地方，
那样的地方太不行，
那里死亡会将我捕捉，
那里毁灭会将我逮住。　　　　　　　　　240
母亲！你养育了我，
母亲！你乳哺了我，
我该到哪里去逃避，
我该到哪里去躲藏？
死亡对我张开了大口，
毁灭站在我的胡须旁
它等着，一天又一天，
等到我灭亡的那天。"
　　勒明盖宁的母亲，
她就这样地开言：　　　　　　　　　　　250
"最好的地点我告诉你，
有一个最好的地点，
你可以到那里躲藏，
逃脱你犯了的罪恶，
我知道有一个村子，
一个小小的避难所，
没有经过战争和破坏，
战士也没有到过那方。
现在你要对我宣誓，
没有一点欺骗和撒谎：　　　　　　　　260
在未来的六十个夏天，
你不再从事战争，
无论为了爱好白银，

无论为了需要黄金。"
　　活泼的勒明盖宁说道：
"我要说不变的誓言：
无论在第一个夏天，
也无论在别的夏天，
我决不再从事战争，
置身刀剑砍击之中。　　　　　　　　270
由于战争的狂热，
由于狂暴的骚动，
由于伟大的战役，
战斗着一切的英雄，
创痕依然在我肩上，
伤口依然在胸前作痛。"
　　勒明盖宁的母亲，
她就这样对他说：
"就用父亲留下的船，
你乘了去好好藏躲。　　　　　　　　280
继续地跨过九个湖，
跨过第十个湖的一半，
来到湖中的一个岛，
有巉岩升起于水面，
你父亲以前在那里，
平平安安地躲藏，
就在夏天的激战之间，
在战争最艰苦的时光。
可以找到舒服的住处，
你可以愉快地徘徊。　　　　　　　　290
藏了一年两年之后，
第三年上你再回来，
回到你父亲的老屋，
回到你双亲的住所。"

第二十九篇

勒明盖宁在岛上的奇遇

一、勒明盖宁乘船跨过湖,安抵岛上。(第1—78行。)

二、他在姑娘和妇人之间快乐地度日,最后男子们从战场回来了,就设计害他。(第79—290行。)

三、勒明盖宁从岛上逃出,他和姑娘们都感到悲伤。(第291—402行。)

四、他的船被风暴打碎,他泅到岸上,造了一艘新船,安抵故国的岸边。(第403—452行。)

五、他看到他的老房子已经烧掉,四周一片荒凉,他不禁又啼哭又叹息,尤其是因为不见了母亲。(第453—514行。)

六、他的母亲却活着,躲在茂密的森林里,勒明盖宁找到了她,非常高兴。(第515—546行。)

七、她告诉他,波赫尤拉军队已经来过,烧掉了房子。勒明盖宁要在对波赫尤拉人报仇之后,再造更好的房子,又讲述了他在岛上避难时的欢乐的生活。(第547—602行。)

> 活泼的青年勒明盖宁,
> 漂亮的高戈蔑里,
> 他把粮食放入背包,
> 夏天的奶油装进袋子,
> 有了足供一年的奶油,
> 还有猪肉足供第二年,
> 他就动身去藏起来,
> 急急忙忙地向前,

他又这样地说道：
"我去了，我去逃难， 10
要过整整的三个夏天，
要继续度过五年。
但愿那里只有毒蛇，
只有山猫嗥叫于林中，
只有驯鹿往来于田野，
只有大雁躲藏于树丛。

"你要保重，亲爱的母亲！
如果有人从波赫亚来，
从比孟多拉来了军队，
他们向你要我的脑袋， 20
你就说我已经走了，
已经在他们之前逃走，
我也放弃了我的田地，
那里我刚收割不久。"

他就将船放入水中，
他就将船推到水上，
在铁的滚子上推去，
推出围着铜边的船港，
在桅杆上升起了帆，
他将麻布的帆高张， 30
他就在船尾坐下，
开始了这次远航，
他坐在桦木舵旁，
熟练地划着船尾桨。

他表达他的心情，
他就这样地开言：
"风啊！鼓着上面的帆，
阿哈瓦！赶着我的船，
迅速地赶着这木船，

赶着这松木船前去, 40
向着那无名的海角,
向着那无名的岛屿。"
　风赶着船迅速前进,
在奔腾澎湃的湖面,
在明亮宽广的水上,
在水上摇荡着向前,
月亮已经换了两次,
第三个也将近完毕。
　姑娘们坐在海角旁,
就在蓝蓝的湖岸上, 50
她们的凝视的眼光
都投向蔚蓝的波浪。
一个等着她的哥哥,
一个等着她的父亲,
别的姑娘也都等着,
等着自己的情人。
　她们远远望见高戈,
更清楚的是高戈的船,
像一小朵远方的云,
就在天和水之间。 60
　岛上的少女思索着,
岛上的姑娘这么说:
"在水面的是什么怪物,
在浪上的是什么奇货?
如果是我们亲人的船,
是我们岛上的船只,
你就赶快回家来,
回到岛上的船港里,
让我们立刻听到消息,
听到外国来的新闻, 70

岸上的人还是有和平，
还是正进行着战争？"
　　风依然鼓满了帆，
浪依然驱赶着船。
活泼的勒明盖宁，
引着他的船向前，
他驶向海岛的一端，
在海角突出的一面。

　　他径向海角驶来，
到了以后他就开言：　　　　　　　　　80
"这岛上有没有余地，
在这海岛的上面，
可以让我的船靠岸，
让我可以泊我的船？"

　　岛上的女郎回答，
岛上的姑娘开言：
"这岛上有的是余地，
在这海岛的上面，
你的船可以靠岸，
你可以泊你的船只，　　　　　　　　90
有的是停泊的船坞，
沙滩上有的是滚子，
收容了船只一百艘，
也无论成千地来到。"

　　活泼的勒明盖宁，
将他的船拉上地面，
安放在木的滚子上，
他就这样地开言：
"这岛上有没有余地，
在这海岛的上面，　　　　　　　　　100
让这渺小的人藏躲，

让这懦弱的人逃难,
逃开恶战的鼓噪,
逃开叮当的钢刀?"
　　岛上的女郎回答,
岛上的姑娘开言:
"这岛上有的是余地,
在这海岛的上面,
让渺小的人躲藏,
让懦弱的人避难。 110
这里有许多许多城堡,
堂皇的城堡可以盘桓,
无论来了英雄一百名,
无论来了勇士一千名。"
　　活泼的勒明盖宁,
他就这样地开言:
"这岛上有没有余地,
在这海岛的上面,
有没有一道白桦林,
有没有一大片荒地, 120
让我在那里开荒,
在荒地上出一出力?"
　　岛上的女郎回答,
岛上的姑娘开言:
"岛上没有这样的地方,
在这海岛的上面,
没有背一样宽的空间,
没有斗一样大的土地,
可以让你去开荒,
在荒地上出一出力。 130
土地全都分开了,
划成了一块块的田,

休耕地也都分配，
牧场都由公众经管。"
　　活泼的勒明盖宁说道，
漂亮的高戈蔑里开言：
"这岛上有没有余地，
在这海岛的上面，
让我唱我的曲子，
让我念我的歌谣？　　　　　　　　　　140
歌词在我嘴里溶化，
在我的牙床间蹦跳。"
　　岛上的女郎回答，
岛上的姑娘开言：
"这岛上有的是余地，
在这海岛的上面，
让你唱你的歌曲，
让你念出色的诗篇，
当你在草地上跳舞，
当你在森林中游玩。"　　　　　　　　150
　　活泼的勒明盖宁，
就急急忙忙地歌唱。
院子里唱出了山梨树，
田庄上有槲树生长。
槲树上是同样的树枝，
一枝枝都有一粒槲实，
槲实中都有一颗金球，
有杜鹃在金球上栖息。
在杜鹃叫唤的时候，
它们的嘴都滴着黄金，　　　　　　　160
它们的嘴都流着赤铜，
它们也一样喷着白银，
喷向金光灿烂的小山，

489

在银白的高山之间。
　勒明盖宁又一次唱着,
他又一次又吟又唱,
沙砾唱成美丽的珍珠,
一切石子都闪耀辉煌,
一切石子都通红烁亮,　　　　　　　170
花朵全都放着金光。
　勒明盖宁又唱着,
一口井在院子里出现,
井上有金的盖子,
有金桶在盖子上面。
男孩们在这里喝水,
洗脸的有他们的姊妹。
　他在草地上唱出池塘,
有蓝鸭游泳在池塘里,
黄金的额,白银的头,
还有赤铜的爪子。　　　　　　　　180
　岛上的姑娘都诧异,
女郎们都大吃一惊,
听了勒明盖宁的歌声,
这伟大的英雄的才能。
　活泼的勒明盖宁开言,
漂亮的高戈蔑里说道:
"我唱了最出色的歌,
也许还能唱得更好,
如果在屋顶下歌唱,
在松木桌子的一端。　　　　　　　190
如果没有屋子给我,
不能休息在铺板上面,
那我只在森林中哼唧,
把我的歌抛到树丛里。"

岛上的姑娘反复考虑，
后来就这样地回答：
"有屋子你可以进来，
有厅堂你可以住下，
暖和地唱你的诗句，
在户外念你的咒语。"　　　　　　　　　　200
　　活泼的勒明盖宁，
就一直走进房屋，
在长桌子的一端，
他唱出了一列酒壶，
酒壶里装满了麦酒，
最好的蜜酒装满酒罐，
满满地已经装不下，
碟子也装得漫了边。
酒壶里装满了啤酒，
盖碗里装满了蜜酒，　　　　　　　　　　210
还有很丰富的奶油，
又有同样多的猪肉，
为了勒明盖宁的酒筵，
为了高戈蔑里的狂欢。
　　高戈是最讲究的人，
每逢他进食的时辰，
他非得使一把银刀，
银刀上又装着金柄。
　　他就唱出一把银刀，
一把金柄的小刀，　　　　　　　　　　　220
他喝麦酒喝了个够，
他吃着又吃了个饱。
　　活泼的勒明盖宁，
从这村走到那村，
使岛上的姑娘快乐，

491

让披发的女郎欢欣；
他的头一转到哪里，
哪里就有嘴来亲吻；
他的手一伸到哪里，
哪里就有手来握紧。 230
　　夜间他就去休息，
在最黑暗的角落躲藏；
无论在哪个村里，
他都找得到十间房，
无论在哪间房里，
他都找得到十个姑娘，
无论是哪个女儿，
无论是哪个姑娘，
他都能躺在她的身旁，
他都能枕在她的臂上。 240
　　他找着一千个新娘，
他伴着一百个寡妇；
十个之中没有两个，
整百之中没有三个，
是他不曾打扰的处女，
是他不曾麻烦的寡妇。
　　活泼的勒明盖宁，
在岛上的村子之间，
过着极放荡的生活，
经历了整整三个夏天， 250
使岛上的姑娘高兴，
让所有的寡妇欢畅；
只有一个他不曾烦扰，
一个又穷又老的姑娘，
她住在第十个村庄，
在最辽远的海角上。

当他正在路上思索，
他已经决意回家，
又穷又老的姑娘来了，
她说着这样的话： 260
"漂亮、讨厌的英雄高戈！
如果你一点也不想我，
我但愿你在路上，
你的船在岩石上撞破。"
鸡叫前他没有起来，
母鸡的儿子还不曾叫，
他正和姑娘寻欢作乐，
正和可怜的妇人嬉笑。
终于来到了一天，
就在有一天夜里， 270
他决意起来走一下，
没有等天明和鸡啼。

他很早地起来了，
比平常的时间更早，
他就在村子里来去，
徘徊于村子的周遭，
去和姑娘们作乐寻欢，
让可怜的妇人们开颜。
他在夜间独自行走，
尽在村子之间流浪， 280
来到了这岛的尽头，
来到了第十个村庄，
在一家家的屋子里，
他总见到三间小室，
在一间间的小室里，
他总见到三个武士，
在一个个武士手中，

他总看见磨过的刀,
他们要用这锐利的刀,
把勒明盖宁的头砍掉。　　　　　　　　　　290
　　活泼的勒明盖宁,
说出了这样的言辞:
"哎呀!天已经亮了,
欢乐的太阳已经升起,
照着最可怜的青年,
照着不幸的我的脖子!
也许只有楞波才能够,
用衬衫将这英雄掩蔽,
才能够用他的大氅,
保护着这英雄的身子,　　　　　　　　　　300
无论一百人向他攻击,
无论一千人向他进逼。"
　　他不再和姑娘们拥抱,
他不再和她们做伴,
他转身向他的船走去,
忧郁地赶去看他的船,
他看到船烧成了灰烬,
已经完全烧成了灰烬。
　　他觉得灾难已经降临,
不祥的日子已经笼罩,　　　　　　　　　　310
他只得再造一艘船,
只得再造新船一艘。
　　造船人没有木头,
他没有造船的木板,
他只找到一点木头,
讨来一点可怜的木板,
五小片纺锤的木屑,
六小片线轴的碎屑。

他就用来造一艘船，
他打造着新船一艘，　　　　　　　　320
他用他的神秘的知识，
他用他的法术打造，
锤一下，做好了一边，
锤两下，做好了两边，
等到他锤了第三下，
一艘船就打造完全。
　他将船推入波浪，
他将船送到水里，
他表达他的心情，
说出了这样的言辞：　　　　　　　　330
"漂吧！像水上的莲花，
像浮在水面的水泡，
老鹰啊！给我三支羽毛，
渡乌又给我两支羽毛，
保护这可怜的船，
防卫这可怜的船。"
　他就跨上了船板，
他就站在船尾上，
他灰心地垂下了头，
他的帽子侧在一旁。　　　　　　　　340
在黑夜他不敢耽搁，
在白天他不再流连，
和岛上的姑娘娱乐，
和披发的女郎游玩。
　活泼的勒明盖宁说道，
漂亮的高戈蔑里开言：
"这青年必须离开了，
必须和这些住宅再见，
姑娘们不再欢笑，

美女们不再跳舞。　　　　　　　350
当我离开了这地方，
当我告别了这国土，
姑娘们就不再高兴，
披发的女郎不再玩笑，
院子里有的是凄凉，
家屋中充满了烦恼。"

　岛上的姑娘在啼哭，
海角的女郎在悲伤：
"为什么离开？勒明盖宁！
为什么走了？英雄新郎！　　　　360
还是为了妇人太稀少，
还是为了姑娘太胆小？"

　活泼的勒明盖宁开言，
漂亮的高戈蔑里说道：
"不是为了姑娘太胆小，
不是为了妇人太稀少。
我占有了一百个妇人，
我拥抱了一千个姑娘；
可是我突然想起，
渴望着我的故乡，　　　　　　　370
渴望着我家乡的草莓，
覆盆子又在山坡生长，
在我的庄院里的家禽，
还有海角上的姑娘，
勒明盖宁只能动身，
英雄新郎离开了你们。"

　活泼的勒明盖宁，
他就将船推到水中，
风吹着，呜呜地咆哮，
汹涌的波浪向前推动，　　　　　380

在蓝蓝的闪耀的湖上，
跨过了茫茫的水面。
伤心的人站在沙滩，
不幸的人站在岸边，
岛上的姑娘哭哭啼啼，
黄金的姑娘悲伤叹息。

　　姑娘们在海岛上啼哭，
女郎们在海角上悲伤，
他们一直望着桅杆顶，
望着铁饰发出闪光，　　　　　　　　390
她们不为桅杆顶哭泣，
她们也不为铁饰伤心，
却为桅杆旁的舵手，
却为做铁饰的那人。

　　勒明盖宁啼哭着，
他久久地心伤泪落，
他久久地望着海岛，
望着岛上的山的轮廓；
他并不为海岛悲哭，
他也不为大山哀悼，　　　　　　　　400
却为岛上的姑娘悲哭，
却为山头的大雁哀悼。

　　活泼的勒明盖宁，
趱行于蓝蓝的湖面，
他走了一天又两天，
当他走到了第三天，
一阵狂风向他扑来，
远远的天际一齐轰鸣。
一阵大风从西北吹来，
从东北吹来一阵暴风，　　　　　　　410
刮打了一面又一面，

终于刮翻了他的船。
　　活泼的勒明盖宁，
就将手伸入水中，
手指像桨一样划去，
脚像舵一样摆动。
　　他黑夜白天地游着，
他划动得那么熟练，
他看见了一小朵云，
有一朵云在西方出现，　　　　　　　　　　420
渐渐地变成了陆地，
变成了海角在大海里。
　　海角上有一间屋子，
他看见烘面包的妇人，
她的女儿们在揉面粉：
"你最慈悲的夫人！
只要你看到我多么饿，
想一想我可怜的情况，
你就会向堆房赶去，
暴风似的赶到麦酒房，　　　　　　　　　　430
要给我拿来一罐麦酒，
要给我拿来一片猪肉，
就为我在锅里烤，
还要浇一点奶油，
让这疲倦的人吃，
让这昏晕的英雄喝，
我已经游了几天几夜，
在大湖的波浪中出没，
只有风是我的保护人，
只有湖水对我施恩。"　　　　　　　　　　440
　　这位慈悲的夫人，
就向山上的堆房行走，

她切下了一块奶油,
又取来了一片猪肉,
她就搁在锅里烤,
让这饥饿的人食用,
她又拿来一罐麦酒,
递给这昏晕的英雄,
她又送他一艘新船,
一艘刚完工的船只, 450
带他到别的地方去,
带他到他的出生地。

活泼的勒明盖宁,
就动身取道回家,
看到陆地也看到沙滩,
这里是岛,那里是海峡,
看到了以前的住宅,
看到了古代的埠头,
看到满是松树的高山,
看到长着枞树的土丘, 460
却找不到自己的住所,
也不见四周的墙壁;
在以前房屋的基地上,
只有稠李树丛在摇曳,
松树生长在丘陵上,
杜松矗立于井泉旁。

活泼的勒明盖宁说道,
漂亮的高戈蔑里开言:
"我曾经在河中游泳,
在森林中、岩石上流连, 470
我曾经在谷田间徘徊,
也在草地周围玩耍,
是谁毁坏了我的住宅,

破坏了我的可爱的家？
房屋烧成了灰烬，
风又吹得它干干净净。"

　　他就哀哀地啼哭，
啼哭了一天又两天，
他不是为了住宅哭泣，
也不是为了堆房悲叹，　　　　　　　　　　480
他是为一家之宝下泪，
那比堆房还要宝贵。

　　他看见了一只飞鸟，
一只黄金的鹰在飞行，
他就开口向它问道：
"我的亲爱的金鹰！
你也许能够告诉我，
到底怎样了，我的母亲，
那生了我的可爱的人，
我的最亲爱的母亲？"　　　　　　　　490

　　老鹰一点也不知道她，
这笨鸟说不出什么，
只知道她已经死了，
渡鸟说她已经毁灭，
已经死在刀口下，
已经倒在战斧下。

　　活泼的勒明盖宁回答，
漂亮的高戈蔑里说明：
"生了我的可爱的人，
我的最亲爱的母亲！　　　　　　　　500
你死了吗？我的生母！
你去了吗？我的慈母！
你的肉体已经腐烂，
你的头上长起了枞树，

杜松长在你的脚踝上，
杨柳长在你的指尖上。

　　"我遭到这样的厄运，
我受到这样的恶报！
在比孟多拉的田野，
在波赫尤拉的巨堡，　　　　　　　　510
我敢举起我的武器，
我敢较量我的佩刀，
我的家族却已经毁灭，
生了我的人已经死掉。"

　　他望着，望遍四周，
他看出了隐隐的脚印，
那里灌木有一点破碎，
那里野草也受过蹂躏。
他就顺着那条路走去，
他发现了一条小径；　　　　　　　　520
这小径引向森林，
他就朝那方向前行。

　　他走了一二维尔斯特，
急急地从田野穿过，
在最幽深的森林，
在最隐蔽的处所，
他看见了隐藏的草屋，
他看见了隐藏的浴室，
在三棵枞树的角落里，
在两块岩石的间隙里，　　　　　　　530
他看到了慈爱的母亲，
他看到了年老的妇人。

　　活泼的勒明盖宁，
他觉得无比高兴，
他就这样地说道，

表达了他的心情：
"母亲！你养育了我，
我的最亲爱的母亲！
母亲！你依然活着，
老母！你依然很细心，540
我以为你已经去世，
永远地将我抛撇，
已经在刀口下死去，
已经在枪尖下毁灭。
我哭干了美丽的眼睛，
漂亮的脸颊也毁损。"

勒明盖宁的母亲说道：
"是呀，我还活在世上，
逼着我逃出我的家，
躲藏到别的地方，550
在这阴暗的森林里，
在这最隐蔽的深处。
那时候，远远地赶来，
波赫尤拉的杀人队伍，
他们来寻找不幸的你，
他们把我们的家毁灭，
房屋都烧成了灰烬，
破坏了所有的产业。"

活泼的勒明盖宁说道：
"我的生身的母亲！560
你不要这样忧愁，
不要忧愁也不要担心，
我们要盖新的屋子，
比别人更好的屋子，
还要对波赫亚作战，
让楞波人一败涂地。"

勒明盖宁的母亲，
她就这样地回答：
"儿子！你老是不在这里，
高戈！你老是离开了家，　　　　　　570
你总在辽远的外国，
你总在陌生的门旁，
在无名的海角上，
在陌生的海岛上。"

活泼的勒明盖宁回答，
漂亮的高戈蔑里说道：
"在那里居住很快乐，
在那里流浪有欢笑。
那里的树木一片红，
红红的树，青青的田野，　　　　　　580
草地的花朵闪着金光，
松树的枝条闪着银色，
那里有蜂蜜做的高山，
那里有鸡子做的岩石，
枯萎的松树流着蜜酒，
干枯的枞树流着乳汁，
屋角的栅栏流着奶油，
连柱子也流着麦酒。

"在那里居住多快乐，
在那里逗留多舒服；　　　　　　　　590
可是后来却不行了，
我不能在那里居住。
他们为姑娘们担心，
他们对妇人们怀疑，
只怕这些肥胖的坏人，
只怕这些可怜的女子，
受到我的不好的待遇，

在夜间太多的探望。
我就躲开那些女儿,
我就避开那些姑娘, 600
恰如狼躲开小豚,
老鹰避开村里的家禽。"

第三十篇

勒明盖宁和迭拉

一、勒明盖宁邀请以前的战友迭拉，一起去攻打波赫尤拉。（第 1—122 行。）

二、波赫尤拉的女主差严寒去抵抗他们；他将他们的船冻结在海里，几乎也将英雄们冻结在船里。（第 123—172 行。）

三、勒明盖宁用了有力的咒语和祷告将它制止。（第 173—316 行。）

四、勒明盖宁和他的同伴跨过冰雪，到了岸上，在可怜的荒野流浪了多时，终于取道回家。（第 317—500 行。）

永远年轻的阿赫第，
年轻活泼的勒明盖宁，
在一个很早的早上，
在一个最早的清晨，
向下面的船坞走去，
他向着埠头前去。

一只铁桨叉的木船，
尽在那里哭哭啼啼：
"只准备着航行的我，
很可怜地被人抛弃。
在六十个夏天之间，
阿赫第不会去战争，
不管是为了爱白银，
不管是为了想黄金。"

10

活泼的勒明盖宁,
就用手套打着这船,
一边用彩色手套打着,
一边又这样地开言:
"不要烦恼,松木的甲板!
不要担心,木头的船舷!　　　　　20
你又要去参加战争,
再插身于混战之间,
你又要把战士载满,
就在明天过去之前。"
　他去找他的母亲,
他就对她这样说:
"母亲,你不要叹息!
老太太,不要为我啼哭!
如果我又要去流浪,
如果我又要去战争;　　　　　　30
我已经下了决心,
我的计划一定要实行,
我要毁灭波赫亚人,
向那些恶棍报仇雪恨。"
　他的母亲对他警告,
这老太太将他阻止:
"不要同波赫尤拉作战,
不要去,我的儿子!
在那里你也许丧生,
在那里你也许送命。"　　　　　40
　勒明盖宁毫不介意,
一心一意只想离家,
他就动身上了路,
又说着这样的话:
"我能不能找一位英雄,

另一位武士和好汉，
让他帮助我，尽心竭力，
和阿赫第并肩作战？"

"我十分了解迭拉，
古拉，我十分熟悉，　　　　　　　　　50
让他做第二个英雄，
又一位英雄和武士，
让他帮助阿赫第，
并肩作战，尽心竭力。"

他经过了几个乡村，
才走向迭拉的屋子，
一到之后他就开言，
说明了访问的目的：
"迭拉！我忠心的伙伴，
我最最亲爱的友人！　　　　　　　　60
你可记得以前的生活，
你可记得离别的时辰，
那时候我们一起向前，
一同赴大战的战场？
在无论哪个村子里，
都能找到十间房，
在无论哪间房里，
都能找到十位英雄，
也无论哪位英雄，
不管他多么英勇，　　　　　　　　　70
都在我们面前倒下，
都被我们两人屠杀。"

父亲在窗户旁工作，
他正将枪柄雕镂；
母亲站在门槛边，
她正将奶油搅拌；

507

健壮的弟兄们在门旁,
他们在造雪车的骨架,
他的姊妹们在桥头,
她们在把衣服洗刷。 80
在窗户旁的父亲说道,
还有在门槛边的母亲,
还有在门旁的弟兄们,
还有在桥头的姊妹们:
"迭拉不能去作战,
不能拿着枪去冲锋。
迭拉有别的任务,
已经订下终身的合同:
他娶了年轻的妻子,
当作他一家的主妇, 90
现在还不曾和她拥抱,
现在还不曾将她爱抚。"
迭拉休息在火炉边,
古拉在火炉旁休息,
在火炉上穿一只靴子,
在炉凳上又穿另一只。
在门边紧一紧腰带,
在露天将腰带围绕;
迭拉握住了枪杆,
这枪说小也不算小, 100
这枪说大也不算大,
一支中等大小的枪。
枪尖上有一匹马挺立,
枪刃边有一匹驹腾骧,
接缝上有一只狼嗥叫,
枪杆上有一只熊咆哮。
迭拉挥舞着他的枪,

他圆转自如地挥舞,
他向下插进一寻深,
插进谷田的硬土, 110
插进草地上不毛之地,
插进没有山丘的平地。

迭拉放下了他的枪,
同阿赫第的枪一起,
他迅速地准备停当,
参加阿赫第的战役。

阿赫第·萨勒莱宁
将他的船推入水中,
像一条活生生的蛇,
一条蛇蜿蜒于草丛, 120
他的船航向西北方,
在接近波赫亚的湖上。

波赫尤拉的老女主,
召来了凶恶的严寒,
在深邃宽广的水上,
在毗连波赫亚的湖面。
她发了这样的命令,
她做了这样的说明:
"我的孩子,我的严霜!
你是我抚养的孩子! 130
我吩咐你到哪里去,
你就得服从去哪里。
把那恶棍的船冻结,
活泼的勒明盖宁的船,
在深邃宽广的水上,
在渺渺茫茫的湖面。
也冻结船里的主人,
冻结那船里的恶棍,

509

他就再也逃不脱你,
在他的长长的一生, 140
除非我自己把他释放,
除非我自己将他解放。"

　　严寒这凶恶的家伙,
这最最狠心的青年,
他去将湖水冻结,
俯伏在奔腾的水面。
他奉了命令前行,
在地面之上走去,
他叫树叶离开树枝,
野草离开无花的草地。 150

　　他走着他的路程,
向无边无际的水面,
向那接近波赫亚的湖,
就在第一天的夜晚,
他冻结了海湾和池子,
急急忙忙地赶到海边,
湖水都还不曾冻结,
波浪依然是软又软。
如果水上停着碛鹨,
如果波面踏着鹡鸰, 160
它的爪子也不会冻住,
它的小头也不会僵硬。

　　到了第二天的夜晚,
严寒更努力地工作,
他变得非常可怕,
他变得无比凶恶,
他在冰上堆着冰,
不断地冻结又冻结,
他用冰遮盖了大山,

撒下枪杆那样深的雪,　　　　　　　　　170
冻结了水上的船,
在水面的阿赫第的船。
　他还要冻结阿赫第,
将他的脚封在冰里,
他抓住了他的手指,
又向他的脚趾下攻击。
勒明盖宁勃然大怒,
他愤愤地怒气冲冲,
他将严寒推入火中,
他将他推入铁炉中。　　　　　　　　　180
　他用手逮住了严寒,
紧紧地握在拳头里,
他表达他的心情,
说出了这样的言辞:
"布呼利的儿子巴卡宁,
冬天的冰冻的儿子!
不要冻结我的手指,
不要冻僵我的脚趾。
不要冻结我的头,
让我的耳朵自由。　　　　　　　　　　190
　"你可以冻结许多东西,
可以冻结的有的是;
不要冻结男子的肌肤,
不要冻结孩子的形体。
让原野和沼泽冻结,
让石块冻得冰冷,
冻结水边的杨柳,
让白杨在压榨下呻吟,
把松树的枝干碎裂,
把白桦的树皮剥下,　　　　　　　　　200

511

你却不要折磨男子,
不要折磨孩子的头发。
　　"你还有别的可以冻结,
如果这还觉得不够。
可以冻结烧红的石板,
可以冻结火热的石头,
可以冻结铁的大山,
还有钢一样硬的巉岩,
还有沃格息大河,
还有伊玛德拉急湍,　　　　　　　　　210
阻止漩涡的流行,
无论它怎么汹涌奔腾。
　　"可要我说出你的血统,
可要我讲明你的声望?
你的血统我很明白,
我知道你怎么生长;
严寒从柳树中出生,
在最酷烈的天时抚养,
靠近波赫尤拉的大宅,
靠近比孟多拉的厅堂,　　　　　　　220
有一个常犯罪的父亲,
有一个最凶狠的母亲。
　　"是谁给严寒哺乳、洗澡,
在那样酷烈的天时?
他的母亲没有乳房,
他的母亲没有乳汁。
　　"给严寒哺乳的是蝮蛇,
蝮蛇哺乳,毒蛇喂养,
用它们的塌陷的乳头,
用它们的干瘪的乳房,　　　　　　　230
北风摇着他的摇篮,

冷气抚慰他安息,
在抖动的沼泽中央,
在可怜的柳树丛里。

"这坏孩子长大了,
过的是邪恶的日子,
对于这不足道的孩子,
他们也没有给他名字,
名字终于给了这坏蛋,
他们都叫他严寒。 240

"他常常在树丛中跳舞,
也常常在篱笆旁徜徉,
夏天他蹚过了沼泽,
在最宽阔的洼地上,
冬天他在松树林咆哮,
他又在枞树丛号呼,
他在赤杨丛中扫荡,
他在白桦林中奔突,
他冻结了树木和野草,
他铲平了所有的草地。 250
他咬掉草原上的花朵,
他咬掉树木上的叶子,
他挤碎松树的树皮,
他折下枞树的树枝。

"现在你已经长大了,
已经长得又高又大,
你胆敢抓我的耳朵,
用冰冻来对我恐吓,
向我下面的脚攻击,
又向我的指尖攻击? 260

"我决不让你冻结我,
把我冻得那么可怕;

我要把火塞在袜子里，
在靴子里塞着火把，
把炭火塞在线缝中，
在鞋带下也塞上火，
严寒就不能冻结我，
冷天也不能伤害我。

"我要赶你到那里去，
波赫亚的最远的边疆，　　　　　　　　270
回到你原来的地方，
回到你原来的家乡。
去冻结火上的水壶，
去冻结炉石上的煤炭，
还有揉面的妇女的手，
还有孩子在妻子怀间，
让母羊的羊奶凝结，
让母马的小马冻结。

"如果你还是毫不介意，
我就要把你赶到那里，　　　　　　　　280
赶到希息的煤炭里，
赶到楞波的炉子里，
把你塞进火炉中，
把你搁在铁砧上，
你就逃不过铁锤，
挡不住铁锤的力量，
让铁锤狠狠地锤击，
锤击着孤零零的你。

"如果我的咒语不中用，
不能将你好好处治，　　　　　　　　　290
我还知道别的地方，
那地方对你更合适。
我要牵你的嘴向夏天，

舌头牵到夏天的家里,
在你长长的一生中,
你就再也不能脱离,
如果我不给你自由,
除非我自己将你放走。"

　　严寒这北风的儿子,
感到了逼近的危险, 300
他就恳求他施恩,
他就这样地开言:
"让我们互相了解,
不再你一枪我一刀,
在我们长长的一生,
只要黄金的月亮照耀。

　　"如果我还要冻结你,
如果我还要干坏事,
你就把我推入火炉,
埋葬在炽烈的火里, 310
埋葬在铁匠的煤炭中,
伊尔玛利宁的铁砧下,
你就牵我的嘴向夏天,
牵舌头向夏天的家,
在我长长的一生,
我就再也不能抽身。"

　　活泼的勒明盖宁,
将船留在浮冰之间,
留下了掠来的战船,
他又急急忙忙向前; 320
还有迭拉,另一位好汉,
他紧跟着他的伙伴。

　　他们踏着平坦的冰,
光滑的冰在脚下作响,

515

他们走了一天又两天，
最后到了第三天上，
看见了饥饿的海角，
远远有穷苦的村落。

海角下有一座城堡，
他们就这样自言自语： 330
"城堡里有没有肉，
这家中有没有鱼，
给饿得发昏的人，
这两位劳乏的英雄？"
没有肉在城堡里，
也没有鱼在这家中。

活泼的勒明盖宁开言，
漂亮的高戈蔑里说道：
"让大火把城堡烧掉，
大水冲掉这样的城堡！" 340
他就继续他的行程，
他在森林中经过，
来到了陌生的路上，
到处看不见房屋。

活泼的勒明盖宁，
漂亮的高戈蔑里，
一路采取石头上的毛，
他将岩石上的毛收集，
他就用来编织袜子，
迅速地将手套编织， 350
在伟大的冰冻的领土，
在严寒冻结一切之地。

他一边走一边找路，
寻求着正确的方向。
一条路领他通过森林，

领他到正确的方向。

活泼的勒明盖宁说道,
漂亮的高戈蔑里开言:
"我亲爱的兄弟迭拉!
我们终于来到这边, 360
我们一直在露天地里,
流浪了多少月多少日。"

迭拉就这样地回答,
他就这样地说道:
"不幸的我们要去报仇,
不顾一切地要把仇报,
我们冲向重大的战争,
在波赫亚阴暗的地方,
冒着生命的危险,
拼着自己的灭亡, 370
跨进可怜的国土,
走着陌生的道路。

"我们一点也不熟识,
我们想也不曾想过,
什么路领我们前去,
领我们去的那条路,
是向森林边缘的死亡,
是向草地上面的毁灭,
在渡乌居住的处所,
在乌鸦群集的原野。 380

"渡乌在这里成群结队,
不祥的鸟儿啼声悲切,
鸟儿撕裂着人肉,
乌鸦饱吸着人血,
渡乌浸渍着它们的嘴,
在可怜的我们的伤口,

517

又带着我们的骨头，
向岩石上面抛投。

　　"痛苦地生下我的母亲，
不幸的母亲也不了解，　　　　　　　　390
她的肉要带到哪里，
要在哪里流她的血，
还是在激烈的斗争中，
同敌人公道地交战，
还是在宽广的湖上，
在渺渺茫茫的水面，
还是流浪于枯枝之间，
在长满了松球的小山。

　　"我的母亲并不知道，
她的最不幸的儿子，　　　　　　　　400
只知道他已经毁灭，
只知道他已经去世；
我的母亲就要哀悼，
这老太太就要哭泣：

　　"'不幸的儿子已经毁灭，
可怜的孩子已经去世；
他播着多尼的种子，
他正在卡尔玛掘地。
也许我的亲爱的儿子，
不幸的我呀，我的儿子，　　　　　　410
不再使用他的弓了，
不再挽他的美丽的弓。
让鸟儿安心地生活，
让松鸡在草叶中飞动，
让熊过着掠夺的日子，
让驯鹿在原野奔驰。'"

　　活泼的勒明盖宁回答，

漂亮的高戈蔑里说明:
"不幸的你呀!你生了我,
就是这样,不幸的母亲! 420
你养了鸽子一大窝,
你养了天鹅一大群,
大风来了,就四分五散,
楞波来了,就东窜西奔,
一只这里,一只那里,
第三只又向别处飞。

"我记起以前的日子,
我记起更好的时光,
我们花朵似的围着你,
莓果似的在一个家乡。 430
有多少人望着我们,
称赞我们漂亮的丰姿,
一点也不象现在,
现在这不吉利的日子。
以前风很熟悉我们,
以前太阳向我们注目,
现在云将我们笼罩,
现在雨将我们吓唬。

"我们可不要担忧,
即使有多大的烦恼, 440
姑娘们却幸福地生活,
披发的女郎眉开眼笑,
妇人们欢天喜地,
新娘们像蜜一样甜,
没有流泪,毫不灰心,
不管那一切的困难。

"我们没有遭魔魅,
我们没有中妖法,

519

不会在这路上死去，
不会在这中途沉下，　　　　　　　　　　450
在年轻的时候丧生，
在青春的时代送命。

　"他们，中了恶眼的妖法，
他们，遭到术士的禁压，
让他们重回故国，
让他们重返老家。
让术士们魔魅了自己，
咒禁了自己的孩子们，
让他们一族毁灭，
让他们一族沉沦。　　　　　　　　　　460

　"在以前我的父亲，
在以前我的老父，
从来不受术士的命令，
不受拉伯兰人的咒诅。
我的父亲曾经说过，
现在我也来说一说：
'保佑我，慈悲的创世主！
仁爱的俞玛拉，保佑我！
施恩的手给我支援，
伟大的力给我保护，　　　　　　　　　470
挡住恶人们的奸计，
年老的妇人的企图，
有胡须的人的咒诅，
没有胡须的人的咒诅。
我们的忠实的守护神，
永久地帮助我们，
不要夺去我们的孩子，
不要让母亲的儿子们，
离开创造主的大道，

是俞玛拉将他们创造。'" 480
　活泼的勒明盖宁，
漂亮的高戈蔑里，
用烦恼造出了黑马，
用忧愁造成了马匹，
用秘密的悲哀造马鞍，
用不祥的日子造马缰，
他就骑上了马背，
骑在白额的马上，
他骑着马继续上路，
忠实的迭拉在他身边， 490
他沿着沙岸走去，
他踏着沙岸向前，
到了好心的母亲那里，
到了很老的妇人那里。
　现在我要放下高戈，
把他久久地搁在一旁；
他给迭拉指出了路，
送他回到他的家乡。
我要转向别的事件，
我的歌要在别处流连。

第三十一篇

温达摩和古勒沃

一、温达摩向他的哥哥卡勒沃开战,覆灭了卡勒沃及其军队,在全部落中,只留下一个孕妇。他们将她掳到温达摩的人民中间,她生下了她的儿子古勒沃。(第1—82行。)

二、古勒沃在摇篮里就决意要对温达摩报仇,温达摩也有好几次想将他处死,却不成功。(第83—202行。)

三、古勒沃长成了,他搞坏了一切工作,因此温达摩就将他卖给伊尔玛利宁做奴隶。(第203—374行。)

  有一个母亲养着小鸡,
又养了一大群天鹅,
她把小鸡放在篱边,
她把天鹅赶进小河,
老鹰来了,将它们赶开,
兀鹰来了,使它们害怕,
飞禽来了,驱散了它们。
她带一只到卡列拉,
第二只带到俄罗斯,
让第三只留在家里。 10
  带到俄罗斯的鸟儿,
不久就长成了贩子;
带到卡列拉的那只,
卡勒沃是他的名字;

留在家里的第三只，
他的名字叫温达摩宁，
父亲为他永远烦恼，
母亲为他十分伤心。

　温达摩宁撒下了网，
在卡勒沃的鱼塘里：　　　　　　　　20
卡勒沃宁看到了这，
就把鱼装进他的袋子。
急性子的温达摩，
就不禁又愤怒又憎恨，
他伸出手指要打仗，
他摊开手掌要战争，
为了鱼肚肠起衅，
为了鲈鱼秧拼命。

　这样打来那样斗，
他们俩不分胜败，　　　　　　　　　30
自己向别人打去，
别人也向自己打来。

　又遇见了一件事情，
只过了两天又三天，
卡勒沃宁播着燕麦，
在温达摩宁的屋后面。
鲁莽的温达摩的羊，
吃掉了燕麦的叶子，
卡勒沃宁的恶狗，
把温达摩宁的羊咬死。　　　　　　　40

　温达摩就立刻恐吓，
恐吓他的哥哥卡勒沃；
他发誓要毁灭他一族，
把老老小小都屠戮，
要将他的人民杀光，

要将他们的房屋烧光。
　他召集佩剑的人们，
武器交在他们手里，
儿童的腰带上挂着枪，
漂亮的青年背着斧子，　　　　　　　　　　50
他从事猛烈的战役，
向他的哥哥攻击。
　卡勒沃宁的儿媳，
这时候正坐在窗边，
她从窗户里望去，
她又这样地开言：
"我看见了，那是烟，
还是一片黑云飞扬，
在新辟的路那面，
在谷田的边沿上？"　　　　　　　　　　60
　那不是黑云飞扬，
也不是浓烟上升，
那是温达摩的大军，
他们一齐冲向战场。
　温达摩的大军来了，
剑在他们腰边悬挂，
威胁卡勒沃的人民，
将这伟大的民族屠杀，
他们烧了他们的屋子，
只剩下一片白地。　　　　　　　　　　70
　卡勒沃的人民中间，
只留一个怀孕的姑娘，
温达摩的大军带着她，
一起回他们的家乡，
让她在那里打扫房间，
打扫乱糟糟的地面。

524

过去了不多的时光，
她生下一个男孩子，
从这最不幸的母亲，
他们能叫他什么名字？　　　　　　　　80
母亲叫他古勒沃，
温达摩称他战中人物。

　　他们包扎了这小孩，
他们搁下了这孤儿，
搁在摇篮里摇荡，
摇荡着让他安息。

　　孩子在摇篮里摇着，
他的头发东飘西荡，
摇了一天又两天，
一直摇到第三天上，　　　　　　　　　90
这孩子就踢着脚，
向周围又踢又推，
将他的包裹挣开，
将他的襁褓撕碎，
他打破了菩提木摇篮，
扯掉了身上的破烂。

　　他似乎要飞黄腾达，
要成为英勇的好汉。
温达摩宁已经想过，
当他到了他的成年，　　　　　　　　　100
一定又聪明又强大，
要成为著名的英雄，
他抵得过一百个侍从，
他抵得过一千个侍从。

　　他生长了一月又两月，
就在第三个月之间，
还不到膝盖那样高，

他就这样地开言:
"等到我再长大一点,
有了更强大的身体: 110
我要报我的杀父之仇,
也要偿还母亲的眼泪。"
　　温达摩宁听到了这,
他就这样地说明:
"他要毁灭我的一族,
卡勒沃竟借尸还魂。"
　　英雄们就一起考虑,
老太太们就一起思量,
怎么将这孩子毁灭,
怎么让他遭到死亡。 120
　　他们将他搁在大桶里,
他们将他塞进大桶,
他们将他推到水上,
他们将他推进水中。
　　过去了两夜又三夜,
他们跑去望一望,
孩子有没有沉下去,
有没有在桶里死亡。
　　他没有在水中沉下,
也没有在桶里死亡, 130
他已经从大桶逃去,
他坐在水波之上,
手中拿着铜的钓竿,
丝线的钓丝挂在竿头,
一边钓着湖里的鱼,
一边在水上漂流。
小湖里只有一点水,
也许可以装两大勺,

如果准确地量一下，
剩下的还能装第三勺。 140
　温达摩再度思索：
"我们怎么处置这小孩，
让他去遇见死亡，
让他去遭到毁灭？"
　他就召集他的仆役，
先采伐一大批白桦树，
长着成百的针的松树，
分泌着树脂的树木，
用来毁灭这孩子，
用来把古勒沃烧死。 150
　他们就采伐又搜集，
先是一大批白桦树，
长着成百的针的松树，
分泌着树脂的树木，
也有一百寻长的桦树，
还有一千雪车的树皮，
他们在树木下面生火，
火葬堆噼剥地不息，
他们将孩子抛在上面，
将他抛在烈火中间。 160
　焚烧了一天又两天，
一直焚烧到第三天，
他们跑去望一望；
他坐在齐膝的灰间，
灰烬碰到他的肘弯。
他拿着一柄炭耙子，
他将火掀上掀下，
他将炭耙在一起。
没有烧焦一根头发，

没有弄乱一绺鬈发。 170
温达摩不禁大怒：
"我把这孩子往哪里搁，
让他去遇见死亡，
让他去遭到毁灭？"
他们就将他吊在树上，
将他缚在一棵槲树上。
过去了两夜又三夜，
到了黎明的时光，
温达摩再度思索：
"这时候要去望一望， 180
古勒沃有没有死亡，
有没有毁灭在绞架上？"
他就差他的仆人去，
他回来之后这样报告：
"古勒沃没有毁灭，
没有在绞架上死掉。
他手中捏着雕刀，
在树上雕刻图像。
树上雕满了雕刻，
槲树上雕满了图像 190
有的是人，有的是刀剑，
还有长枪倚在旁边。"
温达摩到哪里求助，
来反对这倒霉的孩子？
他想将这孩子毁灭，
使尽了千方百计，
他却没有让死亡吞食，
他并没有一败涂地。
后来连自己也厌了，
他不愿再为他费力， 200

就抚养着古勒沃宁，
让他做他手下的奴隶。

温达摩宁就这样说，
说出了这样的言辞：
"如果你好好地行动，
如果你平安地度日，
我就让你留在家里，
像我的仆人一样。
我给你相当的工资，
按照你工作的情况， 210
或者给腰带，让你围上，
或者给你一记耳光。"

古勒沃渐渐长高，
他又长了那么一拃，
他就准备着干活，
工作已经分配给他。
要他摇小孩的摇篮，
摇着手指纤纤的孩子：
"你得小心地看管，
给他食物让他吃， 220
在河里洗他的尿布，
漂洗他的小小的衣服。"

他看管了一天又两天，
他挖出了他的眼睛，
他又打断了他的手，
第三天孩子就送命，
他将尿布抛在河里，
又将婴孩的摇篮焚毁。

温达摩反复思量：
"这样的人真不合适， 230
要他去看管小孩，

去摇手指纤纤的孩子。
我不知道送他去哪里,
有什么工作可以给他。
还是让他去采伐森林?"
他就去将森林采伐。

　　卡勒沃的儿子古勒沃,
他就这样地开言:
"只要我的手挥着斧子,
我才觉得我是个好汉。　　　　　　　　240
看起来就更加漂亮,
也比以前高贵得多,
觉得有五个人的力量,
我的勇气抵得了六个。"

　　他就走到铁工场,
说出了这样的言辞:
"铁匠啊,亲爱的弟兄!
你给我打一把斧子,
巧匠所使用的铁器,
英雄很合用的铁斧,　　　　　　　　　250
我要去采伐森林,
采伐柔弱的白桦树。"

　　铁匠就给他打造,
迅速地打造了斧子;
英雄很合用的铁斧,
巧匠所使用的铁器。

　　卡勒沃的儿子古勒沃,
他就动手磨斧子,
白天他就磨呀磨,
晚上他装上了柄子。　　　　　　　　　260

　　他就走进了森林,
在那高高的大山间,

他搜寻最好的木料,
他搜寻最好的木板。

 他用铁斧劈着树干,
他用斧口将它砍断,
他一击将好树砍断,
半击又将坏树砍断。

 他砍倒了五棵大树,
八棵大树倒在面前,   270
他表达他的心情,
他就这样地开言:
"让楞波把这工作做好,
让希息处理这些木料!"

 他用斧口劈着树桩,
他又大声地呐喊,
他吹着,随后啸着,
他又这样地开言:
"让周围的树木都倒下,
让柔弱的白桦都砍掉,   280
在听见我声音的范围,
在听见我口哨的周遭。

 "不让这里有一棵幼树,
不让这里有一枝小草,
只要永久的大地存留,
只要黄金的月亮照耀,
在这好人的开垦地,
卡勒沃的儿子的林地。

 "如果种子落在地上,
嫩芽会从这里萌生,   290
渐渐地长成苗叶,
上面又抽出长茎,
可决不让穗子结成,

531

也不让茎头再上升。"
　　伟大的温达摩宁，
他又到处去望一望，
去看卡勒沃的儿子，
这个新奴隶怎么开荒。
他却找不到开垦地，
这青年没有开垦荒地。　　　　　　　　300
　　温达摩反复思量：
"这样的工作他干不了，
他砍掉了最好的木板，
他糟蹋了最好的木料。
我不知道送他去哪里，
有什么工作可以给他，
还是让他去编篱笆去？"
他就奉命去编篱笆。
　　卡勒沃的儿子古勒沃，
他就去编篱笆去，　　　　　　　　　310
他拿了全部的松树，
用来做篱笆的桩子，
他拿了全部的枞树，
用来做篱笆的枝条，
他用最大的山梨树，
将树枝绑在一道；
他不息地编着编着，
出入的门却不曾编，
他表达他的心情，
他就这样地开言：　　　　　　　　　320
"如果他不像鸟儿，
能用两只翅膀飞行，
卡勒沃的儿子的篱笆，
要想通过就万不能！

温达摩下了决心,
他又到处去看一下,
去看卡勒沃的儿子,
这个战俘编的篱笆。

一道没有门的篱笆,
没有豁口也没有裂缝, 330
立在结实的土地上,
又高高地耸入云中。
他就这样地说道:
"这样的工作他干不了。
一道没有门的篱笆,
没有出入的通道。
篱笆编得高到天空,
简直升到了云层;
无论谁都不能跨过,
无论谁都无法通行。 340
我不知道送他去哪里,
有什么工作可以给他。
已经要打裸麦了。"
他就差他去把裸麦打。

卡勒沃的儿子古勒沃,
他就动手去打麦,
他把裸麦舂得粉碎,
他把裸麦打成碎末。
不久主人走来了,
他到这里来看一下: 350
卡勒沃的儿子怎么舂,
古勒沃宁怎么打。
裸麦都舂成了粉末,
裸麦都打成了碎末。
温达摩宁勃然大怒:

533

"工人他真也当不了。
无论我给他什么工作，
他都恶意地把它毁掉。
不如带他到俄罗斯，
在卡列拉卖掉他。　　　　　　　　360
卖给铁匠伊尔玛利宁，
让他去把铁锤挥打。"

　　他带了卡勒沃的儿子，
在卡列拉卖掉了他，
卖给铁匠伊尔玛利宁，
那位挥打铁锤的专家。

　　铁匠给他什么代价，
他给他好大的报酬；
他给他两只破锅，
三个断了一半的铁钩，　　　　　　370
他给他五把破镰刀，
还有六把破耙子，
为这最不熟练的工人，
为这全然无用的奴隶。

第三十二篇

古勒沃和伊尔玛利宁的妻子

一、伊尔玛利宁的妻子叫古勒沃做她的牧人,她在给他烘制的面包中间恶意地搁了一块石头。(第1—32行。)

二、在念了保护牧场上的家畜不遭熊害的祷告和咒语之后,她就让他和家畜一起出去。(第33—548行。)

卡勒沃的儿子古勒沃,
是一个老人的儿子,
漂亮的黄色的鬈发,
最好的皮鞋,蓝袜子,
一径到铁匠的屋里,
在晚上就要去工作,
晚上问他的主人,
早上问他的主妇:
"给我一点什么工作,
给我可以做的工作, 10
现在让我动手工作,
给可怜的我一点工作!"
伊尔玛利宁的妻子,
就为此深深地思索,
给这新奴隶什么工作,
新买的苦人能干什么,
她要他做她的牧人,

放牧她的家畜一群。
　　这存心不良的老主妇,
铁匠的妻子,净爱使坏, 20
她烘一块面包给牧人,
给他烘面包一大块,
燕麦垫底,小麦在上面,
夹一片石头在中间。
　　她给面包敷上奶油,
又将盐肉搁在面包上,
是她给奴隶的食物,
作为这牧人的口粮。
她又吩咐他的奴隶,
她就这样地说道: 30
"在家畜赶进森林以前,
不要吃这给你的面包。"
　　伊尔玛利宁的妻子,
将家畜送往放牧地,
她表达她的心情,
说出了这样的言辞:
"把母牛赶到树丛中,
把乳牛赶到草地上,
把弯角的赶向白桦,
把宽角的赶向白杨, 40
让它们喂得饱饱,
让它们膘肥肉壮,
在那空旷的边地,
在那宽广的草场,
从高高的白桦林,
从低低的白杨丛,
从金黄的枞林里,
从银白的树林中。

"创造主,慈悲的俞玛拉!
求你将它们照看、保护, 50
脱离途中的伤害,
避免一切的灾祸,
不要让它们遇见危险,
不要让它们遭到灾难。

"在屋顶下看管它们,
让它们受你的保护,
在露天将它们看管,
在畜舍外将它们保护,
让它们长得更漂亮,
主妇的畜群那么兴旺, 60
让好心的人们高兴,
让恶意的人们失望。

"如果我的牧人很坏,
如果牧女们又怯懦,
那就让杨柳做牧人,
那就让赤杨牧放家畜,
让山梨树将它们保护,
让稠李树领它们回家,
主妇不用东寻西找,
别人也不用担心害怕。 70

"如果杨柳不去牧放,
山梨树也不保护它们,
赤杨也不去看管,
稠李树也不领回它们,
你就派你最好的侍从,
你就派创造的女儿们,
让她们保护我的家畜,
让她们照看我的畜群。
你有那么多的姑娘,

成百的人听你的命令， 80
她们住在天空之下，
创造的高贵的女儿们。

"最好的女人苏韦达尔！
自然之友厄德莱达尔！
高贵的夫人洪戛达尔！
美姑娘卡达亚达尔！
小女郎比拉亚达尔！
达彪的女儿多麦达尔！
蔑里基，森林的继女！
德勒沃，达彪的女儿！ 90
求你们保卫我的家畜，
把最好的家畜保卫，
经过这美丽的夏天，
在这草青叶绿的时期，
树上的叶子都在飘扬，
地上的草也都在摇荡。

"最好的女人苏韦达尔！
自然之友厄德莱达尔！
抖开你的柔软的长袍，
把你的围裙铺起， 100
用来遮盖我的家畜，
将幼小的在下面庇荫，
不要让疾风刮它们，
不要让暴雨打它们。

"照看我的畜群不受害，
也不让在途中遭难，
在那抖动的沼地上，
那里的地面时刻变换，
沼地是永远在抖动，
下面的深处老在发颤， 110

不让它们遇见危险，
不让它们遭到灾难，
不让蹄子陷于沼泽，
也不让滑倒在洼地，
除非俞玛拉分明看见，
这违反了大神的旨意。
　　"把牛角从远方带来，
从那天空的中央，
把蜜角从高天带下，
让蜜角发出声浪。　　　　　　　　　120
响亮地吹起了角声，
响应着呜呜的调子：
丘冈上吹出了花朵，
荒地边缘吹得更美丽，
草原边缘也更可爱，
森林边缘也更迷人，
沼泽边缘也更肥沃，
水泉边缘滚滚地前奔。
　　"把草料给我的家畜，
让我的家畜吃得饱饱，　　　　　　130
给它们蜜甜的食物，
给它们蜜甜的饮料，
喂它们金黄的干草，
喂它们银白的嫩草，
从那蜜甜的水泉，
从那湍急的河道，
从那冲击的洪流，
从那奔腾的溪涧，
从那金黄的小山，
从那银白的草原。　　　　　　　　140
　　"开掘金黄的水井，

就在牧场的两旁，
让畜群在那里饮水，
滴出了甜美的水浆，
滴入丰满的乳房，
滴入膨胀的乳房，
血脉顺利地运行，
乳汁像河流一样，
让牛奶的河道开放，
让牛奶的急流汹涌，　　　　　　　　　150
牛奶河一会儿沉默，
牛奶河一会儿奔腾，
牛奶永远地流着，
河水永远地滴下，
滴在最绿的草堆上，
不让恶的手指沾它；
不让牛奶流到玛纳，
不让在地上糟蹋。

"有不少凶恶的人，
他们送牛奶到玛纳，　　　　　　　　160
把家畜的产品送人，
让它在地上糟蹋。
有几个熟练的人，
将牛奶从玛纳取来，
酸牛奶从村子里取来，
鲜牛奶又从别处取来。

"我的母亲从来没有，
向村子里的人请教，
也不取别家的牛奶；
却只从玛纳得到，　　　　　　　　　170
从这里取来酸牛奶，
从那里取来鲜牛奶；

如果牛奶从远处取来，
从辽远的地区带来，
就取自玛纳国的地下，
就取自多尼的国土。
偷偷地在夜间带来，
藏在阴暗的处所，
不让凶恶的人听见，
不让渺小的人知道，　　　　　　　　　　180
不让烂干草落在里面，
保存着，不让它坏掉。

"我的母亲常常告我，
她说着这样的言辞：
'家畜的产品哪里去了，
牛奶究竟在哪里消失？
是不是带给陌生人，
运往村子里的堆房，
在妒忌的人的怀里，
在叫花女人的膝上，　　　　　　　　　　190
还是带到了树丛中，
还是消失在森林里，
还是撒在林地上，
还是在荒地上消失？

"'不要带牛奶到玛纳，
也不要给陌生人带去，
到叫花女人的膝上，
到妒忌的人的怀里，
不要带到树丛中，
不要消失在森林里，　　　　　　　　　　200
不要撒在林地上，
不要在荒地上消失。
在家里牛奶很需要，

541

时时刻刻都要取用；
主妇在屋子里等待，
拿着杜松木的奶桶。'

"最好的女人苏韦达尔！
自然之友厄德莱达尔！
去喂我的秀第基，
去饮我的岳第基，　　　　　　　　　　210
把牛奶给墨尔米基，
把鲜饲料给多利基，
把牛奶给迈利基，
把鲜牛奶搁在牛栏里
从新鲜的牧草的梢头，
从全森林中的芦苇，
从蜜很丰富的小山，
从可爱的萌动的土地，
从最甜蜜的草丛，
从长莓果的地区，　　　　　　　　　　220
从草地上的女神，
从管理草儿的仙女，
从云中的挤奶姑娘，
从天堂中央的女郎，
让牛有满溢的牛奶，
永远是膨胀的乳房，
让矮婆子可以挤奶，
让小姑娘可以挤奶。

"处女啊！从山谷上升，
华装盛饰，从水泉上升，　　　　　　　230
从水泉上升，你姑娘！
从污泥上升，你美人！
你从水泉带来清水，
洒在我的家畜身上，

让我的家畜更加美好，
主妇的家畜那么兴旺，
在主妇到来之前，
在牧女来看顾之前，
这牧女十分怯懦，
这主妇最不熟练。　　　　　　　　　240

"森林的女主蔑里基，
畜群的慈悲的母亲！
派你的最高的侍女，
派你的最好的仆人，
将我的家畜保护，
将我的畜群看管，
经过最美好的夏天，
在好的创造主的夏天，
在俞玛拉的保护下，
在慈爱的保护之下。　　　　　　　250

"达彪的女儿德勒沃，
森林中的小女郎！
你长着可爱的黄发，
穿着柔软美丽的衣裳，
你是家畜的守护神，
保护着主妇的家畜，
在可爱的麦德索拉，
在达彪的光明的领土，
平安地保卫着畜群，
清醒地看管着畜群。　　　　　　　260

"用你的可爱的手保护，
用纤柔的手指抚摸，
用鱼鳍将它们梳理，
用山猫皮将它们揉搓，
像湖中的生物的光辉，

像草地上的母羊的毛。
你在黄昏和黑夜来临，
朦胧的光在四周笼罩，
你就领我的家畜回家，
领到高贵的主妇身旁， 270
清水倾上它们的背脊，
奶水倾在它们的臀上。

"当太阳落下了安息，
当夜之鸟正在叫唤，
我对我的家畜说道，
对有角的生物开言：
'回来吧，弯角的家畜，
你供给一家的牛奶，
地板上可以休息，
屋子里多么欢快。 280
荒地里不适于流浪，
滩岸上不宜于嘶叫，
你们应该赶快回家，
妇女们就将火燃烧，
在布满芳草的田间，
在长满莓果的地面。'

"达彪的儿子尼利基，
森林的穿蓝衣的后裔！
用高高的枞树的树顶，
最高的松树的树桩子， 290
在泥泞处造一座桥，
那地方是步履维艰，
深深的泥淖和沼泽，
还有危险莫测的水潭。
让弯角的家畜行走，
让偶蹄的家畜往来，

到炊烟四起的地方，
全没有危险和伤害，
不会在沼泽中沉下，
不会在泥淖里陷下。 300

"如果家畜毫不介意，
夜间还不回到家里，
小女郎比拉亚达尔！
美姑娘卡达亚达尔！
赶快采一根白桦枝，
从树丛中折一根树枝，
取一根稠李树的鞭子，
取一根杜松树的鞭子，
从达彪的宫殿背后，
从赤杨的山坡之间。 310
在烧暖浴室的时候，
把畜群赶往家园；
把牛群向家里赶去，
从麦德索拉森林里。

"奥德索，森林的苹果！
长着弯弯的蜜的爪子，
让我们赶快和好，
过着和平的日子
我们要永远这样，
在我们活着的时候， 320
你不再攻有蹄的家畜，
你不再打有奶的母牛，
经过最美好的夏天，
在好的创造主的夏天。

"当你听到牛铃叮当，
当你听到牛角呜呜，
你就在小山间躺下，

545

你就在草地上安卧,
耳朵向麦茬中伸去,
头在小山间藏躲, 330
或者在树丛中隐匿,
退到生满苔藓的兽窝,
你向别的地区走去,
逃到别的小山中间,
你就听不到牛铃声,
也听不到牧人聊天。

"我的亲爱的奥德索,
蜜爪的漂亮的家伙!
我不许你走近它们,
不许折磨我的家畜, 340
不许你的舌头去碰,
不许你的丑嘴去咬,
不许你的牙齿去撕,
不许你的爪子去搔。

"你暗暗地在草地行走,
你偷偷地在牧场往来,
铃声一响,你就溜去,
牧人聊天,你就避开。
如果畜群在荒原,
你就向沼泽中退避, 350
如果畜群在洼地,
他就藏躲在丛林里,
如果畜群爬上山去,
你就得赶快下山,
如果畜群走下山来,
你就得爬上山巅,
如果它们在树丛徜徉,
你就退到更密的林中,

如果它们走进密林，
你就得徜徉于树丛，　　　　　　　　360
徜徉着像金黄的杜鹃，
徜徉着像银白的鸽子，
像鲱鱼似的游到一旁，
像在水中游去的鱼儿，
飘荡着像一丛羊毛，
飘荡着像一卷细纱，
在毛皮里藏你的爪子，
在牙床里藏你的牙，
不吓唬我的家畜，
也不伤害小小的牛犊。　　　　　　370

"让畜群平安地休息，
不要打扰有蹄的畜群，
让家畜放心地徜徉，
让它们整齐地行进，
经过沼泽，经过旷野，
经过杂乱的森林，
你不再去碰它们，
不再将它们蹂躏。

"你得守以前的誓言，
在多讷拉深深的河边，　　　　　　380
在汹涌的瀑布旁，
在创造主的膝间。
允许你在整个夏天，
有三次可以走近，
走近叮当的铃声，
走近叮当着的牛铃，
可是这却没有允许，
这并没有允许你，
去干害人的事情，

547

去完成可耻的坏事。 390

"如果你禁不住撒野,
你的牙禁不住发痒,
就把野性抛到树丛里,
就把恶意抛在草地上,
你去攻击腐烂的树,
把腐烂的白桦推倒,
再去攻击水中的树,
在长莓果的地方咆哮。

"如果你觉得饥饿,
你只想吃一点什么, 400
你就吃森林里的蕈,
你就扒开了蚁蛭,
挖地下的红红的根;
这是麦德索拉的美食。
不要吃家畜的草料,
不要损害我的牧地。

"已经发酵起沫了,
那麦德索拉的蜂蜜,
在金色的山丘上,
在银色的原野里, 410
有的是给饿者的食物,
有的是给渴者的饮料,
有的是吃不完的食物,
有的是喝不完的饮料。

"让我们订永久的合同,
让我们有持久的平安,
我们要静静地生活,
过一个愉快的夏天,
我们的土地大家公有,
我们的食物十分可口。 420

"如果你愿意打仗,
希望过战争的日子;
我们到冬天再决斗,
下雪的时候再比试。
夏天沼泽都化雪了,
池塘也不再结冰,
你可不能到那里去,
那里有黄金的畜群。

"如果你来到这乡下,
如果你在森林中往来,　　　　　　　　430
我们随时要射击你,
纵使猎人也许不在。
多的是老练的妇女,
她们都是出色的主妇,
她们要你在中途遭灾,
她们毁坏了你的路,
免得你行凶作恶,
任意干你的坏事,
不服从俞玛拉的命令,
违背他的神圣的旨意。　　　　　　　440

"至高无上的乌戈!
如果你听到它来临,
你让我的畜群变化,
立刻变化我的畜群,
把我的家畜变成树干,
美丽的家畜变成石头,
当那怪物在这里流浪,
当那巨兽在这里漫游。

"如果我自己是老熊,
蜜爪的熊到处流浪,　　　　　　　　450
那我就怎么也不敢,

549

走向老妇们的脚旁。
有许多别的地区，
有许多别的畜栏，
很可以到那里去，
在那里随意流连，
让你的爪子跨过那里，
让你的爪子跨过它们，
直到青青的树林深处，
直到幽深、飒飒的森林。 460

"你踩在荒原的松球上，
在不毛的沙地经行，
你在平坦的路上走去，
沿着湖岸跳跃着前进，
到辽远的波赫亚边境，
到远远的拉伯兰草原。
那里有你的好住所，
在那里你一定喜欢，
不穿鞋流浪于夏天，
不穿袜流浪于秋季， 470
通过宽宽的沼泽，
跨过茫茫的洼地。

"如果你不能去那里，
如果你找不到路径，
你就向辽远的地区，
迅速地向那里趱行，
走到多讷拉的大森林，
经过卡尔玛的荒地。
你再跨过许多沼泽，
你再跨过不少草地， 480
有吉尔尤也有卡尔尤，
还有不少别的家畜，

带着合适的铁项链,
十头十头地连在一处;
瘦牛立刻成了肥牛,
骨头上转眼就长肉。
　　"树林和森林!保佑我们,
慈悲的青青的树林!
保护有蹄的家畜,
让我们的家畜安宁,　　　　　　　　　　490
经过这长长的夏季,
创造主最可爱的一季。
　　"圭巴纳,你林地之王,
森林中活跃的老人!
小心地管住你的狗①,
好好地领导着它们;
一边鼻孔里塞一只蕈,
另一边又塞一只苹果②,
就嗅不出家畜的气味,
它们就嗅不出家畜。　　　　　　　　　　500
丝带绑住它们的眼睛,
纱布绑住它们的耳朵,
就听不见家畜的行动,
它们就听不见家畜。
　　"如果这样还是不行,
它们也不很介意,
那你就禁止孩子们,
你就赶开你的后裔。
你领它们走出这森林,
赶它们离开这湖边,　　　　　　　　　　510

---

① 我以为这里指的是狼,不是狗。——英译者。
② 苹果,直译应为苹果莓,也许即指小小的山楂子。——英译者。

离开家畜徘徊的地方，
离开茂盛的柳树之间，
把你的狗藏在洞窟里，
还得紧紧地缚牢，
用粗粗的金镣铐，
用细细的银镣铐，
它们就闯不了什么祸，
也犯不了什么罪过。

"如果这样还是不行，
它们也不很关心；　　　　　　　　520
乌戈，你黄金的天王！
乌戈，你白银的守护神！
倾听我的黄金的语言，
注意我的可爱的言辞！
拿一个山梨木嚼子，
套上它们的粗壮的嘴，
如果山梨木还不结实，
你就打造一个铜口套，
如果铜的还太无力，
你就打造一个铁口套，　　　　　　530
如果它们打破了它，
铁口套变成了碎渣，
你就钉一根金桩子，
穿通颚骨和下巴，
这就把牙床紧紧合住，
它们再也不能挪移；
它们不能动一动颚骨，
它们不能张一张牙齿，
如果铁没有弄开，
如果铜没有松弛，　　　　　　　　540
如果不用刀子砍断，

如果不用斧头劈碎。"

　　伊尔玛利宁的主妇，
铁匠的机灵的妻子，
她将家畜赶出畜舍，
她将家畜送往牧地，
她让牧人跟在后面，
让这奴隶赶着向前。

第三十三篇

伊尔玛利宁妻子的死亡

一、古勒沃在牧场上,到了下午,他就用刀切那块面包,刀折断了,他非常伤心,尤其是因为这把刀是他一家传给他的唯一的纪念品。(第1—102行。)

二、为了对他的主妇复仇,他将家畜赶到沼泽里,让森林里的野兽吃掉,又将一群狼和熊在黄昏时赶回家来。(第103—184行。)

三、主妇去挤牛奶了,当场被野兽咬死。(第185—296行。)

卡勒沃的儿子古勒沃,
把午餐搁在背包里,
他赶着牛沿了沼泽,
迤逦地跨过草地;
他一边走一边说,
他在途中这样开言:
"可怜我不幸的青年,
这遭了厄运的青年!
无论我走到哪里,
等着我的只有无聊;
我要看管大牛的尾巴,
我要在小牛后面照料,
一步步穿过沼泽,
穿过最坏的原野。"
他就在地上休息,

10

坐在向阳的山坡上,
他编出了几行诗句,
他就这样地歌唱:
"照耀吧,俞玛拉的太阳!
你转动,你温暖地照临,   20
照着这可怜的牧人,
他看管着铁匠的畜群;
不要照伊尔玛利宁家,
怎么也不要照那主妇,
她切着小麦的面包,
过的是奢侈的生活,
她吃着最好的面包,
面包上用奶油涂遍,
却把硬面包给牧人,
让他咬着硬面包片,   30
她只给我燕麦面包,
还要掺一点糠皮,
还要搁一点麦草,
给我吃的是枞树皮,
给我喝的在桦皮桶里,
是小山间舀来的水。

  "前进吧,太阳!去吧,小麦①!
在俞玛拉的时节下降,
太阳!在松林中赶路,
小麦!在树丛里流浪,   40
赶快!在杜松树之间,
向赤杨的原野飞走,
你再领这牧人回家,
给他大桶里的奶油,

---

① 在民歌中,"小麦"一词是亲爱的称呼。——英译者

面包上敷遍又涂透，
让他吃最新鲜的奶油。"

　　当这牧人正在歌唱，
当古勒沃正在悲愁，
伊尔玛利宁的妻子，
却吃着大桶里的奶油，　　　　　　　50
她吃着最新鲜的奶油，
满满地涂在面包上，
她准备了火热的肉汤，
给古勒沃的是冷菜汤，
狗吃去了里面的肥肉，
黑狗已经吃了一顿，
花狗已经吃得饱饱，
黄狗已经吃得称心。

　　一只小鸟在枝头歌唱，
小鸟从树丛发出声音：　　　　　　60
"是仆人吃晚餐的时候，
孤儿啊！已经到了黄昏。"

　　卡勒沃的儿子古勒沃，
看到了太阳已经下降，
他就这样地说道：
"已经到了吃饭的时光，
是啊，到了吃饭的时光，
到了吃点东西的时光。"

　　他就赶家畜去休息，
将家畜赶到草原上，　　　　　　　70
他自己坐在小山上，
坐在青青的小山上。
背包从背上取下，
从背包里取出面包，
他一边转着一边看，

他又这样地说道：
"有许多面包很好看，
面包皮又滑又细，
却只有枞树皮在里面，
表皮下面就是糠皮。"　　　　　　　　　　80
　从刀鞘里拔出刀来，
他动手将面包割切，
狠狠地碰到了石头，
刀就在石头上断裂。
他的刀断了刀尖；
他的刀已经折断。
　卡勒沃的儿子古勒沃，
看到了刀已经折断，
他终于哭了起来，
他又这样地开言：　　　　　　　　　　　90
"除了这刀，我没有伙伴，
我只喜爱这件铁器，
这是我父亲的传家宝，
老在这老人的手里。
现在在石头上折了，
现在在石块上断裂，
是恶主妇烘制的面包，
是坏女人搁下的石块！
　"我应该怎么报复她，
报复她的玩笑和把戏，　　　　　　　　　100
打倒这下流的老太婆，
这黑心的女面包师？"
　一只乌鸦在树丛中叫，
乌鸦叫来渡乌啼：
"你可怜的金纽扣，
卡勒沃的唯一的后裔！

557

你为什么这么烦恼,
你为什么这么哀戚?
到树丛里采一根树枝,
林坞里采一根白桦枝, 110
把这些脏兽赶到沼泽里,
把这些牛追到泥淖中,
把一半给最大的狼,
把一半给林中的熊。

"你把狼唤在一起,
你把熊召在一处,
再把狼变成小家畜,
再把熊变成大家畜,
你就领它们回家,
像领着斑驳的家畜; 120
这就报复妇女的戏弄,
报复了恶婆子的欺侮。"

卡勒沃的儿子古勒沃,
他就这样地说道:
"等着,等着,希息的淫妇!
我在哭着我父亲的刀,
不久你却自己也要哭,
你要为你的乳牛哭。"

他从树丛采一根树枝,
杜松枝是赶牛的鞭子, 130
他将母牛赶到沼泽中,
他将公牛赶到丛林里
狼吞掉了一半的牛,
还有一半饱了熊肚,
他再将熊变成牛,
他再将狼唱成家畜,
首先造成了小家畜,

后来造成了大家畜。

　　太阳沉下于南方，
太阳降落于西边，　　　　　　　　　140
它向松树林弯下，
在挤牛奶的时间。
这灰扑扑的坏牧人，
卡勒沃的儿子古勒沃，
他赶着熊群回家，
他赶着狼群到院落，
他这样对熊吩咐，
他这样对狼指点：
"把主妇的大腿撕碎，
也要把她的小腿咬烂，　　　　　　　150
当她来到了望着四周，
弯下身来挤奶的时候。"

　　他用牛骨做一支笛子，
他用牛角做一只哨子，
用多米基的腿做牛角，
用吉尔尤的蹄做叫子，
他响亮地吹着号角，
他和谐地吹着笛子，
他在小山上吹三次，
他在大路口吹六次。　　　　　　　　160

　　伊尔玛利宁的妻子，
铁匠的机灵的配偶，
她早已等待着牛奶，
渴望着夏天的奶油，
听到了沼泽里的歌声，
听到了草地上的畜群，
她就这样地说道，
表达了她的心情：

"赞美俞玛拉大神!
家畜回来了,笛子在叫,　　　　　　　　170
这奴子从哪里取来,
他在吹的这只牛角?
他为什么吹着回家,
牛角吹的什么曲调,
他吹得震破了耳膜,
也使我头痛难熬?"

卡勒沃的儿子古勒沃,
他就这样地说道:
"这号角在沼泽里,
我从沙中取了这牛角,　　　　　　　　180
我把家畜带进胡同,
牛已经都在牛栏里;
你可以来熏你的家畜,
牛奶你也可以来挤。"

伊尔玛利宁的妻子,
叫她的婆婆去挤牛奶:
"妈妈!你去照料家畜,
你去挤一挤牛奶,
现在我正在揉面,
我要把这工作赶完。"　　　　　　　　190

卡勒沃的儿子古勒沃,
他就这样回答说:
"只要是节约的主妇,
只要是细心的主妇,
她就第一个去挤牛奶,
她一定自己去挤牛奶。"

伊尔玛利宁的妻子,
就急忙去熏家畜,
就急忙去挤牛奶,

望一望面前的家畜，　　　　　　　　200
注视着有角的畜群，
她就这样地说明：
"这些家畜看起来真美，
有角的家畜这么滑润，
这都用山猫皮揩拭，
这都用山羊毛摩擦，
它们的乳房很丰满，
鼓鼓的有多么胖大！"
　她就弯下身去挤奶，
她坐了下去把奶挤，　　　　　　　　210
她拉了一次又两次，
她又试了第三次，
狼凶暴地向她冲来，
熊凶暴地向她猛扑，
狼撕碎了她的嘴，
熊撕碎了她的筋肉，
咬去了她的一半小腿，
也把她的胫骨咬碎。
　卡勒沃的儿子古勒沃，
这样报复了她的欺侮，　　　　　　　220
妇女的欺侮和戏弄，
恶婆子受到了报复。
　伊尔玛利宁的好妻子，
就禁不住啼啼哭哭，
她又这样地说道：
"凶恶的牧人！你太狠毒，
你把熊赶进了住所，
你把巨狼赶进了院落。"
　卡勒沃的儿子古勒沃，
听了就这样回答说：　　　　　　　　230

"我太狠毒,凶恶的牧人,
可还不及主妇凶恶。
在我的面包里搁石头,
她在面包里烘了石块,
我切面包切到了石头,
我的刀就突然损坏;
这是我的父亲的刀,
我们一族的传家宝。"

　伊尔玛利宁的妻子说:
"牧人啊,亲爱的牧人,　　　　　　　　240
能不能变你的主意,
肯不肯念你的咒文,
让我逃出狼的牙床,
让我逃出熊的爪子,
我要给你漂亮的围巾,
我要给你更好的衬衣,
给你小麦面包和奶油,
给你喝最甜的牛奶,
还要让你一年不劳动,
第二年工作也很轻快。　　　　　　　　250

　"如果不赶快拯救我,
不把我的痛苦解除,
死亡立刻就抓住我,
我就要变成泥土。"

　卡勒沃的儿子古勒沃,
说出了这样的言辞:
"你要毁灭,你就毁灭,
你要死,你就去死!
有的是地方,在地下,
在卡尔玛的家里,　　　　　　　　　　260
伟大的也在那里睡眠,

骄傲的也在那里安息。"
　　伊尔玛利宁的妻子说：
"至高无上的大神乌戈！
赶快造一把最好的弓，
赶快挽起你的强弩，
你再取一支铜箭，
扣上了你的巨弩，
射出了火红的箭，
把你的铜箭射出，　　　　　　　270
射通了他的胳肢窝，
射裂了他的肩膀。
射死这凶恶的家伙，
让卡勒沃的儿子死亡，
用你的钢镞箭射他，
用你的铜箭射他。"
　　卡勒沃的儿子古勒沃，
他就这样回答说：
"至高无上的大神乌戈！
不要听她的话射我。　　　　　　280
射伊尔玛利宁的妻子，
射死这凶恶的妇女，
不让她从这里起来，
不让她从这里离去。"
　　伊尔玛利宁的妻子，
最巧妙的工匠的主妇，
像烟煤从铁锅上落下，
她立刻倒下死去，
在屋前的院落里死去，
在狭窄的院落里死去。　　　　　290
　　年轻的妻子这样死亡，
美丽的主妇这样毁灭，

铁匠长久地追求她，
经过长长的六年岁月，
是伊尔玛利宁的欢乐，
是著名的铁匠的宝物。

第三十四篇

古勒沃和他的父母

一、古勒沃逃出伊尔玛利宁的住所,忧郁地在森林里流浪。(第1—106行。)

二、他遇见了林中老妇,她告诉他,他的父母、兄弟、姊妹都还活着。(第107—162行。)

三、依了她的指示,他在拉伯兰边境找到他们。(第163—188行。)

四、他的母亲告诉他,她很早就以为他死了,又告诉他,她的大女儿在采莓果的时候失踪。(第189—246行。)

卡勒沃的儿子古勒沃,
这青年穿着蓝长袜,
还有最好的皮鞋,
最漂亮的黄头发,
他急急忙忙登程,
离开伊尔玛利宁家里,
趁他的主人还不知道,
他的妻子死亡的消息,
他会恨恨地将他伤害,
他会立刻将他消灭。　　　　10

他欢乐地离开伊尔玛,
吹着笛子离开了铁匠,
草地上角声吹得多高,
开垦地里喊得多响亮。

草地上响起了回声，
他冲过平原和沼泽，
他的号角不停地高唱，
引起了可怕的欢乐。
　他们在工场里听到， 20
铁匠正站在炉旁，
他到胡同里听一听，
他到院子里望一望，
是谁在森林中奏曲子，
是谁在草地上吹笛子。
　他看到了刚发生的事，
他看到了十足的真情，
他看到长眠的妻子，
他看到死去的美人，
她在草地上倒下，
她在院子里倒下。 30
　铁匠就站在那里，
心头充满了哀戚；
他悲哭了多少夜晚，
他流泪了多少星期，
他的灵魂柏油一样黑，
他的心又暗似烟煤。
　古勒沃尽向前走去，
他赶着路，没有目的，
有一天他穿过森林，
穿过希息的林地， 40
到了黄昏，天已经黑暗，
他就倒在地上安眠。
　这孤儿坐在那里，
这孤独者沉思默想：
"他们为什么造了我，

是谁注定了我这样，
流浪于月亮、太阳之下，
永远地在天空之下？

"别人可以去自己的家，
可以去自己的屋子，　　　　　　　50
我的家却在森林，
我的屋子却在草地。
我的火炉就在风中，
我的浴室就在雨中。

"最慈悲的俞玛拉！
有多少年代经过，
你从来没有造出一人，
注定他永远孤苦，
在天空下没有父亲，
一开始就没有母亲，　　　　　　　60
俞玛拉！像你造我一样，
注定我孤苦伶仃，
像一只流浪的海鸥，
像海鸥在湖礁上；
太阳照射着燕子，
麻雀也浴着阳光，
空中的鸟儿都欢乐，
只有我却永远不幸，
我一生看不见阳光，
我的是悲哀的一生。　　　　　　　70

"我不知道谁养育我，
也不知道生我的是谁，
她就像水鸡一样，
又像野鸭，生我于沼地，
又像小凫生在岸边，
像秋沙鸭生于岩穴间。

"我很小就失去父亲,
我很弱就失去母亲,
父亲死了,母亲死了,
我的一族不留一人,　　　　　　80
他们只留给我冰的鞋,
留给我的袜子满是雪,
他们让我躺在冰上,
让我在台地上滑跌,
我就跌到沼泽里,
我就陷进泥淖里。

"我一生中从来没有,
我一生中从不着急,
要造一个台在沼泽,
要造一座桥在洼地;　　　　　　90
我没有在沼泽里陷下,
我有两只手帮助,
我还有灵活的五指,
十个指甲救出了我。"

他又突然地想到,
头脑里有一个念头,
他要到温达摩那里,
去报他的父亲的仇,
父亲的仇,母亲的眼泪,
还有他自己的怨气。　　　　　　100

他就这样地说道:
"等着,等着,温达摩宁!
你小心,我一族的凶手!
如果我们开始了战争,
我要焚毁你的住房,
我要烧掉你的田庄。"

一个老太婆向他走来,

森林的蓝袍的夫人,
她就这样地说道,
表达了她的心情: 110
"古勒沃宁到哪里去,
卡勒沃的儿子去哪里?"
　卡勒沃的儿子古勒沃,
他就这样回答道:
"我头脑里有一个念头,
我心里突然地想到,
我要流浪到别处去,
到温达摩的村子里,
去报我的父亲的仇,
父亲的仇,母亲的眼泪, 120
我要烧掉那些住房,
我要烧得它精光。"
　老太太却这样回答,
说出了这样的话:
"你的一族没有毁灭,
卡勒沃也没有被杀;
你父亲依然在世上,
你母亲也依然健康。"
　"我的亲爱的老太太!
告诉我,亲爱的老女人! 130
哪里能找到我的父亲,
哪里是我生身的母亲?"
　"你的父亲住在那里,
还有你生身的母亲,
就在一个鱼塘的岸边,
远远在拉伯兰边境。"
　"我的亲爱的老太太!
告诉我,亲爱的老女人!

我怎么去他们那里，
哪里能找到路径？" 140
"你很容易去那里，
虽然你不熟悉路径，
你必须在林中通过，
你必须在河边趱行，
你要走一天又两天，
你还要走第三天，
你再转身向西北方，
到了郁郁葱葱的高山，
你就在高山下前进，
沿着这高山的左面， 150
你又来到一道大河，
这就在高山的右面，
你再顺着河边走去，
还有三道瀑布飞跃，
最后你来到了海角，
它伸着狭窄的长舌，
海角一端有一所房，
那面，还有捕鱼的茅屋。
你的父亲住在那里，
那里还有你的生母。 160
还有你的两个姊妹，
那两个姑娘多美丽。"
　卡勒沃的儿子古勒沃，
他急急地赶路向前，
他走了一天又两天，
他又走了第三天，
他再转身向西北方，
来到郁郁葱葱的高山，
在高山下走到半途，

他又转身向着西面，　　　　　　　　　170
终于找到了那道河，
他就沿着河岸前进，
他在那道河的西岸，
经过了三道瀑布趱行，
最后他来到了海角，
它伸着狭窄的长舌，
海角一端有一所房，
那面，还有捕鱼的茅舍。

　他就走进了屋子，
房间里谁都不认识他：　　　　　　　　180
"这生客来自什么湖泊，
这旅人来自什么国家？"

　"怎么连儿子也不认识，
连自己的孩子也忘记，
那时温达摩的强盗们，
掳了我到他们家里，
我不比父亲的一拃高，
也不比母亲的纺锤高？"

　他的母亲打断了他，
这老太太悲叹连声：　　　　　　　　　190
"我的儿子，不幸的儿子，
我的可怜的金别针！
你可曾用你的眼睛，
远远地向这里眺望，
我早已悲悼你的毁灭，
我早已哀哭你的死亡。

　"以前我有两个儿子，
还有两个美丽的女儿，
他们有两个已经不见，
年长的两个已经去世；　　　　　　　　200

先是儿子死于恶战,
后是女儿,不知怎么死。
一个儿子已经回家,
一个女儿却没有消息。"
　　卡勒沃的儿子古勒沃,
轮到他来提出问题:
"你的女儿怎么不见了,
我的妹妹出了什么事?"
　　他的母亲回答他,
说出了这样的言辞: 210
"我女儿这样不见了,
你妹妹出了这样的事。
她到树林里采莓果,
到山下去找覆盆子,
就毁灭了这鸟儿,
就不见了这鸽子,
我们不知道她怎么死,
我们说不上她怎么死。
　　"有谁想念着这姑娘?
除了母亲,谁也不惦记。 220
她的母亲去寻觅她,
惦记她的母亲去寻觅,
不幸的母亲我去了,
我去寻觅我的女儿,
像熊一样冲过树林,
像水獭一样蹿过荒地,
我寻觅了一天又两天,
我又寻觅了第三天。
等到第三天过去,
我还流浪了不少时间, 230
终于来到一座大山,

到达了最高的峰顶,
一直叫唤我的女儿,
一直哀悼这失去的人:
'我亲爱的女儿在哪里,
回家来吧,我的女儿!'
　"我这样对女儿喊嚷,
一直哀悼这失去的人,
大山对我作了回答,
草原也响起了回声: 240
'不要叫唤你的女儿,
不要叫唤,也不要喊嚷,
她再不能活着回来,
她再不能回到家乡,
不能回到母亲的住所,
不能回到父亲的船坞。'"

第三十五篇

古勒沃和他的妹妹

一、古勒沃替他的父母干种种工作,但结果是将一切都搞坏,他的父亲就差他去缴地租。(第1—68行。)

二、他在回家的时候遇见了采莓果失踪的妹妹,他就将她拉到雪车里。(第69—188行。)

三、他的妹妹后来知道了他是谁,就投身于急流之中。(第189—266行。)

四、古勒沃赶到家中,对母亲讲述了妹妹的可怕的命运,又打算自杀。(第267—344行。)

五、他的母亲劝他不要自杀,叫他到什么地方隐藏起来,也许他的悔恨的心情可以复原。然而古勒沃又决意还是先对温达摩报仇。(第345—372行。)

卡勒沃的儿子古勒沃,
他穿着最蓝的长袜①,
他过着这样的生活,
在父母的庇荫下,
他依然什么也不明白,
他缺少成人的聪明,
这孩子抚育得很坏,
他的教养实在不行,

---

① 蓝袜子是否强有力的标志?乌戈也穿着蓝袜子。——英译者。

他有一个乖张的老父,
他有一个愚蠢的老母。　　　　　　　　　　10
　　这孩子就着手工作,
他去干种种的行当,
有一天他去捕鱼,
他撒下最大的拖网,
他握紧桨细细寻思,
又说着这样的话:
"我是不是要尽力拖,
我是不是要拼命划;
还是像平常一样划,
不要过于用力地划。"　　　　　　　　　20
　　舵手就这样回答,
说出了这样的话:
"你可以尽力去拖,
你可以拼命去划,
你不能把船划做两半,
也不能把它划成碎片。"
　　卡勒沃的儿子古勒沃,
他就尽力拖他的船,
他就拼命划他的船,
将木桨架划做两半,　　　　　　　　　30
打碎了杜松木的船肋,
将白杨木的船打碎。
　　卡勒沃出来看见了,
他就这样对他说:
"你不懂得怎么划船,
你把木桨架划破,
打碎了杜松木的船肋,
把白杨木的船打碎。
你还是去把鱼赶进网,

575

最好你还是去搅水。" 40
　　卡勒沃的儿子古勒沃,
他就动手搅水去,
他举起他的杆子,
说出了这样的言辞:
"我是不是要尽力搅,
使出我最大的气力;
还是像平常一样搅,
让这搅水杆禁得起?"
　　撒网人这样回答道:
"难道那能算是搅水, 50
如果你不尽力搅,
不使出最大的气力?"
　　卡勒沃的儿子古勒沃,
使出他的最大的力量,
他尽力地搅着水,
他将水搅成了肉汤,
他将网捣成了麻屑,
他将鱼压成了黏液。
　　卡勒沃出来看见了,
就说着这样的话: 60
"你不懂得怎么搅水,
你把网捣成了碎麻,
你把浮子打成末屑,
你把网眼撕得粉碎,
你还是给我完税去,①
你去完土地的租税;
你最好还是去旅行,
在路上学一点聪明。"

---

① 卡勒沃本人就是首领,这里说的不很明了;为什么,或者是给谁,他要交租? ——英译者

卡勒沃的儿子古勒沃，
他穿着最蓝的长袜， 70
还有最好的皮鞋，
最漂亮的黄头发，
他就上路去完税，
去还土地的租税。

当他已经将税完了，
将土地的租税完纳，
他就跳进了雪车，
他在雪车中坐下，
踏上回家的路程，
向他的故乡前行。 80

他驾着辚辚的雪车，
在路上一径向前，
横过他以前的开垦地，
横过万诺的草原。

忽而遇见了一个姑娘，
她的黄头发迎风飘展，
在他以前的开垦地，
就在万诺的草原。

卡勒沃的儿子古勒沃，
立刻将雪车停下， 90
他就对她花言巧语，
说出了这样的话：
"姑娘！到雪车里来，
在毛皮上歇一歇。"

穿着雪鞋的姑娘说道，
一边滑雪一边回答：
"让死亡走进你的雪车，
让疾病在毛皮上坐下。"

卡勒沃的儿子古勒沃，

他穿着最蓝的长袜, 100
用他的珠饰的马鞭,
他鞭打着他的马,
他的马在路上腾跃,
雪车摇摆着把路赶,
他驾着辚辚的雪车,
在路上一径向前,
在渺渺茫茫的湖面,
跨过了宽广的水面。①

忽而遇见了一个姑娘,
她穿着皮鞋来前, 110
在渺渺茫茫的湖面,
跨过了宽广的水面。

卡勒沃的儿子古勒沃,
立刻将雪车停下,
他就张开他的嘴,
说出了这样的话:
"美人!到雪车里来,
一起走吧,大地的光彩!"
这穿着好鞋的姑娘,
说出了这样的言辞: 120
"让多尼到雪车里看你,
让玛纳莱宁和你一起。"
卡勒沃的儿子古勒沃,
他穿着最蓝的长袜,
用他的珠饰的马鞭,
他鞭打着他的马,
他的马在路上腾跃,
雪车摇摆着,路越近,

---

① 这里的湖当然已经结冰了。——英译者。

578

他驾着辚辚的雪车,
在路上迅速地前进, 130
跨过了波赫亚的荒地,
跨过了拉伯兰的边地。

忽而遇见了一个姑娘,
歌唱着,佩着锡的胸针,
她来自波赫亚的荒原,
她来自拉伯兰的边境。

卡勒沃的儿子古勒沃,
立刻勒住了他的马,
他就张开他的嘴,
说出了这样的话: 140
"姑娘!到雪车里来,
亲爱的!盖着我的毯子,
我的胡桃你可以咬,
我的苹果你可以吃。"

姑娘就这样回答,
锡饰的人就这样喊:
"啐你的雪车,你流氓!
去你的雪车,你坏蛋!
你的毯子下是严寒,
你的雪车里是黑暗。" 150

卡勒沃的儿子古勒沃,
他穿着最蓝的袜子,
他将姑娘拉进雪车,
他将她拖进雪车里,
他将她在毛皮上放下,
他将她推在毯子下。

锡饰的姑娘对他说,
说出了这样的言辞:
"赶快让我离开雪车,

好好地让这孩子下去， 160
我不要听什么下流话，
什么肮脏丑恶的语言，
不然我就跳到地上，
把雪车打成一片片，
打烂这该死的雪车，
让雪车变成了碎屑。"

　　卡勒沃的儿子古勒沃，
他穿着最蓝的袜子，
他打开皮制的宝箱，
掀开了彩色的盖子， 170
他给她看所有的银钱，
又献出了最好的织品，
还有长袜，全绣着金，
还有腰带，全饰着银。

　　织品使她眼花缭乱，
银钱使她成了新娘，
她受了白银的害，
她上了黄金的当。

　　卡勒沃的儿子古勒沃，
他穿着最蓝的袜子， 180
他对姑娘花言巧语，
他对姑娘抚爱怜惜，
他一只手管住了马，
另一只手抱住了她。

　　他同姑娘寻欢作乐，
锡饰的人十分疲乏，
在斑驳的毛皮上，
在铜饰的毯子下。

　　俞玛拉带来了早晨，
到了第二个白天， 190

姑娘就对他发问，
她就这样地开言：
"告诉我你的出身，
你的亲属是什么人，
一定是英勇的种族，
有的是伟大的父亲？"
　　卡勒沃的儿子古勒沃，
他就这样回答道：
"我的种族并不大，
并不大也并不小，　　　　　　　　　200
我的是中等的种族，
卡勒沃的不幸的儿子，
愚蠢的孩子，太笨了，
一个不中用的孩子。
告诉我你的亲属，
什么是你的出身，
一定是英勇的种族，
有的是伟大的父亲？"
　　姑娘很快地回答，
她就这样地说道：　　　　　　　　210
"我的种族并不大，
并不大也并不小，
我的是中等的种族，
卡勒沃的不幸的女儿，
愚蠢的姑娘，太笨了，
一个不中用的孩子。

　　"在我很小的时候，
同母亲生活在一起，
我到树林里采莓果，
我去山下找覆盆子，　　　　　　　　220
我采了覆盆子在山下，

我采了草莓在平原,
白天采来晚上休息,
采了一天又两天,
第三天也同样去采,
却找不到回家的路,
有不少路通往树林,
有一条到森林的小路。
"我站着哭了起来,
我哭了一天又两天, 230
最后到了第三天,
我爬上了一座大山,
一直攀上了最高峰。
我在峰顶又叫又喊,
回答我的有树林,
响应我的有草原:
'不要叫,糊涂的姑娘!
不要喊,你太愚蠢!
谁也不能听到你,
家里听不到你的喊声。' 240
"过了第三天第四天,
到了第五天第六天,
我打算撞死自己,
就这样永别了人间,
我却终于没有死去,
可怜的我不能死去。
"如果我在那时死去,
不幸的我毁灭了自己,
我在后来的第二年,
后来的第三个夏季, 250
就不像可爱的鲜花,
就不像光辉的叶子,

就不像地上的莓果，
就不像绯红的蔓越橘，
不会听到这可怕的事，
不会遭到这吓人的事。"

　　她一说完她的话，
她的话刚刚完毕，
她就从雪车里冲出，
一下跳进了河里，　　　　　　　　260
在奔腾的急流中，
在汹涌的漩涡下，
她终于找到了死亡，
死亡终于打倒了她，
多讷拉是她的避难所，
波浪里是她的安乐窝。

　　卡勒沃的儿子古勒沃，
他立刻从雪车下来，
他就大声地啼哭，
心头充满了悲哀。　　　　　　　　270
"真可怜！不幸的我，
不幸的家，不幸的日子！
她正是我自己的妹妹，
我污辱了母亲的孩子！
不幸的父亲和母亲，
真不幸，年老的双亲！
你们为什么养了我，
养了我这样的坏人？
如果没有生我、养我，
如果我不来到世间，　　　　　　　　280
如果我不日长夜大，
我的命运就好得远远；
死亡对待我有错误，

疾病也干得不聪明，
它们居然不打击我，
在活了两天后就送命。"

他用刀子解下车辕，
割断了雪车上的链环，
他一弓身跳上马背，
骑着白额马向前，   290
他只驶了不远的路途，
他只走了短短的行程，
就到了父亲的住宅，
就到了父亲的草坪。

他在院子里见到母亲：
"母亲！你生下了我，
我的亲爱的母亲！
那时候你一生下我，
不如把我搁在浴室里，
再闩上浴室的门，   300
让我在热气中窒息，
活了两天之后送命，
让我窒息在毯子下，
用窗帘把我闷死，
你把摇篮抛在火焰中，
你把摇篮推到灰烬里。

"如果村里的人问你：
'房间里怎么没有摇篮？
你为什么锁了浴室？'
你就可以这样开言：   310
'我已经烧掉了摇篮，
炉子上还吐着火焰，
我正在浴室里发麦芽，
麦芽已经发得很甜。'"

584

他的母亲立刻说道，
老太太这样发问：
"儿子，你遇到了什么事，
带来了多可怕的新闻？
你好像来自多讷拉，
你好像来自玛纳拉。" 　　　　　　　　　　　　320
　　卡勒沃的儿子古勒沃，
他就这样回答说：
"要告诉你可怕的事，
真是最可怕的灾祸。
我欺侮了自己的妹妹，
我污辱了母亲的孩子。
　　"我首先去完了税，
我已经交了地租，
忽而遇见一个姑娘，
我就同她寻欢作乐， 　　　　　　　　　　　　330
她却是我自己的妹妹，
她却是我母亲的孩子。
　　"她就向死亡扑去，
她就向毁灭猛冲，
在汹涌的漩涡下，
在奔腾的急流中。
现在我还不能决定，
我想不出什么办法，
我究竟该怎么寻死，
不幸的我在哪里自杀， 　　　　　　　　　　　340
还是嗥着的狼的嘴里，
还是吼着的熊的喉间，
还是鲸鱼的大肚里，
还是梭子鱼的牙齿间。"
　　他的母亲就回答道：

585

"不要去,亲爱的儿子!
到吼着的熊的喉间,
到嗥着的狼的嘴里,
到梭子鱼的牙齿间,
到鲸鱼的大肚里。 350
广大的是索米的海角,
宽阔的是萨沃的边地,
很可以在那里避祸,
罪人也很可以逃难。
你在那里躲五年六年,
在那里躲长长的九年,
让岁月抚慰你的悲伤,
终于有了平安的时光。"

卡勒沃的儿子古勒沃,
他就这样回答道: 360
"我不愿意去躲起来,
流浪的恶人也不愿逃,
我要到死亡的嘴边去,
卡尔玛的院子的门旁,
我要去鏖战的地方,
我要去英雄的战场。
温多依然挺立在那里,
这恶人依然势焰熏天,
父亲的痛苦还不曾消,
母亲的眼泪还不曾干, 370
且不提我受到的苦难,
且不说我遭到的灾难!"

第三十六篇

古勒沃的死亡

一、古勒沃准备作战,快乐地离开了家,只有母亲一人担心:他是到死亡那里去了。(第1—154行。)

二、他来到温达摩拉,蹂躏了整个地区,烧掉了住所。(第155—250行。)

三、等到他回家一看,自己的家也毁了,除了一条黑狗之外,没有别的生物,他带了狗到森林里去打猎,找一点食物。(第251—296行。)

四、横过森林,他又到了遇见他妹妹的地方,为了结束他的悔恨,他就拔刀自杀。(第297—360行。)

　　卡勒沃的儿子古勒沃,
　　他穿着最蓝的袜子,
　　他就准备去战争,
　　他有了作战的准备。
　　一小时磨他的佩剑,
　　又一小时磨他的枪尖。
　　他的母亲对他说:
　　"不要去,不幸的儿子!
　　不要投身这次大战,
　　那里只有刀剑砍击;　　　　10
　　无缘无故去作战,
　　一意孤行去打仗,
　　他就要受致命的伤,
　　他就要在战争中死亡,

他要在刀下死亡,
他要倒下,他要死亡。
　"如果你同山羊斗争,
同一只山羊作战,
山羊就要打败你,
把你抛在泥污中间;　　　　　　　　20
你就像狗一样回家,
你就像蛤蟆一样回家。"
　卡勒沃的儿子古勒沃,
他就这样回答道:
"我不会在沼泽中沉没,
我不会在草地上绊倒,
在渡乌栖息的田野,
在乌鸦叫唤的地方,
如果在战争中死去,
就在战场上阵亡,　　　　　　　　　30
在战争中倒下真高贵,
在刀声中毁灭最应当,
战争的狂热多么美好,
它使青年一心向往,
它使他迅速脱离邪恶,
它使他不再觉得饥饿。"
　他的母亲对他说道:
"如果你在战争中送命,
谁来赡养你的父亲,
谁天天伺候这老人?"　　　　　　　40
　卡勒沃的儿子古勒沃,
说出了这样的言辞:
"就让他死在院子里,
就让他在灰堆上死。"
　"谁来赡养你的母亲,

谁天天伺候这老太太?"

"就让她死在牛栏里,
就让她在草堆上毁灭。"

"谁来赡养你的哥哥, 50
谁天天将他照料?"

"就让他在森林里死去,
就让他在草地上晕倒。"

"谁来赡养你的嫂嫂,
谁天天将她照料?"

"就让她在井里毁灭,
就让她在水桶中死掉。"

卡勒沃的儿子古勒沃,
正当他离家的时辰,
就对他的父亲说道:
"永别了,高贵的父亲! 60
你也许哭得很悲伤,
如果听到我已经毁灭,
已经在人世间消失,
已经在战争中毁灭?

他的父亲就回答他:
"我不会为你哭泣,
如果我听到你毁灭,
我要再养一个儿子,
养一个更好的儿子,
一个更聪明的儿子。" 70

卡勒沃的儿子古勒沃,
说出了这样的言辞:
"如果我听到你死亡,
我也不会为你哭泣。
我要这样造一个父亲:
头用石头,嘴用泥,

眼用沼地上的蔓越橘，
胡须用枯了的树桩子，
用柳条做他的腿，
用烂树做他的肉体。" 80

他又对他的哥哥说道：
"永别了，亲爱的哥哥！
你会不会为我哭泣，
如果听到我已经毁灭，
已经在人世间消失，
已经在战争中死去？"

他的哥哥就回答他：
"我不会为你哭泣，
如果我听到你毁灭。
我要再找一个弟弟， 90
一个好得多的弟弟，
一个加倍漂亮的弟弟。"

卡勒沃的儿子古勒沃，
说出了这样的言辞：
"如果我听到你死亡，
我也不会为你哭泣。
我要这样造一个哥哥：
头用石头，嘴用水杨枝，
用蔓越橘做他的眼睛，
头发用枯了的树桩子， 100
用柳条做他的腿，
用烂树做他的肉体。"

他又对他的嫂嫂说道：
"永别了，亲爱的嫂嫂！
你会不会为我哭泣，
如果听到我已经死掉，
已经在人世间消失，

已经在战争中死去？"
　　他的嫂嫂就回答他：
"我不会为你啼哭， 110
如果我听到你毁灭，
我要再找一个小叔，
一个好得多的小叔，
一个聪明得多的小叔。"
　　卡勒沃的儿子古勒沃，
说出了这样的言辞：
"如果我听到你死亡，
我也不会为你哭泣。
我要这样造一个嫂嫂：
头用石头，嘴用水杨枝， 120
用蔓越橘做她的眼睛，
头发用枯了的树桩子，
用莲花做她的两耳，
用枫树做她的肉体。"
　　他又对他的母亲说道：
"我的亲爱的母亲！
你生了我，美好的母亲！
你养了我，尊贵的母亲！
你会不会为我哭泣，
如果听到我已经毁灭， 130
已经在人世间消失，
已经在战争中毁灭？"
　　他的母亲就回答他，
她就这样地开言：
"你不懂得母亲的心，
你不尊重母亲的情感。
我当然要为你哭泣，
如果我听到你毁灭，

已经在人世间消失，
已经在战争中毁灭； 140
我要哭到房屋漫水，
我要哭到地板漂浮，
让泪水流满牛栏，
让泪水淹没小路，
我要哭到雪向下冲去，
哭到大地又光又滑，
融雪的地上长满新绿，
泪水就在新绿间流下。

"如果我不能再哭了，
耗尽了悲伤的气力， 150
不能当着人们的面，
我就躲在浴室中哭泣，
让椅子随泪水漂去，
让泪水在地板上漫溢。"

卡勒沃的儿子古勒沃，
他穿着最蓝的袜子，
他歌唱着走向战争，
他欢乐地前赴战地，
他的喊声弥漫于荒原，
吹奏着经过平原、沼泽， 160
轰轰地在草地前进，
踏着残株断梗的田野。

一个送信人赶上了他，
在他的耳边低语：
"你父亲在家里死了，
年老的父亲已经死去。
现在回去见他一面，
还得把丧事办一办。"

卡勒沃的儿子古勒沃，

他立刻这样回答： 170
"他死了,就让他死。
屋子里有一匹骟马,
可以拉他到坟头去,
让他葬在卡尔玛那里。"

他吹奏着经过沼泽,
喊声弥漫于开垦地,
一个送信人赶上了他,
在他的耳边低语:
"你哥哥在家里死了,
双亲的孩子已经去世。 180
现在回去见他一面,
还得办一办他的丧事。"

卡勒沃的儿子古勒沃,
他立刻这样回答:
"他死了,就让他死,
屋子里有一匹种马,
可以拉他到坟头去,
让他葬在卡尔玛那里。"

他吹奏着经过沼泽,
角声弥漫在枞林里, 190
一个送信人赶上了他,
在他的耳边低语:
"你嫂嫂在家里死了,
公婆的孩子已经去世。
现在回去见她一面,
还得办一办她的丧事。"

卡勒沃的儿子古勒沃,
他立刻这样回答:
"她死了,就让她死,
屋子里有一匹母马, 200

可以拉她到坟头去，
让她葬在卡尔玛那里。"
　　他喊着在草原前进，
在草地上喊个不息，
一个送信人赶上了他，
在他的耳边低语：
"你的慈母已经死了，
亲爱的母亲已经去世。
现在回去见她一面，
还得办一办她的丧事。"　　　　　　210
　　卡勒沃的儿子古勒沃，
说出了这样的言辞：
"可怜我不幸的青年！
我的母亲已经去世，
她做窗帘做得太疲倦，
她绣被单绣得太劳累。
绕在长长的线管上，
她尽转着她的纺锤。
我竟不在她的身边，
当她的灵魂离开人世，　　　　　　220
也许面包太少饿死了，
也许天太冷，将她冻死。

　　"用最好的萨克森皂，
在屋子里将她洗沐，
用绸子将她围绕，
用细麻布将她包裹，
轻轻地抬到坟头去，
在卡尔玛那里埋葬，
升起了悲歌的声音，
应和着悲歌的回响，　　　　　　230
现在我还不能回家，

温达摩依然没有倒下,
这恶人还不曾消灭,
这恶棍还不曾被杀。"

　　他吹奏着走向战争,
欢乐地向温多拉前进,
他就这样地说道:
"乌戈,至高无上的大神!
给我一把最合用的剑,
给我一把最华丽的剑,　　　　　　　　240
它抵得上一支军队,
同成百的敌人作战。"

　　他要的宝剑得到了,
一把最华丽的剑,
他屠杀了一切人,
把温达摩全族杀完,
燃起了熊熊的烈火,
焚毁了所有的房屋,
只剩下屋子里的炉石,
还有院子里的山梨树。　　　　　　　250

　　卡勒沃的儿子古勒沃,
又回到自己的家乡,
来到他父亲的老屋,
来到他双亲的田庄。
他看到了住宅空空,
空旷的大地一片荒芜,
没有人出来迎接,
也没有人对他招呼。

　　他伸手摸一下炉灶,
炉灶的煤冷冰冰,　　　　　　　　　260
他一到家就知道,
他的母亲已经丧命。

他伸手碰一下火炉,
火炉的石头冷冰冰,
他一到家就知道,
他的父亲已经丧命。
　　他俯视了一下地板,
地板上一切乱纷纷,
他一到家就知道,
他的嫂嫂已经丧命。　　　　　　　　　　270
　　他赶到停船的地方,
一只船也没有留停,
他一到家就知道,
他的哥哥已经丧命。
　　他突然哭了起来,
哭了一天又两天,
他就这样地说道:
"母亲!你住在这乡间,
在你死后,亲爱的慈母,
难道什么也不留给我?　　　　　　　　280
　　"母亲!你听不到我了,
无论我的眼怎么悲啼,
我的额角怎么痛惜,
我的头又怎么哀戚。"
　　她的母亲在坟里醒了,
她在泥土下回答道:
"黑狗慕斯第还在那里,
你们一起向森林奔跑,
让它跟在你身边,
带它到多树木的地区,　　　　　　　　290
那里森林十分茂密,
森林姑娘在那里安居,

那里有蓝姑娘们①的家，
小鸟往来于松树之间，
你去求她们的帮助，
你去求她们的恩典。"

  卡勒沃的儿子古勒沃，
就带了黑狗前行，
踏在树木间的路上，
那里有最茂密的森林。　　　　　　　300
他只走了短短的路，
他前进了没有多远，
来到了一片森林，
他认出了面前的地点，
他在这里将姑娘诱惑，
将母亲的孩子污辱。

  那里，柔嫩的草在悲啼，
可爱的地点在痛惜，
青青的草在哭泣，
草原的花在叹息，　　　　　　　　310
为了那姑娘的毁灭，
母亲的孩子的死亡。
青青的草不再萌芽，
草原的花不再开放，
那地点也不再掩蔽；
就在那里发生了恶事，
那里他诱惑了姑娘，
污辱了母亲的孩子。

  卡勒沃的儿子古勒沃，
握紧了手中的利剑，　　　　　　　320
一边转着剑一边看，

---

① "蓝姑娘们"，芬兰文的直译，意即"森林仙女"。

他对他的剑开言,
他询问剑的意见,
它是不是要将他处死,
喝干他的邪恶的血液,
吞下他的有罪的肉体。
　剑了解他的意思,
了解这英雄的问题,
它就这样地回答:
"既然是自己愿意,　　　　　　　　330
我要喝干邪恶的血液,
我要吞下有罪的肉体。
清白的血液我也喝过,
无罪的肉体我也吞过。"
　卡勒沃的儿子古勒沃,
他穿着最蓝的袜子,
剑柄牢牢地插在地上,
剑把紧紧地插入草地,
他就向剑尖扑去,
剑尖正对他的胸膛,　　　　　　　340
他这样投身于毁灭,
他这样找到了死亡。
　这青年就这样毁灭,
死去了古勒沃这英雄,
结束了英雄的一生,
毁灭了不幸的英雄。
　年老的万奈摩宁,
他一听到他已经死去,
听到古勒沃已经倒下,
就说出了这样的言辞:　　　　　　350
"人们哪!将来对于孩子,
万不能胡乱地教育,

万不能愚蠢地抚养，
不关心地哄他们睡去。
胡乱地教育了的孩子，
愚蠢地抚养了的儿童，
长成了都没有理智，
大起来什么也不懂，
无论他们活到很老，
无论他们长得多好！"

第三十七篇

金 银 新 娘

一、伊尔玛利宁为了死去的妻子久久啼哭着。(第1—34行。)

二、伊尔玛利宁后来又辛苦又麻烦地用金银给自己打造一个妻子。(第35—162行。)

三、夜间他就睡在金新娘身旁,但在第二天早晨,他发现在他向她转过身去的一边十分寒冷。(第163—196行。)

四、他要将金新娘送给万奈摩宁,他却拒绝了,而且劝他打造更加有用的东西,或者将她送到有喜爱金子的居民的别的国家去。(第197—250行。)

  铁匠伊尔玛利宁,
  天天晚上哀悼他的妻,
  他在不眠的夜间啼哭,
  白天也哭着,为她绝食,
  天天早晨他哀悼她,
  清早的时间他悲叹,
  从年轻的妻毁灭以来,
  从死亡抢去她的那天。
  他手中不再挥动,
  他的锤子的铜柄,   10
  不再听到锤声叮当,
  过去了一个月的光阴。
  铁匠伊尔玛利宁说道:

"我不知道,不幸的青年,
怎么过这忧伤的日子,
在夜间我坐卧不安,
悲哀时时在黑夜袭击,
忧患销蚀了我的气力。

"我的晚间那么厌烦,
我的早晨那么忧愁, 20
黑夜又那么凄凉,
最坏的是清醒的时候。
我并不为晚间担忧,
我并不为早晨伤心,
也不为别的季节烦恼,
我只为美丽的人伤心,
我只为亲爱的人伤心,
只为她,黑眉毛的美人。

"往往在这阴暗的时间,
在我的烦恼的时刻, 30
在我的午夜的梦中,
我的手总碰不到什么,
我的手陌生地摸索,
抓着的却只有痛苦。"

铁匠孤单地生活着,
他渐渐老了,没有妻子,
他哭泣了两月又三月,
后来在第四个月里,
他从湖水里取来金子,
他从波浪中取来银子, 40
又收集了一大堆木头,
装得满三十辆车子,
他将木头烧成炭,
又运到工场里面。

他取了一部分金子，
他选了一些银子，
就像是秋天的母羊，
就像是冬天的兔子，
他将金子烧得通红，
银子也在炉中安放，　　　　　　　　50
他让奴隶们拉着风箱，
他让工役们推着风箱。
　奴隶们尽拉着风箱，
工役们尽推着风箱，
他们推着，并不戴手套，
他们拉着，赤露着肩膀，
铁匠伊尔玛利宁自己，
小心地将炉火守望，
他要打造一个新娘，
金子和银子的新娘。　　　　　　　　60
　奴隶们拉得很不行，
工役们也不再推动，
铁匠伊尔玛利宁，
就自己动手做工。
他拉风箱一次又两次，
他拉风箱拉了第三次，
他再察看一下炉子，
仔细地向风箱注视：
炉子里起来了什么，
火焰中上升了什么。　　　　　　　　70
　一只母羊从炉中起来，
它从风箱外上升。
有一根金毛，一根铜毛，
第三根毛又全是银；
别人也许觉得欢喜，

伊尔玛利宁却不欢喜。
　铁匠伊尔玛利宁说道：
"也许只有狼才欢喜你，
我要金子打成的新娘，
一半又用的是银子。"　　　　　　　　　　80
　铁匠伊尔玛利宁，
将母羊推进炉子，
他在其中加上金子，
他还加上了银子，
他让奴隶们拉着风箱，
他让工役们推着风箱。
　奴隶们尽拉着风箱，
工役们尽推着风箱，
他们推着，并不戴手套，
他们拉着，赤露着肩膀，　　　　　　　　90
铁匠伊尔玛利宁自己，
小心地将炉火守望，
他要打造一个新娘，
金子和银子的新娘。
　奴隶们拉得很不行，
工役们也不再推动，
铁匠伊尔玛利宁，
就自己动手做工。
他拉风箱一次又两次，
他拉风箱拉了第三次，　　　　　　　　100
他再察看一下炉子，
仔细地向风箱注视：
炉子里起来了什么，
火焰中上升了什么。
　一匹小马从炉中起来，
它从风箱外上升，

金的鬃毛，银的头，
它的蹄子全是铜；
虽然它使别人中意，
伊尔玛利宁却不欢喜。 110
　　铁匠伊尔玛利宁说道：
"也许只有狼才欢喜你，
我要金子打成的新娘，
一半又用的是银子。"
　　铁匠伊尔玛利宁，
将小马推进炉子，
他在其中加上金子，
他还加上了银子，
他让奴隶们拉着风箱，
他让工役们推着风箱。 120
　　奴隶们尽拉着风箱，
工役们尽推着风箱，
他们推着，并不戴手套，
他们拉着，赤露着肩膀。
铁匠伊尔玛利宁自己，
小心地将炉火守望，
他要打造一个新娘，
金子和银子的新娘。
　　奴隶们拉得很不行，
工役们也不再推动， 130
铁匠伊尔玛利宁，
就自己动手做工，
他拉风箱一次又两次，
他拉风箱拉了第三次，
他再察看一下炉子，
仔细地向风箱注视：
炉子里起来了什么，

火焰中上升了什么。
　一个姑娘从炉中起来,
金发的从风箱外上升,　　　　　　140
银的头,金的鬈发,
她的姿态那么迷人,
别人见了也许害怕,
伊尔玛利宁却不惊讶。
　铁匠伊尔玛利宁,
就将她打造成形,
夜晚他一歇也不歇,
白天他一停也不停。
他打好了姑娘的脚,
打了脚,又将手打好,　　　　　　150
这双脚却支不住自己,
这双手又不能将他抱。
　他打好了姑娘的耳朵,
这双耳朵却不能听,
他打好了美丽的嘴,
可爱的嘴,闪耀的眼睛,
这张嘴却不能言语,
这双眼睛也没有笑意。
　铁匠伊尔玛利宁说道:
"她就是个可爱的姑娘,　　　　　160
如果她有说话的技术,
说话小心,行为又正当。"
　后来他搁下这姑娘,
搁在最柔软的毯子上,
垫着最柔软的枕头,
在丝绸的床上安放。
　铁匠伊尔玛利宁,
又烧热了蒸汽浴室,

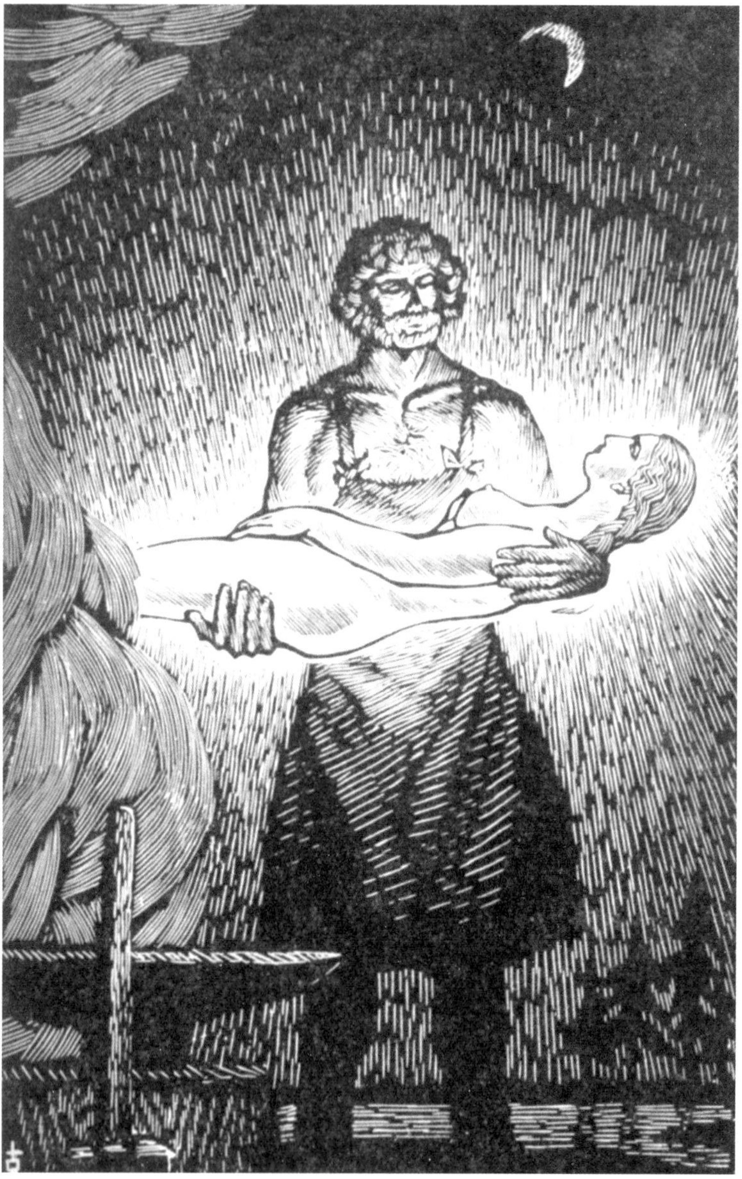

将肥皂带到浴室里，
预备了做浴帚的树枝， 170
他提来了三满桶水，
让这小碛䴗洗一洗，
让这小金翅雀洗干净，
显出灰土下的美丽。

铁匠自己也洗了澡，
他洗了个意足心满，
躺在最柔软的毯子上，
就在姑娘的身边，
在钢架的帷帐之下，
在铁围的圆顶之下。 180

铁匠伊尔玛利宁，
就在第一天夜里，
他要许多被单、毯子，
用来保护他自己，
还有两三张熊皮，
还有五六条绒毯，
他就在一边躺下，
恰在金像的对面。

铺着被褥的一边，
已经是十分温暖； 190
在年轻的姑娘身旁，
正对金像的一面，
那面却十分寒冷，
冷得已经结了冰，
就像结了冰的湖面，
冻得石头一样硬。

铁匠伊尔玛利宁说道：
"这姑娘并不使我高兴，
我要把她带给万诺，

把她交给万奈摩宁，
坐在他膝上像是妻子，
停在他怀里像是鸽子。" 200

他就带她到万诺拉，
到了之后他就说明，
说出了这样的话：
"年老的万奈摩宁，
我给你带来个姑娘，
这姑娘十分好看，
她的嘴张得不太大，
她的下巴颏也不太宽。" 210

年老心直的万奈摩宁，
他对金像细细注视，
他注视她的金子的头，
说出了这样的言辞：
"你为什么给我带来，
带来这金子的妖怪？"

铁匠伊尔玛利宁说道：
"我好心地把她带给你，
妻子似的坐在你膝上，
鸽子似的停着你怀里。" 220

年老的万奈摩宁说道：
"我亲爱的铁匠兄弟！
把这姑娘推进炉子，
打造些别的种种东西，
不然就带她到俄罗斯，
把金像带给萨克森人，
他们要和战利品成亲，
他们要在恶战中求婚；
这对于我却不适当，
这不合乎我的身份， 230

向金子的新娘求婚，
或者为了银子担心。"
　　这从水中出生的英雄，
万奈摩宁这样地教训，
对正在起来的一代，
也对已经长成的人们，
他们为金子低首下心，
他们为银子低声下气，
他表达他的心情，
说出了这样的言辞： 240
　　"青年们！无论多么不幸，
在将来，长大的英雄们！
无论有多大的财产，
也无论多么贫困，
只要黄金的月亮照耀，
在你们长长的一生，
不要向金子女人求婚，
也不要为了银子烦闷，
金子的光辉要结冰，
银子的气息那么冷。" 250

第三十八篇

伊尔玛利宁的新新娘

一、伊尔玛利宁到波赫尤拉去,向他的第一个妻子的妹妹求婚。(第1—44行。)

二、但他得到的是侮辱的回答,他不禁大怒,就将姑娘抢来,取道回家。(第45—124行。)

三、在途中,姑娘很看不起伊尔玛利宁,触怒了他,他终于将她变成了海鸥。(第125—286行。)

四、伊尔玛利宁一到家,就告诉万奈摩宁,波赫尤拉的居民自从有了三宝以来,过得多么自由自在,又告诉他,他的这次求婚完全失败了。(第287—328行。)

> 铁匠伊尔玛利宁,
> 这伟大的原始的工匠,
> 就扔掉金的人像,
> 就扔掉银的姑娘,
> 他又驾起他的雪车,
> 系上他的栗色马,
> 他就登上了雪车,
> 他在雪车中坐下,
> 他离开了家上路,
> 一边赶车一边想,   10
> 他要到波赫尤拉去,
> 去娶另一位姑娘。

他向前赶了一天，
他又赶了第二天，
终于在第三天上，
来到波赫尤拉的大院。
　　波赫尤拉的女主娄希，
到院子里接见了他，
他们就开始谈话，
她转身来这样问他，　　　　　　　　　20
她的孩子身体怎样，
她的女儿是否满意，
她做了主人的儿媳，
她做了主妇的儿媳。
　　铁匠伊尔玛利宁，
垂下头，深深地伤感，
他的帽子侧在一边，
他就这样地开言：
"你不要问我，母亲！
你不要这样问我，　　　　　　　　　　30
你的女儿怎么安住，
你的亲人怎么生活！
死亡已经把她带去，
可怕的死亡抢走了她。
我的莓果已经在野外，
我的美人已经在地下，
她的黑鬓发在残株下，
银白的美人在草丛里；
再给我年轻的姑娘，
再给我你的二女儿，　　　　　　　　　40
给我吧，亲爱的母亲！
嫁给我，你的二女儿，
让她住姐姐的屋子，

让她占姐姐的位置。"
　　波赫尤拉的女主娄希，
她就这样回答说：
"不幸的我啊！我错了，
这真是痛心的灾祸，
我竟答应把孩子给你，
我给了你那个姑娘，　　　　　　　50
她这么年轻就长眠，
美丽的她已经死亡。
我把她搁在狼的嘴里，
咆哮的熊的牙床里。

　　"我没有女儿给你了，
不再给你我的女儿，
让她去洗你的煤灰，
让她去搔你的煤灰，
我还不如把我女儿，
把我的温柔的女儿，　　　　　　　60
送到汹涌的瀑布里，
永远奔腾的漩涡里，
让玛纳的虫豸咬啮，
让多尼的梭子鱼咬啮。"

　　铁匠伊尔玛利宁，
嘴和头都歪在一边，
黑头发也蓬乱非常，
他摇着头怒气冲天，
他就冲进房间里，
他就站在屋顶下，　　　　　　　　70
他又这样地说道：
"姑娘！你快跟我回家，
去占你姐姐的位置，
去住你姐姐的房子，

给我把蜜饼烘烤,
把最好的麦酒酿制。"
　　有孩子在地板上歌唱,
唱出了回答的声音:
"恶客啊!快离开这城堡,
生人啊!快离开这大门!　　　　　　　80
你损害了我们的城堡,
这城堡遭到了灾殃,
从你以前走进这大门,
从你最初来到这地方。
　　"姑娘,我亲爱的姐姐!
你不要爱这个情郎,
不要看他的嘴多灵巧,
不要看他的脚多漂亮,
他的牙床像狼的牙床,
他的弯脚像狐狸的脚,　　　　　　　90
他藏起了熊的爪子,
嗜血的是他的腰刀,
他就用它来砍掉头颅,
他就用它来劈开脊骨。"
　　姑娘自己也这样说,
她回答伊尔玛利宁:
"我怎么也不跟你去,
我不要这样的恶棍,
你谋杀了第一个妻子,
你把我的姐姐杀死。　　　　　　　　100
你也就会谋杀我,
同样地把我杀死。
要一个更有身份的人,
才配得上这样的姑娘,
他的容貌还要清秀,

载我的雪车还要漂亮，
带到更大更美的屋子，
要比你的家好得多多，
我不去铁匠的黑煤房，
愚蠢的丈夫的住所。" 110

铁匠伊尔玛利宁，
这伟大的原始的工匠，
嘴和头都歪在一边，
黑头发也蓬乱非常，
一下就把姑娘逮住，
紧紧地逮住了姑娘，
暴风雪似的冲出房间，
拖到雪车停着的地方，
他把姑娘推进雪车，
他把她扔在雪车上， 120
就急急忙忙上路，
准备奔往他的家乡，
他一只手带马向前，
一只手扶在姑娘胸前。

姑娘这样地说道，
她又啼哭又悲伤：
"我要去长水芋的沼泽，
要去长蔓越橘的地方，
这鸽子临到了灾殃，
这小鸟飞近了死亡。 130

"铁匠伊尔玛利宁！
如果你不释放我，
我要把你的雪车打烂，
我要把你的雪车打破，
用我的膝打成两半，
用我的腿打成碎片。"

铁匠伊尔玛利宁，
就这样回答姑娘：
"铁匠打造的这雪车，
车板都用钢铁包上，　　　　　　　　　140
什么磕碰它都经得起，
也经得起姑娘的撞击。"
　　不幸的姑娘长吁短叹，
这铜腰带哭哭啼啼，
她挣扎着，扭伤了两手，
她挣扎着，碰破了手指，
她就这样地说道：
"如果你不释放我，
我要变一条湖里的鱼，
一条鲫鱼游到水深处。"　　　　　　150
　　铁匠伊尔玛利宁，
说出了这样的言辞：
"这样你还是逃不去，
我要变梭子鱼来追你。"
　　不幸的姑娘长吁短叹，
这铜腰带哭哭啼啼，
她挣扎着，扭伤了两手，
她挣扎着，碰破了手指，
她就这样地说道：
"如果你不释放我，　　　　　　　　160
我就要躲在树林里，
变一只岩石间的貂鼠。"
　　铁匠伊尔玛利宁，
说出了这样的言辞：
"这样你还是逃不去，
我要变水獭来追你。"
　　不幸的姑娘长吁短叹，

这铜腰带哭哭啼啼,
她挣扎着,扭伤了两手,
她挣扎着,碰破了手指,　　　　　　170
她就这样地说道:
"如果你不释放我,
我要变高飞的云雀,
在云朵后面藏躲。"
　铁匠伊尔玛利宁,
说出了这样的言辞:
"这样你还是逃不去,
我要变老鹰来追你。"
　他们经过短短的路,
他们走了没有多远,　　　　　　　180
马竖起了耳朵倾听,
长耳朵的马不敢向前。
　姑娘就昂起头来,
看到雪地上的新足迹,
她就这样地问道:
"有什么经过了这里?"
铁匠伊尔玛利宁说:
"一只野兔在这里跑过。"
　不幸的姑娘叹着气,
深深地呻吟又叹息,　　　　　　　190
她就这样地说道:
"可怜我,不幸的东西!
那一定要好得远远,
我一定交上了好运,
如果跟着野兔的脚印,
跟着这弯腿向前奔。
与其伴着皱皮的新郎,
在雪车里,在毯子下,

野兔的毛比他美丽，
野兔的缺嘴比他文雅。" 200

　　铁匠伊尔玛利宁，
咬着嘴唇，头侧在一边，
雪车辚辚地前进，
他们走了没有多远，
马竖起了耳朵倾听，
长耳朵的马不敢前行。

　　姑娘就昂起头来，
看到雪地上的新足迹，
她就这样地问道：
"有什么经过了这里？" 210
铁匠伊尔玛利宁说：
"一只狐狸在这里跑过。"

　　不幸的姑娘叹着气，
深深地呻吟又叹息，
她就这样地说道：
"可怜我，不幸的东西！
那一定要好得远远，
我一定交上了好运，
如果乘了狐狸雪车，
乘了拉伯兰雪车飞奔， 220
与其伴着皱皮的新郎，
在雪车里，在毯子下，
狐狸的毛比他美丽，
狐狸的缺嘴比他文雅。"

　　铁匠伊尔玛利宁，
咬着嘴唇，头侧在一边，
雪车辚辚地前进，
他们走了没有多远，
马竖起了耳朵倾听，

长耳朵的马不敢前行。 230
　姑娘就昂起头来,
看到雪地上的新足迹,
她就这样地问道:
"有什么经过了这里?"
铁匠伊尔玛利宁说:
"一只狼在这里跑过。"
　不幸的姑娘叹着气,
深深地呻吟又叹息,
她就这样地说道:
"可怜我,不幸的东西! 240
那一定要好得远远,
我一定交上了好运,
如果我跟着嗥叫的狼,
跟着这大鼻子向前奔,
与其伴着皱皮的新郎,
在雪车里,在毯子下,
狼的毛比他美丽,
狼的缺嘴比他文雅。"
　铁匠伊尔玛利宁,
咬着嘴唇,头侧在一旁, 250
雪车辚辚地前进,
夜晚到了一个村庄。
　这旅途过于疲倦,
铁匠睡得那么深沉,
睡了,没有做她的丈夫,
这使姑娘发出了笑声。
　铁匠伊尔玛利宁,
醒了,在清清的早上,
嘴和头都扭在一边,
黑头发也散乱非常。 260

铁匠伊尔玛利宁，
思索了一会就这样说：
"我要不要马上吟唱，
要不要把这样的新妇，
把她唱成林中的生物，
或者唱成水中的生物？

"不能唱成林中的生物，
不然森林里就被扰乱；
不能唱成水中的生物，
不然鱼儿都东逃西窜；   270
还不如用我的腰刀，
让她在我的剑下死掉。"

佩剑看出了他的目的，
它懂得这英雄的语言，
它就这样地说道：
"我生来不能这样干，
我不能将妇女处死，
我不能将弱者杀死。"

铁匠伊尔玛利宁，
他立刻念他的神咒，   280
他立刻愤怒地歌唱，
将妻子唱成了海鸥；
它就绕着峭壁吵嚷，
它就在礁石上悲鸣，
它就在海角周围叹息，
抵挡着袭来的狂风。

铁匠伊尔玛利宁，
驾着雪车急急向前，
雪车辚辚地前进，
他垂下头，十分凄惨，   290
他终于回到了家乡，

来到熟悉的大地上。
　　年老心直的万奈摩宁，
他在路上和他相遇，
他就这样地问道：
"伊尔玛利宁，铁匠兄弟！
你为什么这样忧郁，
帽子为什么推在一旁？
你从波赫尤拉回来，
波赫尤拉人过得怎样？" 300
　　铁匠伊尔玛利宁说道：
"波赫尤拉人过得怎样？
三宝不息地旋转，
彩色的盖子永远动荡，
第一天是为了储藏，
第二天是为了出让，
第三天是为了口粮。
　　"我说的是真情实况，
我要对你再说一遍，
波赫尤拉人过得怎样， 310
自从有了三宝那天！
他们有耕种，有收获，
他们有种种的增产，
他们的幸福真永远。"
　　年老的万奈摩宁说道：
"伊尔玛利宁，铁匠兄弟！
你在哪里抛弃了妻子，
年轻、著名的新娘在哪里？
你没有带回你的妻子，
只独自赶到了家里。" 320
　　铁匠伊尔玛利宁，
他就这样回答道：

"我已经把这样的妻子,
唱成了海鸥,靠近海礁;
她就海鸥一样啼着,
不绝地尖声叫唤,
在峭壁的周围吵嚷,
在岩石的四近悲叹。"

第三十九篇

远征波赫尤拉

一、万奈摩宁劝伊尔玛利宁同到波赫尤拉去,将三宝取回来。伊尔玛利宁答应了,就乘船出发。(第1—330行。)

二、勒明盖宁在岸上招呼他们,知道了他们到哪里去,就建议同他们同去,他们接受了他,作为第三个伴侣。(第331—426行。)

年老心直的万奈摩宁,
他又说着这样的话:
"铁匠伊尔玛利宁!
让我们去波赫尤拉,
去把三宝抢回这里,
看一看彩色的盖子。"
铁匠伊尔玛利宁,
他就这样地回答:
"从阴暗的波赫亚,
从多雾的萨辽拉,   10
我们抢不了三宝,
拿不了彩色的盖子。
他们搬去了三宝,
带去了彩色的盖子,
带到波赫尤拉的石山,
带到铜的小山里。
用九把锁将它锁住,

它长出了三条根子,
牢牢地有九寻深。
第一条伸进了地里,   20
第二条伸到了水边,
第三条就伸在山里。"
　　年老的万奈摩宁说道:
"我亲爱的铁匠兄弟!
让我们去波赫尤拉,
把三宝带回这里。
我们要造大船一艘,
就把三宝装上船,
连同彩色的盖子,
从波赫尤拉的石山,   30
从铜的小山里面,
从九把锁的里面。"
　　铁匠伊尔玛利宁说道:
"我们走陆路最平安。
楞波盘踞于湖上,
死亡在茫茫的水面,
大风会将我们刮去,
狂风会将我们吹翻;
我们只能用手当船舵,
只能用手指划向前。"   40
　　年老的万奈摩宁说道:
"我们走陆路最平安?
最平安,可是太吃力,
路上又是曲曲弯弯。
水上乘船多舒服,
让船只摇摆着向前,
滑行于闪耀的水上,
推动于辉煌的湖面,

大风将船只簸动，
波浪将船只推进，　　　　　　　　　50
西风轻轻地摇着它，
南风又推着它前进，
可是无论它怎样，
如果你不喜欢水程，
我们也可以走陆路，
我们就在岸上旅行。

"你先给我打造一把剑，
打造一把锐利的武器，
让我可以和野兽争斗，
可以将波赫亚人追击。　　　　　　60
我要去抢回三宝，
从寂寞凄凉的乡下，
从阴暗的波赫亚，
从多雾的萨辽拉。"

铁匠伊尔玛利宁，
这伟大的原始的工匠，
他在火焰中扔下了铁，
他在炭火里扔下了钢，
他又将一握黄金搁上，
他又将一握白银搁上，　　　　　　70
他让奴隶们拉着风箱，
他让工役们推着风箱。

奴隶们猛拉着风箱，
工役们尽推着风箱，
后来铁煮成了糊，
后来钢烧成了浆，
白银像水一样辉煌，
黄金像浪一样膨胀。

铁匠伊尔玛利宁，

这伟大的原始的工匠， 80
他弯身看一看炉子，
在风箱的四周张望，
他看到剑已经打成，
带着黄金的剑柄。

他从火中取出这武器，
取出这漂亮的制品，
从炉子里带到铁砧上，
就将它锤击不停，
他打造了最好的剑，
有的是最好的剑锋， 90
剑上镶嵌着黄金，
剑上装饰着白银。

年老心直的万奈摩宁，
他进来看一看武器，
看到了这锋利的剑。
他立刻拿在手里，
翻来覆去看了又看，
说出了这样的言辞：
"这剑是否配得上英雄，
这剑佩带着是否合适？" 100

这剑佩带着很合适，
这剑英雄很配得上；
剑尖上照耀着月亮，
剑刃边照耀着太阳，
剑柄上闪烁着星星，
在柄端有一匹马在嘶，
剑鼻上有一只猫在叫，
剑鞘上有一只狗在吠。
后来他又将剑挥舞，
劈开了一座铁山， 110

他就这样地说道:
"有了这样的一把剑,
我就能劈开高山,
我就能劈碎小山。"
　　铁匠伊尔玛利宁,
他又大声这样说:
"我得怎样保护自己,
保护弱小、不幸的我?
抵抗水上陆上的危险,
是不是要披铠系带,　　　　　　　120
是不是要全副武装,
披上最坚牢的铁铠,
又系上铁的腰带?
武装的人就更有力,
披上了铁铠才出色,
系上了铁带才无敌。"
　　到了出发的时间,
他们就准备动身,
先是年老的万奈摩宁,
后是铁匠伊尔玛利宁,　　　　　130
他们去寻找马匹,
去寻找那匹黄鬃毛,
给那匹一岁的套缰绳,
将那匹钉蹄铁的寻找。
他们去搜寻马匹,
他们到森林里搜寻,
他们仔细地望着周围,
他们绕着青青的树林,
看见了马就在树丛,
黄鬃毛就在枞树林中。　　　　　140
　　年老心直的万奈摩宁,

还有铁匠伊尔玛利宁，
装上了它头上的嚼子，
给这一岁的套了缰绳，
他们就骑马上路，
两英雄在岸上前进，
听到了岸上的叹息，
听到了港湾里的呻吟。
　年老的万奈摩宁，
就大声地这样说明：　　　　　　　　　　150
"也许是姑娘在叹息，
也许是鸽子在呻吟。
让我们在周围看一下，
让我们走近去听一下。"
　他们就向那里走去，
走近了向周围注视，
并不见姑娘在哭泣，
并不见鸽子在叹息，
只见一艘船在哭泣，
只见一艘船在叹息。　　　　　　　　　　160
　年老的万奈摩宁说道，
当他走到了船旁：
"你有桨架的木船！
为什么啼哭悲伤？
还是为了你太笨重，
还是在停泊处做了梦？"
　木船就这样地回答，
有桨架的船就说道：
"你知道，船很需要水，
涂柏油的船舷也需要，　　　　　　　　　170
正如姑娘很需要丈夫，
丈夫的美好的家庭。

不幸的船就为此啼哭，
不幸的船就为此伤心，
我哭着只想漂过水面，
只想奔腾于波浪之间。
他们唱着将我修造，
拼合了我的船板，
要我成为一艘战舰，
一艘作战用的船只，　　　　　　　　　180
有战利品满载而归，
宝物装运在船舱里；
我却一直不去战争，
得不到一点点战利品。

"别的更坏的船只，
却常常为战争服役，
参加了猛烈的战争，
一个夏天就有三次，
又装运了金钱归来，
船舱里宝物满又满；　　　　　　　　　190
无论我修造得多好，
一艘很出色的百板船，
却只在这里休息、腐烂，
只懒懒地在停泊处，
乡村的最可恶的蛀虫，
在我的肋骨下潜伏，
还有最讨厌的鸟儿，
在我的桅杆里做窠，
癞蛤蟆也从森林出来，
在我的甲板上跳跃。　　　　　　　　　200
如果我是高山的松树，
如果我是草原的枞树，
树枝下有一只小狗，

枝丫间有一只松鼠,
那就一定两倍地舒适,
两倍地或三倍地舒适。"
　年老心直的万奈摩宁,
他就这样地说明:
"木船!你不要啼哭!
有桨架的船!不要烦闷! 210
你不久就要去战争,
去参加猛烈的斗争。
　"船啊!造船人造了你,
赋予了这样的才力,
让你的船头冲入水中,
让你的船舷跨过水去,
纵使没有手碰到你,
也没有臂膊来推撞,
纵使没有肩膀指导你,
也没有臂膊来领航。" 220
　木船就这样地回答,
有桨架的船这样开言:
"我们这伟大的一族,
还有我的弟兄,别的船,
我们都不能下水去,
也不能划行于水上,
如果没有手碰到我们,
没有臂膀来推撞。"
　年老的万奈摩宁说道:
"如果我把你推到水中, 230
你能不能一径航行,
没有桨把你划动,
也没有舵指挥你向前,
又没有风吹送你的帆?"

木船就这样地回答,
有桨架的船这样开言:
"我们这高贵的一族,
还有别的许多船,
我们都不能迅速向前,　　　　　　　　　240
如果没有桨来划动,
如果没有舵来指挥,
如果没有风将帆吹送。"
年老心直的万奈摩宁,
他就这样地说明:
"你能不能迅速航行,
如果有桨将你划动,
如果有舵指挥你向前,
如果有风吹送你的帆?"
木船就这样地回答,
有桨架的船这样开言:　　　　　　　　250
"渴望航行的我们一族,
还有我的弟兄,别的船,
我们都迅速向前,
如果有桨来划动,
如果有舵来指挥,
如果有风将帆吹送。"
年老的万奈摩宁,
就将马留在沙丘上,
在树上安放了笼头,
在树枝上系了马缰,　　　　　　　　　260
他又将船推入水中
唱着将船送进波涛,
他又向木船发问,
他就这样地说道:
"你这弯弯曲曲的船,

你这有桨架的木船!
你的载重是否胜任,
就像外貌一样美观?"
　　木船就这样地回答,
有桨架的船这样开言:　　　　　　　　　　270
"我很可以运载你们,
我的船底有这么宽,
可以有一百人划船,
别的人还可以容一千。"
　　年老的万奈摩宁,
就唱着柔和的歌声,
他在船的一边唱出了,
头发光滑的青年们,
光滑的头发,坚硬的手,
脚上穿着美丽的靴子;　　　　　　　　　280
在另一边唱出姑娘们,
她们戴着锡的头饰,
锡的头饰,铜的腰带,
金戒指在手指上佩戴。
　　万奈摩宁又唱了起来,
唱得座位上坐满了人,
还有些很老的老者,
几乎快过完了一生,
却没有座位留给他们,
是年轻人更早地来临。　　　　　　　　290
　　他自己就坐在船尾,
在桦木船后面坐下,
他掌着舵向前航行,
他又说着这样的话:
"穿过没有树木的地区,
在这渺渺茫茫的水上,

631

在湖面轻捷地浮游,
像莲花在波浪上漂荡。"

  他就让青年们划船,
他却让姑娘们休息;   300
青年们划得桨也弯了,
船却停着不向前移。

  他就让姑娘们划船,
他却让青年们休息;
姑娘们划得手指弯了,
船却停着不向前移。

  他就让老年人划船,
青年们向他们注视;
老年人划得都摇着头,
船依然停着不向前移。   310

  铁匠伊尔玛利宁,
他就坐下来划船;
木船就立刻移动,
船就迅速地向前,
远远听到桨的拍打,
远远听到舵的拍打。

  他划着前进,水在喷溅,
座位在吱嘎,船板在摇,
山梨木的桨在叮当,
舵像松鸡一样叫,   320
舵环像黑松鸡一样啼。
船头像天鹅一样冲去,
船尾像渡乌一样哑哑,
桨架像母鹅一样嘘嘘。

  年老的万奈摩宁,
掌着舵迅速飞航,
在这红船的船尾,

632

坚固的舵使出了力量,
他们看见前面的峭壁,
看见了穷苦的村子。 330

阿赫第生活在海角上,
高戈住在海角的弯里,
没有鱼他就下泪,
没有面包他就哭泣;
这家伙嫌堆房太小,
为他的命运不济哀悼。

他在制作新的龙骨,
他在制作新的船板,
在这饥饿的海角上,
在这穷苦的村子边。 340

阿赫第的听觉很敏锐,
他还有更敏锐的眼光;
他远远眺望着西北,
他的头又转向南方,
他望见一条虹在高天,
还有一朵云在虹那面。

他望见的并不是虹,
也没有云在虹那面;
是一艘船急急冲来,
是一艘船滚滚向前, 350
在宽广闪耀的湖中,
在渺渺茫茫的水上,
高贵的英雄在船尾,
漂亮的汉子划着桨。

活泼的勒明盖宁说道:
"这是什么船,我不认识,
这是谁的漂亮的船,
从索米划到了这里,

633

从东方来了,划着桨,
它的舵指着西北方。" 360

　他就尽力地喊着,
他喊着,喊个不停,
这英雄从海角大喊,
水上是响亮的喊声:
"在水上的是谁的船,
是谁的船破浪向前?"

　男子们从船上回答,
妇女们也同样开言:
"你是谁? 森林里的人,
丛林里出来的好汉! 370
你不知道这是谁的船,
这从万诺拉来的船,
你难道不认识舵手,
也不认识划桨的好汉?"

　活泼的勒明盖宁说道:
"掌舵的我这才看清,
划桨的我也认出了:
年老心直的万奈摩宁,
他坐在这船的船尾,
伊尔玛利宁坐在桨旁。 380
英雄们! 向哪里航行?
英雄们! 去什么地方?"

　年老的万奈摩宁说道:
"我们正向北方航行,
冲过汹涌的波浪,
这奔腾澎湃的水程。
我们要去抢回三宝,
看一看彩色的盖子,
在波赫尤拉的石山,

在那边铜的小山里。" 390

　　活泼的勒明盖宁说道:
"年老的万奈摩宁,
带我去,和你们做伴,
英雄们中间的第三人,
我们去抢回三宝,
去搬动彩色的盖子。
我的勇敢的剑还有用,
我还能在战争中出力,
我的两手向你们保证,
我的两肩向你们证明。" 400

　　年老心直的万奈摩宁,
他就带了这人同行,
他让这流氓上船;
活泼的勒明盖宁,
立刻爬到了船里,
他急急忙忙上船,
到了万奈摩宁船上,
随身带着他的船板。

　　年老的万奈摩宁说道:
"有很多木块在船中, 410
船上的船板也不少,
已经装载得十分沉重。
为什么还要拿来船板,
还要把木块拿上船?"

　　活泼的勒明盖宁说道:
"有先见就不会沉船,
一根棍子推不翻草堆。
在波赫亚的湖面,
风常常毁坏船板,
当船舷撞到一边。" 420

635

年老的万奈摩宁说道：
　"只要是作战的大船，
　一定要有钢的船头，
　一定要有铁的船舷，
　不然风就把它吹翻，
　浪就把它打成碎片。"

第四十篇

梭子鱼和甘德勒

一、袭夺三宝的人们来到了瀑布下面,船突然贴在一条大梭子鱼背上。(第1—94行。)

二、杀死了梭子鱼,前面的一部分带到船里,煮而食之。(第95—204行。)

三、万奈摩宁用梭子鱼的颚骨制成一架甘德勒,有几个人都弹奏它,却不成功。(第205—342行。)

  年老心直的万奈摩宁,
掌着舵迅速地前进,
跨过突出的海角,
跨过穷苦的乡村,
他在波浪上唱歌,
水上是欢乐的歌。

  姑娘们站在海角上,
她们一边望一边听:
"欢乐地从湖水传来,
这是什么样的歌声,
比什么歌都快乐,
远远胜过以前的歌。"

  老万奈摩宁掌舵向前,
第一天航过大湖,
第二天经过沼泽,

10

第三天跨过瀑布。
　活泼的勒明盖宁,
想起以前听过的神咒,
唱给汹涌的瀑布,
唱给神圣的涡流。 20
他表白他的心情,
唱出了这样的歌声:
"瀑布!你不要汹涌,
伟大的水!你不要奔腾,
水沫姑娘,瀑布的女儿!
在水沫纹的石上坐下,
坐在水湿的石上,
把水收集在你膝下,
用你的两手收集,
把它们的愤怒按下, 30
不让扑向我们胸前,
不让在我们头上落下。

"在波涛下的老夫人,
枕在水上的太太!
在水上仰起你的头,
从水的胸膛上起来,
把水沫堆积在一起,
看守着这水沫之花,
不然就使无辜者挫折,
不然就使无罪者倒下。 40

"在河水中央的石头,
沾满了水沫的石片!
你们必须低下头去,
低低地沉到水下面,
从这涂柏油的船避开,
从红船的航路避开。

"如果这样还是不行，
吉摩啊，卡摩的儿子！
用钻子刺一个口子，
用钻子钻一个口子，　　　　　　　　　50
通过河水中央的石头，
通过四边危险的石片，
让船只平安地前进，
让船只稳固地向前。

"如果这样还是不行，
水父啊，河下面的父老！
你把岩石变成青苔，
船变成梭子鱼的气鳔，
让它在水沫中冲过，
让它在堤岸下经过。　　　　　　　　60

"姑娘！你在瀑布中安住，
女郎！你在河水旁居留，
你纺一根柔软的线，
再绕成柔软的线球，
把你的线扔进水中，
引它通过青青的波浪，
船就会跟着它的痕迹，
挺进着涂柏油的胸膛，
连最无知识、经验的人，
也看得很是分明。　　　　　　　　　70

"麦拉达尔，慈悲的主妇！
掌着你的仁爱的舵，
领导这艘船向前，
平安地通过迷人的河，
到达河那面的房屋，
靠近术士的窗户。

"如果这样还是不行，

乌戈,天上的俞玛拉!
用你的剑指引这船,
用出鞘的剑指引它, 80
让这木船向前航行,
让这松木船迅速前进。"
　年老的万奈摩宁,
掌着舵飞快地向前,
通过河里的岩礁,
通过喷沫的波澜,
并没有陷住这木船,
这贤人的船没有搁浅。
　继续着他们的行程,
又到了宽广的水面, 90
船却突然地停下,
中途停着不再向前,
牢牢地贴在老地方,
他们的船不再摇荡。
　铁匠伊尔玛利宁,
同了活泼的勒明盖宁,
把船舵推入湖里,
把圆木推入水中,
他们打算将船释放,
他们打算让船自由, 100
却终不能将船移动,
终不能将木船解救。
　年老心直的万奈摩宁,
他就这样地开言:
"楞比的活泼的儿子!
你蹲下来四面看一看。
在这茫茫的大水中,
是什么拉住了船,

是什么力量将它抓住，
是什么将它阻拦，　　　　　　　　110
是岩石还是树枝，
还是别的障碍的东西？"
　活泼的勒明盖宁，
就蹲下去看了一下，
他在船下面张望，
又说出了这样的话：
"船并不停在岩石上，
不在船上，不在树枝上，
在梭子鱼的宽肩胛上，
在这水狗的大背脊上。"　　　　　120
　年老心直的万奈摩宁，
就说出了这样的言辞：
"在河水里什么都有，
无论是梭子鱼，是树枝。
如果梭子鱼的宽肩胛，
水狗的大背脊挡住船，
你就用刀伸进水里，
把那条鱼一刀两断。"
　活泼的勒明盖宁，
这健壮的能干的浪子，　　　　　130
他从腰带上拔出剑来，
拔出了砍骨头的武器，
就愤愤地伸到湖水里，
深深地插进船下面，
他却扑通地落到水中，
两手也没入波浪之间。
　铁匠伊尔玛利宁，
抓住了这英雄的头发，
把这英雄拉出水中，

又说出了这样的话： 140
"大家都自名为丈夫，
准备做长胡须的好汉，
这样的人数以百计，
他们的数目成千成万。"

他从腰带上拔出剑来，
拔出了锋利的武器，
他愤愤地砍那条鱼，
深深地向船下面砍击，
他的剑砍得四分五裂，
梭子鱼却完整无缺。 150

年老心直的万奈摩宁，
说出了这样的言辞：
"你还不及成人的一半，
也不及英雄的三分一，
现在需要的是成人，
需要的是成人的智力，
生手们的一切常识，
别的人们的一切勇气。"

他就拔出他的剑来，
紧紧握住锋利的武器， 160
他把剑伸到湖水里，
深深地向船下面砍击，
向梭子鱼的肩胛砍去，
向水狗的背脊砍去。

他的剑稳稳地砍去，
砍着梭子鱼的牙齿；
年老的万奈摩宁，
就把鱼高高提起，
他把鱼拉出水中，
他砍断了梭子鱼。 170

鱼尾沉到了水底,
鱼头他在船中高举。
　船重新向前移动,
船头也重新自由,
年老心直的万奈摩宁,
掌着舵航向沙洲,
领着船航向沙滩,
他转身来向周围观察,
细看着梭子鱼的大头,
就说出了这样的话:　　　　　　　180
"叫最年老的仆人来,
把这梭子鱼剖开,
把鱼身切做一片片,
把鱼头砍成一块块。"
　男子们在船上回答,
妇女们在船上说道:
"捕鱼人的双手更出色,
说话人的十指更巧妙。"
　年老心直的万奈摩宁,
就从剑鞘里拔出剑来,　　　　　　190
拔出了锋利的铁器,
来把梭子鱼剖开,
他砍碎了这条鱼,
他又这样地说道:
"叫最年轻的姑娘来,
把捉住的梭子鱼烹调,
剁碎做我们的早餐,
也用来做我们的晚餐。"
　姑娘们就动手烹调,
她们十个人一起干,　　　　　　　200
她们烹调着梭子鱼,

643

剁碎了做他们的早餐；
骨头都撒在礁石上，
鱼骨都抛在岩石上。
　　年老心直的万奈摩宁，
看到骨头留在那里，
他转身来仔细观看，
说出了这样的言辞：
"可以打造些什么，
用这梭子鱼的牙齿， 210
用这些粉碎的颚骨，
如果拿往铁匠的工地，
交到熟练的铁匠那里，
在最熟练的铁匠手里？"
　　铁匠伊尔玛利宁说道：
"废物造不了什么东西，
鱼骨头造不成什么，
无论在工地怎么努力，
纵使交到铁匠那里，
在最熟练的铁匠手里。" 220
　　年老心直的万奈摩宁，
他就这样地说明：
"用了这些鱼骨头，
也可以造一架琴；
如果有熟练的工人，
就能用骨头造成。"
　　并没有工匠在场，
并没有熟练的工人，
能够用鱼骨造琴；
年老心直的万奈摩宁， 230
就动手把琴制造，
他自己来完成这工作，

制造了梭子鱼骨的琴，
给我们无尽的欢乐。
　　他是用什么造的琴？
主要是梭子鱼的颚骨，
他用什么造的琴栓？
用梭子鱼的牙齿制作；
琴弦又用什么制造？
是希息的骟马的毛。 240
　　乐器已经制造成功，
甘德勒①已经制造完毕，
用的是梭子鱼的颚骨，
用的是梭子鱼的鱼鳍。
　　青年们都走上前来，
来了已婚的英雄们，
来了半大的男孩们，
小小的姑娘们也来临，
年轻的女郎和老妇人，
还有中年的妇女们， 250
都来注视这件乐器，
都来观察这架琴。
　　年老心直的万奈摩宁，
就吩咐老者和青年，
也吩咐中年的人们，
用他们的手指弹一弹，
这用鱼骨制成的琴，
这鱼骨的甘德勒琴。
　　青年弹奏，老者也弹奏，
中年人同样地弹奏， 260

---

① 甘德勒，芬兰古代的民间乐器，乐师将它搁在桌上或双膝之上，用手指弹奏。最早的琴系用白桦木雕成，有五根弦。

青年弹着,手指在移动,
老者弹着,头在颤抖,
却弹不出和谐的调子,
都奏不成可爱的曲子。

　　活泼的勒明盖宁说道:
"你们半傻的孩子们!
你们愚蠢的姑娘们!
还有别的可怜的人们!
你们都弹得不行,
你们都不是乐师。　　　　　　　　　　270
把鱼骨的琴给我,
且让我来试一试,
把它在我膝上放下,
我用十个指尖弹一下。"

　　活泼的勒明盖宁,
就用手将琴捧起,
又将它拉到身边,
按下了他的手指,
他要出手弹一弹,
他就旋着这架琴,　　　　　　　　　　280
他却弹不出曲调,
听不见动人的乐音。

　　年老的万奈摩宁说道:
"你们之中并没有人,
无论是成长的人们,
无论是年老的人们,
能拨弄这些琴弦,
能弹出动人的乐音。
还是在波赫尤拉,
也许能弹奏这架琴,　　　　　　　　　290
也许有动人的乐曲,

如果带到波赫尤拉去。"
　　他就带到波赫尤拉，
他就带到萨辽拉，
让男孩们来弹一下，
男孩和姑娘都弹一下，
结婚的男子们也来弹，
还有结婚的妇女们，
主妇们也来将琴弹奏，
他们转着、旋着这架琴，　　　　　　　　300
稳稳地按在手指间，
按下了十指的指尖。

　　波赫亚青年们弹着；
种种的人都在弹琴，
却听不见悦耳的调子，
却弹不出动人的乐音；
琴弦都纠缠在一起，
马毛发出凄惨的悲声，
全是刺耳的曲调，
全是嘈杂的乐音。　　　　　　　　　　310

　　屋角里睡着个瞎子，
火炉边躺着个老人，
他在火炉边醒来。
他从火炉边发出声音，
他在卧榻上高声抱怨，
他又抱怨又嘀咕：
"你们不要再弹了，
快快停下，快快结束！
嘈杂使我的耳朵炸裂，
嘈杂在我的头里回环，　　　　　　　　320
全身毛孔都感到它，
使我一星期不能睡眠。

647

"索米人的什么琴,
不会给我们欢乐、抚慰,
它不会让我们休息,
它不会让我们安睡。
不如把它扔到水中,
不如把它沉到水底,
不如送回原来的地方,
不如把这件乐器, 330
还到制成它的双手里,
还到造成它的十指里。"

琴却用它的舌头说道,
甘德勒却这样地回答:
"我不愿在水中休息,
我不愿在水底沉下,
我要为乐师弹奏,
为辛苦造我的人弹奏。"

他们就小心地捧持,
小心翼翼地带了这琴, 340
带回到制作者的膝上,
还给亲手造了它的人。

第四十一篇

万奈摩宁的音乐

一、万奈摩宁弹奏着甘德勒,一切在空中、在地上、在水里的生物都赶来倾听。(第1—168行。)

二、倾听着这音乐,听众的心都大受感动,流下了眼泪,万奈摩宁眼中也流着大滴的眼泪,落到地上,滴入水中,变成了美丽的蓝蓝的珍珠。(第169—266行。)

    年老心直的万奈摩宁,
   这伟大的原始的歌手,
   他立刻伸出了手指,
   洗一下拇指,他要弹奏,
   他坐在欢乐的岩石上,
   他坐在歌者的岩石上,
   在银光闪闪的小山,
   矗立于金黄的草原上。
    他用手指将琴握住,
   又在膝上放下了琴, 10
   他将两手搁在琴下,
   他就这样地说明:
   "你们来吧!欢乐地听着,
   你们不曾听过我弹琴,
   听着我的原始的歌曲,
   听着甘德勒的乐音。"

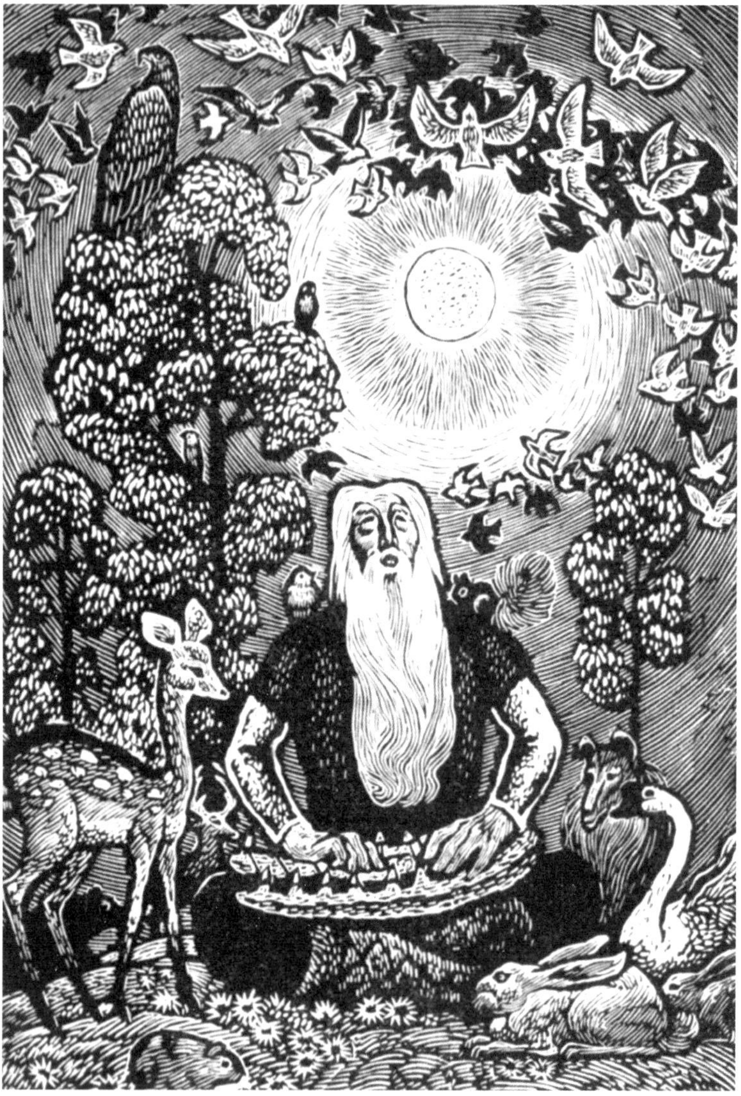

年老的万奈摩宁，
他立刻开始奏乐，
弹着梭子鱼骨的乐器，
弹着鱼骨的甘德勒，　　　　　　　　　　20
敏捷地伸起他的手指，
轻巧地举起他的拇指。

欢乐之后接着欢乐，
和谐的调子继续不停，
他坐着弹出了乐曲，
他唱着悦耳的歌声，
他弹着梭子鱼的牙齿，
他高高举起了鱼尾，
马毛的声音多甜美，
马毛的声音多清脆。　　　　　　　　　　30

年老的万奈摩宁弹着；
在森林里的一切，
四只脚的就都飞跑，
有腿的就都跳跃，
它们都拥来倾听，
又是惊讶又是高兴。

松鼠都在他周围聚集，
在树枝之间攀缘，
貂鼠都围绕在他周围，
停下了靠着栅栏，　　　　　　　　　　　40
鹿都在草原上蹦跳，
分享欢乐的还有山猫。

狼在泽地中醒来，
熊在草地上活动，
从稠密的松树间，
从枞树间的兽窝中；
狼奔跑了长长的路程，

651

熊穿过了草丛前来，
它们都坐在栅栏上，
靠着门一排又一排。　　　　　　　　　50
栅栏在岩石上倒下，
大门倒下在田野上，
它们就绕着枞树奔跑，
它们就爬到松树上，
它们倾听着乐音，
又是惊讶又是高兴。

　达彪拉的著名的贤人，
麦德索拉的主人，
达彪的全体人民，
男孩们和姑娘们，　　　　　　　　　60
他们都攀上了山顶，
都来领略他的乐音；
还有达彪拉的主妇，
森林的锐眼的女主人，
她穿着美丽的蓝袜，
她扎着绯红的丝带，
攀入弯弯的白桦间，
在弯弯的赤杨间安歇，
她倾听着甘德勒，
将他的乐音领略。　　　　　　　　　70

　空中的鸟儿也聚集，
振动着它们的翅膀，
一时向前，一时向后，
迅速地飞到这地方，
赶来倾听他的乐音，
又是惊讶又是高兴。
　老鹰在自己的窝里，
听到了索米来的乐音，

就离开窝里的雏鸟,
向这里飞来倾听, 80
勇武的英雄的弹奏,
万奈摩宁的歌喉。

老鹰在高空翱翔,
苍鹰在云中飞越,
野鸭来自深深的水底,
天鹅来自铺雪的沼泽,
还有最小的碛鹬,
也来了啾唧的小鸟,
聚集了不少鸣禽,
千百地在空中围绕, 90
它们欢乐地倾听,
都停在他的肩头,
欢享这老者的乐音,
领略万奈摩宁的弹奏。

还有创造的女儿们,
大气的娇媚的姑娘们,
她们都倾听着甘德勒,
又是惊讶又是高兴。
有的在大气的穹窿上,
有的在闪烁的彩虹间, 100
有的在小小的云朵上,
在云朵的红红的边缘。

苗条的女郎古达尔,
能干的姑娘白韦达尔,
她们拉着纺织的线,
她们用手抛着梭子,
她们织着金的织物,
她们纺着银的线,
高高在彩虹的边上,

在红红的云的边缘。 110

　　她们一听到这乐音,
这迷人的和谐的调子,
手中就落下了梳机,
手中就抛去了梭子,
断裂了金的带子,
断裂了银的轴子。

　　所有活生生的生物,
在水中居住的一切,
最大最大的鱼群,
六只鳍的都一齐游来, 120
蜂拥地前来倾听,
又是惊讶又是高兴。

　　梭子鱼都向这里游来,
水狗都游到了这里,
鲑鱼游出岩石中间,
鲱鱼游出深深的水底,
鲈鱼和小小的鲤鱼,
白的鲱鱼和别的鱼群;
它们的身子冲过芦苇,
急急地向岸边前进, 130
来倾听万诺的弹奏,
来倾听他的歌喉。

　　一切大水之王阿赫多,
大水的草胡须老人,
他攀上了一朵莲花,
在水面之上骑行,
欢乐地倾听着曲调,
他又这样地说明:
"在我长长的一生,
从未听过这样的乐音, 140

像万奈摩宁的弹奏,
这欢乐的原始的歌手。"
　还有索德戈女儿们,
湖边的芦苇的表姊妹,
她们正刷着头发,
把鬈发细细梳理,
梳理着,用银的梳子,
刷着,用金的刷子。
听到了出色的弹奏,
听到了非常的调子,　　　　　150
就把梳子扔进湖水,
就把刷子抛入浪花,
让头发蓬松散乱,
在中途停止了梳刷。
　还有大水的女主人,
水母,向着灯芯草丛,
她来自波浪之间,
她升自湖水之中,
迅速地到灯芯草旁,
攀上了水中的岩礁,　　　　　160
她就倾听着乐音,
万奈摩宁的曲调,
倾听着神妙的乐曲,
倾听着悦耳的调子,
她不觉沉沉睡去,
酣然地安眠于大地,
在斑斓的岩石上安眠,
上面有山岩将她遮掩。
　年老的万奈摩宁,
弹奏了一天又两天,　　　　　170
无论是哪位英雄,

无论是哪位好汉,
无论是哪个男子、妇女,
哪个扎辫子的姑娘,
听了就都要下泪,
听了就都要心伤。
青年啼哭,老者啼哭,
结婚的男子都啼哭,
结婚的妇女也啼哭,
半大的男孩也啼哭, 180
所有的男孩和姑娘,
所有的小孩也一样,
只要听到神妙的乐曲,
这高贵的贤人的歌唱。

　年老的万奈摩宁自己,
眼泪也滚滚地流下,
眼泪从眼中滴下,
泪滴点点地落下;
泪滴比蔓越橘更大,
它远远大过了豌豆, 190
它比松鸡的蛋更圆,
它也大过燕子的头。

　泪滴滚下了眼睛,
不息地续续落下,
眼泪落在他的颊上,
落到漂亮的两颊,
从漂亮的两颊滚下,
滚到他的下巴颏上,
从下巴颏上滚下,
流到跳动的胸膛上, 200
从跳动的胸膛上滚下,
流到健壮的膝上,

从健壮的膝上滚下，
流到漂亮的脚上，
从漂亮的脚上滚下，
滚到脚下的大地，
五件绒大氅都渗着泪，
六根镀金腰带也如此，
七件蓝衣服都渗着泪，
还有十件外套也如此。　　　　　　210

泪滴依然续续落下，
从万奈摩宁的两眼，
流到青青的湖岸上，
青青的湖岸就泛滥，
流下闪烁的水面，
流到水底的黑泥间。

年老的万奈摩宁，
他就大声地开言：
"在这年轻人的集会里，
在漂亮的青年们之间，　　　　　　220
在出身高贵的人中，
有没有父亲的爱子，
能从闪烁的水下，
收集我流下的眼泪？"

年轻人就这样回答，
老年人就这样开言：
"没有一个年轻人，
在漂亮的青年们之间，
在出身高贵的人中，
没有父亲的爱子，　　　　　　　　230
能从闪烁的水下，
收集你流下的泪滴。"

年老的万奈摩宁，

又说出了这样的言辞:
"从那闪烁的水下,
谁能把我的眼泪收集,
谁能带来我的眼泪,
他就得到一件羽毛衣。"
　那里飞来一只渡乌,
年老的万奈摩宁就说: 240
"渡乌,从那闪烁的水下,
把我的眼泪带给我,
你就得到一件羽毛衣。"
渡乌却干不了这事。
　蓝鸭也听到他的话,
接着就来到他那里,
年老的万奈摩宁就说:
"蓝鸭,是不是常常如此,
你在游水的时候,
时常把嘴伸进水里。 250
赶快到那闪烁的水下,
去收集我的眼泪,
我有丰厚的报酬给你,
我要给你一件羽毛衣。"
　野鸭立刻就去搜寻,
搜寻万奈摩宁的眼泪,
在那闪烁的水下,
在水底的黑泥里。
它在湖水中找到泪滴,
就带到万诺的手里, 260
泪滴已经起了变化,
变化得非常美丽。
泪滴已经变成珠子,
就像贻贝中的蓝珠,

足以做国王的装饰品，
做贵人的终生的爱物。

第四十二篇

袭取三宝

一、英雄们到达了波赫尤拉,万奈摩宁就声称要取回三宝。(第 1—42 行。)

二、波赫尤拉的女主却无论自动或被迫,都不愿交出;她召集她的人民反抗他。(第 43—64 行。)

三、万奈摩宁拿起甘德勒弹奏着,催眠了波赫尤拉的全体人民;他就同他的伙伴去搜寻三宝;他们将它从石山中取出,运到船上。(第 65—164 行。)

四、他们带着三宝满意地归航。(第 165—308 行。)

五、波赫尤拉的女主在第三天上醒来,看到了三宝已经运走。(第 309—332 行。)

六、她就做出了大雾、狂风以及别的障碍,来抵抗抢走三宝的强人。(第 333—482 行。)

七、万奈摩宁的甘德勒在狂风中落到水里去了。(第 483—562 行。)

  年老心直的万奈摩宁,
  又是伊尔玛利宁铁匠,
  第三是楞比的儿子,
  高戈蔑里,活泼又漂亮,
  他们在宽广的湖面,
  在辽阔的水上航行,
  向着多雾的波赫亚,
  向着那阴冷的乡村,

那里的人将英雄淹死,
那里的人将人肉吞食。 10
　划着船向前的是谁?
是铁匠伊尔玛利宁,
他是第一个桨手,
他是划船的第一名,
还有活泼的勒明盖宁,
是桨手的最后一人。
　年老心直的万奈摩宁,
他自己在船尾坐下,
他掌着舵向前航行,
穿过汹涌的浪花, 20
他掌着舵穿过白浪,
在奔腾的水上飞航,
进向波赫亚的港湾,
进向他熟识的地方。
　他们的旅程结束了,
他们到达了目的地,
他们把船拖到岸边,
把这涂柏油的船拖起,
就搁在铁的滚子上,
在围着铜边的码头上。 30
　他们后来走进屋子,
急急忙忙一拥而入,
波赫尤拉的老女主,
就问他们来此的意图:
"带来什么消息?汉子们!
捎来什么新闻?英雄们!"
　年老心直的万奈摩宁,
说出了这样的言辞:
"汉子们说的是三宝,

英雄们说彩色的盖子； 40
要分享三宝的利益，
看一看彩色的盖子。"
　　波赫尤拉的老女主，
她就这样回答说：
"两人不能分一只松鸡，
三人不能分一只松鼠，
三宝飕飕地在响，
彩色的盖子在转动，
在波赫尤拉的石山，
就在铜的小山中， 50
伟大的二宝的女主，
我一人独享它的财富。"
　　年老心直的万奈摩宁，
他就这样地开言：
"如果你不分三宝，
不愿分给我们一半，
我们就要整个拿去，
运到我们的船上去。"
　　波赫尤拉的女主娄希，
听了这话就勃然大怒， 60
她召来了她的人民，
年轻的剑手听她吩咐，
吩咐他们拿起武器，
向万奈摩宁的头攻击。
　　年老心直的万奈摩宁，
就弹奏他的甘德勒，
他坐下来弹奏着，
响起了愉快的音乐。
听到他弹奏的人们，
又是惊讶又是愉快， 70

所有的男人欢欣鼓舞,
所有的妇女喜笑颜开,
英雄们都有眼泪流下,
孩子们都跪在地下。

他们的力气用尽了,
所有的人都很劳倦,
观众们都倒在地上,
听众们都沉沉地睡眠,
听着万奈摩宁的乐曲,
老者睡去,青年也睡去。　　　　　　　　80

机智的万奈摩宁,
这伟大的原始的乐师,
他就伸手到衣袋里,
掏出了一只袋子,
从袋子里取出睡针,
刺进他们的眼睛,
让睫毛交在一起,
让眼睑闭得紧紧,
他让所有的人睡去,
刺着让英雄们睡眠,　　　　　　　　　90
他们都进入了长眠,
他刺着让他们长眠,
所有波赫亚的人民,
所有村子里的人们。

他就走去拿三宝了,
看一看彩色的盖子,
在波赫尤拉的石山,
就在铜的小山里,
有九把锁将它锁住,
有十根闩将它闩住。　　　　　　　　100

年老的万奈摩宁,

663

宁静地开始歌唱,
就在铜山的入口,
就在石头的堡垒旁,
城堡的大门在震动,
铁的铰链在摇动。
　铁匠伊尔玛利宁,
同别的英雄们一起,
用奶油将铁锁涂敷,
用咸肉将铰链擦拭,　　　　　　　110
不让轧轧地响着大门,
不让格格地响着铰链,
他就用手指转着锁,
他就拉起了门闩。
他将锁打得碎纷纷,
终于打开了大门。
　年老的万奈摩宁
大声说着这样的言辞:
"我的最出色的朋友,
楞比的活泼的儿子!　　　　　　120
你来把三宝拿去,
也抢去彩色的盖子。"
　活泼的勒明盖宁,
漂亮的高戈蔑里,
不必吩咐就很热心,
不用称赞就很愿意,
就来把三宝带走,
也抢走彩色的盖子,
他一边走来一边说,
夸说着这样的言辞:　　　　　　130
"我是勇敢的好汉,
乌戈的英雄儿子,

只要我的鞋跟一碰，
用我的右脚站立，
我就能将三宝搬移，
就能抢走彩色的盖子。"

　勒明盖宁向它冲去，
他转身来向它袭击，
胳臂和胸膛冲着它，
他的膝在地上着力，　　　　　　　　　140
他却搬不动三宝，
也移不开彩色的盖子，
它已经牢牢地扎根，
扎在九寻深的地底。

　波赫亚有一头公牛，
它的形体那么巨大，
它的筋肉非常坚强，
它的两胁又肥又滑；
它的两只角长有一寻，
它的口鼻更厚半寻。　　　　　　　　150

　他们将它从草地牵来，
从那很边远的耕地，
翻起了三宝的根子，
还有彩色盖子的根子。
他们就将三宝搬移，
也摇动了彩色的盖子。

　年老的万奈摩宁，
又是铁匠伊尔玛利宁，
又是活泼的勒明盖宁，
他们将三宝搬运，　　　　　　　　　160
从波赫尤拉的石山，
从铜的小山里面，
就向他们的船运去，

他们将它装上了船。
　三宝已经装在船上，
彩色的盖子装在船舱，
他们将船推入水中，
百板船在波浪之上；
船颠簸着溅起浪花，
船舷渐渐在水中低下。　　　　　　　　170
　铁匠伊尔玛利宁问道，
说出了这样的言辞：
"把三宝带到哪里去，
我们把它运往哪里，
从这不祥的国家，
从这不幸的波赫亚？"
　年老心直的万奈摩宁，
回答了这样的言辞：
"我们要带这三宝，
也带这彩色的盖子，　　　　　　　　180
带到多雾的海角，
阴暗的海岛一端，
在那里安稳地保存，
让它留存到永远。
那里有一小块地方，
还留下一小片土地，
那里的人不吃也不战，
拿剑的人也不去那里。"
　年老的万奈摩宁，
掌着舵离开波赫亚，　　　　　　　　190
心满意足地航行，
欢乐地回他的老家，
他又这样地说道：
"船啊！离开波赫尤拉，

我们把这异国留下，
赶快地一径回家。
　　"风啊！你把船吹动，
你推动这水上的船，
你让桨手更加省力，
你使船舵更加轻便，　　　　　　　　　200
在无边无际的水上，
在渺渺茫茫的水上。
　　"如果船上的桨太少，
桨手们太不健壮，
在船尾的舵手也太小，
船主的孩子们也一样，
你把你的桨交给这船，
大水的主人阿赫多！
给我们最好最新的桨，
也给我们更结实的舵。　　　　　　　210
你就在桨旁坐下，
你就替我们划船，
让木船迅速地航行，
催铁桨架的船向前，
赶它穿过奔腾的波浪，
赶它穿过喷沫的波浪。"
　　年老的万奈摩宁，
掌着舵飞快地航行，
还有铁匠伊尔玛利宁，
还有活泼的勒明盖宁，　　　　　　　220
他们都动手划桨，
划着桨迅速地向前，
在晶莹闪耀的水面，
在奔腾澎湃的水面。
　　活泼的勒明盖宁说道：

667

"以前我划行于水上,
桨手们有的是水,
歌手们有的是歌唱;
现在我在水上划船,
却听不到一点歌唱, 230
听不到歌唱在船中,
听不到讴吟在水上。"
年老心直的万奈摩宁,
他就这样地说明:
"在波浪上不要歌唱,
在水上也不要讴吟;
歌唱只会使船停下,
歌声只妨碍了划船,
黄金的白天就要隐去,
黑夜就落在我们上面, 240
在无边无际的水上,
在奔腾澎湃的水上。"
活泼的勒明盖宁,
说出了这样的言辞:
"时间总不息地过去,
可爱的白天总要消失,
黑夜就迅速地临近,
黄昏来到我们前面,
纵使一生中没有歌唱,
纵使没有讴吟的时间。" 250
老万奈摩宁掌着舵,
在蓝蓝的湖的水面,
他掌着舵一天又两天,
终于来到了第三天。
活泼的勒明盖宁,
他又第二次发问:

"为什么不唱？万奈摩宁！
给我们唱吧，伟大的人！
我们有了出色的三宝，
我们的航路又可靠。" 260
　　年老心直的万奈摩宁，
就对他断然地说道：
"要唱歌现在还太早，
要欢乐现在还太早。
不久就是歌唱的时刻，
才是可以欢乐的时刻，
一到望见我们的大门，
也听到大门的叽咯。"
　　活泼的勒明盖宁说道：
"让我坐在船尾上， 270
我要竭力地呼号，
我要尽力地歌唱。
也许我干不了这事，
我的呼号也不够响：
如果你不唱给我们听，
那我就立刻歌唱。"
　　活泼的勒明盖宁，
漂亮的高戈蔑里，
立刻蹙起了嘴唇，
准备唱他的歌词， 280
他开始了他的讴吟，
他的歌曲最不悦耳，
他的声音那么嘶哑，
他的调子最不悦耳。
　　活泼的勒明盖宁唱着，
高戈蔑里大声喊叫，
他动着嘴，甩着胡须，

669

他的下巴颏又在摇。
远远地在水的那边,
都听到了他的歌唱,　　　　　290
六个村子都有歌声,
七个村子都有回响。

　在沼泽里的土丘上,
树桩子上面有一只鹤,
它在数它的脚趾骨,
它又举起了它的脚,
听到勒明盖宁的歌声,
就不禁大吃一惊。

　鹤放下这奇异的作业,
嘶哑地叫着,十分害怕,　　　300
害怕地飞开了栖息地,
害怕地飞过波赫尤拉。

　它一直向这里飞行,
飞到了波赫亚的沼泽,
依然叫着,嘶哑地叫着,
最响亮地叫个不歇,
将波赫尤拉人民叫醒,
将这不祥的国家唤醒。

　波赫尤拉的老女主,
从长久的沉睡中惊起,　　　310
急急忙忙跑向田庄,
赶往晒谷物的场地,
她察看了她的家畜,
她查视了她的谷物;
家畜什么也不缺少,
谷物也没有被掠夺。

　她就走到了石头山,
她就来到了铜山口,

她一边走来一边说：
"这可怕的日子真够受！　　　　320
陌生人已经来过，
所有的锁都已经打开，
也打开了城堡的大门，
铁的铰链也都破坏。
三宝有没有偷去，
其他一切有没有抢去？"

三宝果然抢去了，
也带去了彩色的盖子，
从波赫尤拉的石山，
从里面铜的小山里，　　　　330
不管有九把锁保护，
不管有十根闩保护。

波赫尤拉的女主娄希，
她不禁怒火中烧，
她又觉得体力不济，
她又觉得精力消耗，
她就向云的姑娘祷告：
"云的姑娘，雾的姑娘！
从你的筛子撒下云朵，
把雾撒在你的四旁，　　　　340
从天上送下来浓云，
从雾气的空中下降，
落在闪耀的湖面，
在无边无际的水上，
落在万奈摩宁头上，
落在乌万多莱宁头上。

"如果这样还是不行，
伊古—杜尔索，爱尤之子！
你从水中抬起头来，

671

你的头在水中抬起， 350
消灭卡勒瓦的逆子们，
让乌万多莱宁沉下，
让凶恶的英雄们沉下，
沉到深深的波浪下，
把三宝带回波赫尤拉，
不要让它从船上落下。

"如果这样还是不行，
乌戈，至高无上的天神，
大气中的黄金的王，
银光灿烂的大神！ 360
你把狂风吹满空中，
向他们刮一阵大风，
对他们刮起了风浪，
一直同他们的船斗争，
落到万诺的头上，
冲到乌万多莱宁头上。"

云的姑娘，雾的姑娘，
就在湖上吹起一片云，
她又把云撒在空中，
拦阻了老万奈摩宁， 370
她使他整整三夜，
在这蓝蓝的湖上，
不能从这里移动，
也不能从这里逃亡。

他停了整整三夜，
在这蓝蓝的湖面，
年老的万奈摩宁，
他就这样地开言：
"无论是最懒惰的英雄，
无论是多衰弱的好汉， 380

决不会让云打败，
决不会让雾阻拦。"
　他就拔剑砍着湖水，
剑深深地刺到湖里，
蜜沿了他的剑流去，
蜜从他的剑往下滴。
一阵雾升到了上空，
一片云升到了高天，
雾气升于湖水之上，
烟云升于湖波之间，390
宽广地撒满了湖面，
弥漫地布满了天边。
　短短的时间过去了，
过去了不多的时间，
他们听到大声的咆哮，
就在这红船的旁边，
水沫汹涌地飞腾，
在万奈摩宁的船附近。
　铁匠伊尔玛利宁，
感到了莫大的恐慌。400
他的两颊消去了血色，
他的两颊褪去了红光；
他拉着头上的毡帽，
拉着它盖住了耳朵，
小心地遮住了两颊，
仔细地把眼睛遮住。
　年老的万奈摩宁，
向周围的水中凝视，
他注目于船的四近，
看到了小小的奇事。410
伊古—杜尔索,爱尤之子,

就在这艘船的旁边，
高高地从水中伸头，
抬起了头，从波浪之间。
　　年老心直的万奈摩宁，
立刻抓住他的耳朵，
拉着他的耳朵上来，
一边大声地唱歌，
他又这样地问道：
"伊古—杜尔索，爱尤之子！　　　　　　420
为什么从湖中高举，
为什么从湖波升起？
把自己暴露给人们，
暴露给卡勒瓦的子孙。"
　　伊古—杜尔索，爱尤之子，
他不满意这样的欢迎，
他也并不十分害怕，
没有回答他的询问。
　　年老心直的万奈摩宁，
他又询问了第二次，　　　　　　　　　　430
第三次又高声问道：
"伊古—杜尔索，爱尤之子！
为什么从湖中高举，
为什么从水中升起？"
　　伊古—杜尔索，爱尤之子，
听到了第三次询问，
他就这样回答道：
"我所以从湖中上升，
我所以从水中起来，
我心里有一个计划：　　　　　　　　　　440
消灭伟大的卡勒瓦族，
把三宝带回波赫尤拉。

如果你把我送回水中，
饶了我的可怜的生命，
我决不敢再来一次，
再在人们眼前上升。"

　　年老的万奈摩宁，
就把这家伙扔到水里，
他又这样地说道：
"伊古—杜尔索，爱尤之子！ 450
再不要从湖水高举，
再不要从湖波升起，
从此以后不要冒险，
不要让人们见到你。"

　　杜尔索从那天以来，
就不再从湖中上升，
不敢再在人前露面，
只要太阳和月亮照临，
只要有愉快的黎明，
只要空气那么清新。 460

　　年老的万奈摩宁，
他又一次掌舵向前，
短短的时间过去了，
过去了不久的时间，
至高无上的天神乌戈，
大气中伟大的统治者，
威灵显赫地刮着大风，
暴风在他们周围猖獗。

　　狂怒地刮起了大风，
暴风在他们周围猖獗， 470
刮着极猛烈的西风，
西南风也同样猛烈，
还有更猛烈的南风，

675

东风又高声地呼啸，
东南风吓人地吼叫，
北风又狂怒地咆哮。
　吹掉了树上的叶子，
吹掉了松树上的针刺，
吹掉了灌木上的小花，
吹掉了野草上的穗子，　　　　　　　480
水底的黑泥也向上翻，
翻到了闪耀的水面。
　大风猛烈地吹刮，
波浪向船只激射，
扫去了梭子鱼骨的琴，
扫去了鱼鳍的甘德勒；
这阿赫多拉的快乐，
使韦拉摩的侍从狂欢，
阿赫多在水上望见它，
他的孩子们也看见，　　　　　　　490
他们把可爱的琴捡起，
就带到自己的家里。
　年老的万奈摩宁，
流下了悲伤的眼泪，
他就这样地说道：
"我造了的一去不回，
我心爱的琴消失了，
失去了永远的欢喜，
在我长长的一生，
不会再遇到这样的事：　　　　　　500
享乐梭子鱼的牙齿，
用鱼骨头弹奏曲子。"
　铁匠伊尔玛利宁，
感到了莫大的忧愁，

他就这样地说道：
"这可怕的日子真够受！
我旅行到了这湖上，
在渺渺茫茫的水面，
踏着滚动的木头，
踩着摇荡的木板。 510
我的头发见过狂风，
我的头发就战栗，
我的胡须也在水上，
目击过不祥的日子；
这样咆哮着的风暴，
我们却很少见过，
有这样吓人的巨浪，
有这样汹涌的大波。
但愿风是我的避难所，
但愿浪是我的安乐窝。" 520
年老心直的万奈摩宁，
听到了就回答道：
"船里没有哭泣的余地，
船里没有地方伤悼，
遇到不幸用不着悲号，
遇到凶日用不着哀叫。"
他又这样地说道，
唱出了这样的歌声：
"水啊！约束你的孩子，
浪啊！你也约束他们。 530
阿赫多！让波浪安静，
韦拉摩！让大水降伏，
不要威吓我们的船肋，
不要冲击我们的船骨。

"风啊！高高地升到天空，

677

就在云层中间游戏,
飞向养育了你的种族,
飞向你的家人和亲戚。
不要将这木船伤害,
不要让这松木船沉没, 540
不要推倒坡上的松树,
砍掉地上烧焦的树木。"

  活泼的勒明盖宁,
漂亮的高戈蔑里,
他就高声地说道:
"鹰啊!从杜尔亚到这里,
你要带三支羽毛来,
鹰带三支,渡乌带两支,
来保护这坏船的船肋,
来保护这小小的船只。" 550

  他扩大船上的舷墙,
合适地安装了船骨,
他又加上新的木板,
堆叠到一寻的高度,
高过跳跃着的波浪,
溅不到他的胡须上。

  他的工作已经完成,
舷墙高高地在保卫,
不管风猛烈地吹刮,
不管浪狂怒地攻击, 560
也不管汹涌的波浪,
像小山一样激荡。

第四十三篇

为三宝而战

一、波赫尤拉的女主装备了一艘战船,去追抢走三宝的强人。(第1—22行。)

二、她追上了他们,波赫尤拉与卡勒瓦拉的军队就开战,后者取得了胜利。然而波赫尤拉的女主却将三宝从船中拖到湖里,跌得粉碎。(第23—266行。)

三、较大的破片沉到湖底,变成水中的财富;较小的碎屑被波浪冲到岸上,万奈摩宁很喜欢这些碎屑。(第267—304行。)

四、波赫尤拉的女主就威胁着,她要降一切灾祸于卡勒瓦拉,万奈摩宁却不以为意。(第305—368行。)

五、波赫尤拉的女主十分苦恼地回到家中,只带了一小片三宝的盖子。(第369—384行。)

六、万奈摩宁仔细地捡拾了在岸上的三宝的碎屑,种在地里,希望还有不断的好运。(第385—434行。)

    波赫尤拉的女主娄希,
    召集她的军队赴战,
    她将弓箭分发给他们,
    又分发给他们刀剑,
    她装配了波赫亚的船,
    准备作为她的战舰。
    她让好汉们守住岗位,
    她让英雄们准备战争,

就像鸭子将小鸭集合,
就像野鸭将子女率领; 10
列队了持剑的一百名,
还有持弩的一千名。

　　她在船里竖起桅杆,
整顿了帆桁和帆桩,
桅杆上升起了帆,
帆布又张在帆桁上;
摇曳着像垂下的云朵,
悬挂着像天空的浮云;
她就开始她的旅程,
飞快地向前面航行, 20
她要为三宝作战,
攻击万奈摩宁的船。

　　年老心直的万奈摩宁,
掌着舵在宽广的湖面,
他正坐在船尾上,
他就这样地开言:
"你楞比的活泼的儿子,
我的最亲爱的伙伴!
赶快爬到桅杆顶上,
赶快爬到帆布中间! 30
望一望前面的天上,
望一望后面的空中,
天边是不是明朗,
天空是不是朦胧。"

　　活泼的勒明盖宁,
年富力强,能干的家伙,
不用吩咐就很勤恳,
不用夸口就很灵活,
他立刻爬到了桅杆尖,

高高地在帆布中间。　　　　　　40
　他向东望又向西望，
他望西北又望南边，
望到波赫亚海岸那面，
他就这样地开言：
"前面的天边很明朗，
后面的天边却黑暗，
北方升起了一朵小云，
西北垂下了孤云一片。"
　年老的万奈摩宁说道：
"你说的话实在荒谬，　　　　　　50
那里并没有云升起，
连一朵小云也没有，
也许是航行着的船，
你再仔细看一看。"
　他又仔细看了一下，
他就这样地开言：
"远远地我看见海岛，
在远方朦胧地显现，
土鹘盘旋在白杨上，
松鸡盘旋在白桦上。"　　　　　　60
　年老的万奈摩宁说道：
"你说的话实在荒谬，
哪里有你看见的土鹘，
你看见的松鸡哪里有，
也许是波赫亚的子弟，
你再仔细看第三次。"
　活泼的勒明盖宁，
他又眺望了第三次，
他表达他的心情，
说出了这样的言辞：　　　　　　70

681

"一艘船从波赫亚航来,
有一百只桨架的船,
我看见了一百名桨手,
还有一千人在旁边。"
  年老的万奈摩宁,
立刻看出了真情,
他就高声地说道:
"划吧,铁匠伊尔玛利宁!
划吧,活泼的勒明盖宁!
都划吧,所有的人们! 80
让这船向前赶去,
让这船赶快前进。"
  划着,铁匠伊尔玛利宁,
划着,活泼的勒明盖宁,
所有的人们都划着。
松木桨划个不停,
山梨木桨架叽咯响,
松木船东摇西晃。
瀑布似的波浪在后滚,
海豹似的船头向前闯, 90
水像铃铛一样喷涌,
水沫一团团地飞升。
  英雄们赌赛似的划去,
英雄们竞走似的争先,
他们划着,却不能前进,
不能赶这木船向前,
远远离开那艘帆船,
那艘波赫亚来的大船。
  年老的万奈摩宁,
看到了逼近的灾祸。 100
他的末日已经临头,

他深深地想念思索，
怎么行动又怎么搭救，
他说出了这样的言辞：
"我还知道安全的妙计，
我还知道小小的奇迹。"

  他取出了一块火绒，
从他的火绒盒中，
他取出了一点松脂，
还有一小块火绒，   110
他将它扔到湖里，
从他的左肩上扔去，
他表达他的心情，
说出了这样的言辞：
"让这变成了礁石，
让这变成了巉岩，
等波赫亚的船冲来，
有一百只桨架的船，
在风暴的湖中撞击，
在波涛中撞得粉碎。   120

  礁石就从水里升起，
巉岩就在湖中出现，
它长长地半向东面，
它宽宽地向着北面。

  波赫亚的船迅速前进，
飞快地滑过湖波，
不觉冲到了岩石上，
在岩石上紧紧地胶住。
木船横在那里碎了，
碎成了一片又一片，   130
桅杆呼啦地倒在湖中，
也低低地垂下了帆，

683

风吹去了帆和桅杆,
一阵春风将它们吹散。
　　波赫尤拉的女主娄希,
就把她的脚伸入水中,
她打算将船拉起,
她打算将船推动;
连长枪也拉不起,
她怎么能将它移开, 140
所有的船肋都破碎,
所有的桨架都损坏。
　　她深深地沉思默想,
又说出了这样的话:
"谁来帮我解除困难,
谁来帮我想个办法?"
　　她立刻来了个变化,
变化成另外的形貌,
她用五把锋利的镰刀,
又用六把破旧的铁锹; 150
她将这些变成鸟爪,
她将这些变成爪子;
破船的一半碎片,
她拿来铺在身底,
变尾巴的是船舵,
变翅膀的是船舷,
翅膀下带汉子一百,
尾巴上带汉子一千,
这一百人是刀剑手,
这一千人是弓箭手。 160
　　她张开了翅膀飞去,
像是翱翔着的老鹰,
她稳稳地飞来飞去,

去攻击老万奈摩宁；
一只翅膀拍打于水中，
一只翅膀扑腾于云中。
　　最美丽的大水母亲，
大声说着这样的话：
"你年老的万奈摩宁！
转过头去，在朝阳下，　　　　　　　　170
把眼睛转向西北方，
在你的后面望一望。"
　　年老心直的万奈摩宁，
就转过去，在朝阳下，
把眼睛转向西北方，
在他的后面望一下。
波赫亚的老太婆来了，
一只怪鸟越飞越近，
就像猎鹰在肩上盘旋，
它的身子像是老鹰。　　　　　　　　180
　　她一飞近万奈摩宁，
就一径飞到桅杆顶，
她就爬上了帆桁，
她就在杆子上坐定，
船几乎就要下沉，
船舷也一面下倾。
　　铁匠伊尔玛利宁，
就向俞玛拉祈祷，
恳求创造主保佑，
他就这样地说道：　　　　　　　　　190
"俞玛拉啊！救护我们，
你慈悲的救世主！
不让你的儿子慌张，
不让母亲的孩子沉没，

685

从芸芸众生之间,
从你庇护的众生之间。
"乌戈,至高的俞玛拉,
在天上的我们的父!
赐给我火焰的长袍,
用烈火的衬衣包裹我,　　　　　　　　200
保护我进行斗争,
保护我前去作战,
我的头就不怕灾祸,
我的头发就不会散乱,
无论砍来了利剑,
无论刺来了剑尖。"
年老的万奈摩宁,
他就这样地说明:
"波赫尤拉伟大的女主,
愿不愿把三宝平分,　　　　　　　　210
在突出的海角上面,
在多雾的海岛一端?"
波赫尤拉的女主说道:
"我不愿意把三宝平分,
我不愿意,讨厌的家伙!
我不愿意,万奈摩宁!"
她扑到万奈摩宁船里,
打算将三宝攫去。
活泼的勒明盖宁,
就从腰带上拔他的剑,　　　　　　　　220
紧握着锋利的武器,
他拔自左面的腰边,
就砍击老鹰的爪子,
就将老鹰的爪子砍击。
活泼的勒明盖宁砍着,

他一边砍一边说明：
"倒了，同了长眠的英雄，
一起倒下，你的刀手们，
在她翅膀上的一百人，
每支翎毛上倒下十人！" 230
　　波赫亚的老妇回答道，
她从桅杆顶上这样说：
"你楞比的活泼的儿子，
高戈，讨厌、无用的家伙！
你欺骗了你的母亲，
对年老的母亲撒谎！
在六十个夏天之间，
你保证了不再打仗，
无论为了贪图黄金，
无论为了喜爱白银。" 240
　　年老心直的万奈摩宁，
这伟大的原始的歌手，
他觉得灾祸已经近身，
他觉得死亡已经临头；
就从湖中拉起船舵，
水中取出槲木的船材，
他就用来打鹰的爪子，
他就用来打这妖怪，
他打碎了一切爪子，
只留下最小的一只。 250
　　青年们从翅膀上掉落，
英雄们在湖水中沉下，
一百个从她的翅膀，
一千个从她的尾巴；
老鹰也同样地下来，
轰隆地落在船肋上，

像雷鸟从树上落下，
像松鼠从枞枝下降。

　她就将三宝抢夺，
她使用她的无名指，　　　　　　　　260
她从船上拖着三宝，
又拉着彩色的盖子，
她从红船的舱里拉出，
扔在蓝蓝的湖水之间，
三宝碎成一片片，
彩色的盖子也打烂。

　三宝的碎屑漂去了，
还有那大　点的碎片，
都沉入平静的水中，
沉到水底的黑泥间；　　　　　　　　270
就涌出了水中的富源，
阿赫多的人民的财宝，
在他长长的一生，
只要黄金的月亮照耀，
阿赫多的财富永不少，
水里的光荣永不消。

　别的碎屑依然存留，
那小一点的碎片，
漂浮于蓝蓝的湖上，
簸荡于宽广的湖面，　　　　　　　　280
风将它不息地摇动，
浪又将它向前面推送。

　风依然摇动着碎片，
湖波又不停地簸荡，
漂浮于蓝蓝的湖面，
簸荡于宽广的湖上；
风将它推向陆上，

浪将它打到岸上。

年老心直的万奈摩宁，
看到了漂浮着的碎片，　　　　　290
在白浪中向岸上漂去，
终于将它冲上了湖岸，
看见了三宝的碎片，
彩色的盖子的破片。

这使他高兴非常，
说出了这样的言辞：
"让这些种子抽芽吐穗，
永久的福利就开始，
在这里耕，在这里种，
这里有种种的生产，　　　　　　300
就来了月亮的辉煌，
就来了太阳的灿烂，
在索米可爱的大地上，
在索米广大的平原上。

波赫尤拉的老女主，
大声说着这样的话：
"我还能够想方设法，
找出来方法和计划，
反对你的耕和种，
反对你的畜牧和生产，　　　　　310
你的月亮就不会辉煌，
你的太阳就不会灿烂。
我要把月亮带往巉岩，
我要把太阳藏在石山，
我要让冰冻将你冻结，
我还要让凛冽的严寒，
来毁灭你耕种的庄稼，
让粮食和收成都损失。

我要下一阵铁的雹子,
一阵吓人的钢的雹子, 320
把最好的开垦地打烂,
把最蕃茂的谷田打烂。

"我要唤醒草原上的熊,
松林里的阔牙的怪畜,
将你的骟马残杀,
将你的母马屠戮,
将你的母牛驱散,
将你的家畜伤害,
我要让你的人民病死,
我要将你的种族歼灭, 330
只要月亮永远照临,
世间就不再提到你们。"

年老的万奈摩宁,
他就这样回答说:
"我不怕拉伯兰的咒语,
杜尔亚莱宁的恐吓。
命运之钥属于创造主,
俞玛拉是天气的主子,
这不会托付给恶人,
不会给凶狠的手指。 340

"如果我转向创造主,
如果我吁求俞玛拉,
他就会把害虫赶走,
不让糟蹋我的庄稼,
不让伤害我的种子,
不让毁灭生长的谷物,
也不让拿去我的种子,
不让拿去蕃茂的谷物。

"你去,波赫尤拉的女主!

把死去的、凶恶的祸害，　　　　　　350
你把它们拖到岩石间，
在你选中的山中扑灭，
却并不是月亮的光辉，
也并不是太阳的光辉。

"让冰冻将乡村冻结，
让凛冽的严寒来毁灭，
毁灭你自己的种子，
将自己播的谷物伤害。
你送下一阵铁的雹子，
一阵吓人的钢的雹子，　　　　　　360
打着自己耕种的庄稼，
打着波赫亚的田地。

"你唤醒草原上的熊，
将树丛中的凶猫唤醒，
锐爪的兽从树林出来，
阔牙的怪畜走出松林，
只在波赫亚路上踯躅，
只袭击波赫亚的家畜。"

波赫尤拉的老女主，
她就这样回答说：　　　　　　　　370
"我的力气已经消失，
我的精力已经衰弱。
湖水把我的财富吞掉，
波浪也打烂了三宝。"

她哭着急急地回去，
伤心地回波赫尤拉。
什么也不用提起：
说要把三宝带回家。
只有她的无名指，
抓住了小小的一片，　　　　　　　380

691

一小片彩色的盖子，
带到萨辽拉的家园：
此后是波赫亚的贫苦，
拉伯兰的饥饿的生活。

　　年老心直的万奈摩宁，
也回到他自己的家园，
带着三宝的碎屑，
也带着盖子的破片，
他在湖岸上发现，
在湖边可爱的沙滩。 390

　　他播下三宝的碎屑，
他播下盖子的破片，
在突出的海角上面，
在多雾的海岛一端，
也许能生长、能旺盛，
产品又增加又蕃茂，
正如从大麦获得麦酒，
正如从裸麦生出面包。

　　年老的万奈摩宁，
就大声地这样说： 400
"俞玛拉，伟大的创造主！
保佑我们愉快地生活，
让我们一生都欢乐，
让我们光荣地去世，
在美丽的卡列拉，
在可爱的土地索米。

　　"最慈悲的俞玛拉，
创造主啊！保佑我们，
离开那凶狠的老妇，
离开那恶意的人们。 410
避免陆地上的灾祸，

避免水中术士的咒诅。

"永远保护你的儿子们，
永远帮助你的孩子们，
在夜间看顾着他们，
在白天保护着他们，
不然太阳就停止照耀，
不然月亮就停止发光，
不然风就停止吹拂，
不然雨就停止下降，　　　　　　　　　　420
冰冻就将我们冻结，
坏天气就将我们伤害。

"给我们造一道铁篱笆，
给我们造一座石城堡，
围绕我居住的地方，
也将两面的人民围绕。
向上要从地造到天，
向下要从天造到地，
作为我终身的住宅，
作为我隐居的保卫，　　　　　　　　　　430
不让傲慢者吞掉我们，
不让糟蹋我们的收成，
只要黄金的月亮照耀，
在我们长长的一生。"

第四十四篇

万奈摩宁的新甘德勒

一、万奈摩宁去寻找落在湖中的甘德勒,却没有找到。(第1—76行。)
二、他就用白桦木又制成新的甘德勒,弹奏着,使附近的一切生物非常欢乐。(第77—334行。)

年老心直的万奈摩宁,
他心中这样地想念:
"弹奏的时间已经到了,
已经到了享乐的时间,
在我们这漂亮的家宅,
在我们新选中的住所;
我的快乐却一去不回,
我的甘德勒已经沉没,
沉在鱼儿的居留地,
沉在鲑鱼的岩穴里,
只能使梭子鱼愉快,
使韦拉摩的侍从欢喜;
他们不会将它退回,
阿赫多不会将它退回。

"铁匠伊尔玛利宁!
昨夜和以前干得真行,
今天你也要同样热心,
替我打造铁耙一柄,

耙齿要密密地排列，
耙齿要密，耙柄要长，　　　　　　20
我要到水里去耙去，
把波浪都耙在一旁，
我要耙湖中的芦苇，
我要耙湖边的一切，
我要取回我的乐器，
我要取回我的甘德勒，
从鱼儿回旋的水道里，
从鲑鱼居住的岩穴里。"

　　铁匠伊尔玛利宁，
这伟大的原始的工匠，　　　　　　30
就给他打造了铁耙，
又将铜的耙柄装上，
耙齿有一百寻长，
耙柄足有五百寻长。

　　年老的万奈摩宁去了，
他拿着大铁耙一柄，
他走了没有多远，
只走了短短的路程，
就来到铁制的码头，
就来到铜铸的埠头。　　　　　　　40

　　他找到了一艘两艘船，
两艘船都准备漂流，
就在这铁制的码头，
就在这铜铸的埠头，
第一艘是一艘新船，
第二艘是一艘旧船。

　　年老的万奈摩宁说道，
他先对新船开言：
"去吧，船啊！到水里去，

船啊!冲到波浪中间,
纵使没有胳臂转动你,
纵使没有拇指碰到你。"
　　船就飞快地落入水中,
船就迅速地冲进浪花,
年老心直的万奈摩宁,
匆匆地在船尾坐下,
他就在水中扫荡,
扫荡于波浪之间。
耙起了岸边的堆积,
耙散了莲花的花瓣,
耙拢了一切的废物,
一切的废物和破片,
他耙拢了一切碎屑,
小心地将沙洲耙遍,
他的鱼骨琴藏在哪里,
他没有寻见,没有发觉,
永远失去了这快乐,
同甘德勒一起沉没。

　　年老心直的万奈摩宁,
就回到他的住宅,
他的帽子侧在一边,
垂下了头,十分悲切,
他就这样地说道:
"失去了梭子鱼齿的琴,
失去了鱼骨做成的琴,
我就再也不会高兴。"
　　他在国土之内流浪,
到了林地的边境上,
他听到白桦在啼哭,
听到斑驳的树在悲伤,

50

60

70

80

他急急地赶往那方，
来到了白桦树旁。
　他就这样地问道：
"为什么哭？美丽的白桦！
你出色地围着白腰带，
还流着泪，绿叶的白桦！
没有人带你去作战，
你也并不渴望作战。"
　斜倚的白桦就回答，
绿叶的树就说道：　　　　　　　　　　90
"我要说的话很多，
我记得的事也不少，
我怎么愉快地生活，
我怎么享受着狂欢。
现在我却痛苦可怜，
我只能享受着愁烦，
度着我暗淡的一生，
在我的痛苦中悲叹。
　"我痛哭着我的渺小，
我叹息着我的孱弱，　　　　　　　　　100
我贫穷，得不到支援，
我可怜，得不到帮助，
就在这不祥的地点，
在平原上柳树之间。
　"来到了美丽的夏天，
夏天的和暖的日子，
别的人就都希望着，
有很大的幸福和喜事。
我可怜的命运却不同，
等着我的只有苦恼；　　　　　　　　110
我的树皮已经剥去，

也砍掉了带叶的枝条。
　　"对孤零的我常常如此，
对我这可怜的东西：
就在短短的春天，
孩子们都赶到这里，
用锋利的小刀割我，
抽出我身上的液汁；
夏天来了凶恶的牧人，
剥下我围腰的白皮，　　　　　　　　　120
他们用来做杯子碟子，
也做盛莓果的篮子。
　　"对孤零的我常常如此，
对我这可怜的东西：
姑娘们来到树枝下，
跳着舞，在我的周围；
又将树顶的树枝折下，
扎成了扫帚一把把。
　　"对孤零的我常常如此，
对我这可怜的东西：　　　　　　　　　130
他们砍成了柴火，
他们开辟了荒地。
这夏天已经有三次，
在夏天的和暖的日子，
樵夫们来到我这里，
将他们的斧头举起，
砍下不幸的我的树顶，
就毁灭了孱弱的生命。
　　"这就是我夏天的欢乐，
在夏天的和暖的日子，　　　　　　　　140
冬天也不会更愉快，
下雪天也不会更可喜。

"在过去的年月里，
烦恼使我的脸变色，
忧愁使我的头垂下，
痛苦使我的两颊苍白，
想念着不祥的年月，
思索着不祥的时节。

"风给我带来了不幸，
霜给我带来了痛苦。   150
风撕去我的绿大氅，
霜扯掉我的好衣服。
我成了最不幸的白桦，
站在这里最最可怜，
剥去了所有的衣服，
只剩下赤裸的树干，
我在寒冷中颤抖，
我在严寒下哀愁。"

年老的万奈摩宁说道：
"青绿的白桦！你不要哭，   160
你系着雪白的腰带，
不要哭了，茂盛的小树！
愉快的未来等着你，
等着你的有新的欢乐，
不久你要流愉快的泪，
不久你要唱欢乐的歌。"

年老的万奈摩宁，
就用这白桦将琴雕制，
他雕制新的甘德勒，
从夏季的一天开始，   170
在多云的海角一端，
在阴沉的海岛上面，
他用树干制作琴架，

他造出了新的狂欢,
用坚实的桦木做琴架,
用斑驳的树干做琴架。
　年老的万奈摩宁,
他就这样地开言:
"我用树干做了琴架,
为了永久的狂欢, 180
可又用什么来造螺旋,
用什么造合用的琴栓?"
　院子里有一棵槲树,
在庄院近旁矗立,
它长着很匀称的树枝,
每枝都有一粒槲实,
黄金的核在槲实里面,
核里面都有一只杜鹃。
　当杜鹃一齐叫唤,
叫唤声中有五种乐音, 190
它们的嘴里流着黄金,
在周围又撒布着白银,
黄金流到了山上,
白银流到了地面,
他就从这造出了螺旋,
也就从这供应了琴栓。
　年老的万奈摩宁,
他就这样地开言:
"造出了琴上的螺旋,
供应了琴上的琴栓, 200
却还有缺少的东西,
还需要五根弦线。
这才可以奏出音调,
我从哪里去取琴弦?"

他就去寻找琴弦,
他沿着草原彷徨。
草原上坐着个姑娘,
山谷中坐着个女郎,
这姑娘并没有啼哭,
可也并不十分高兴, 210
她柔和地独自歌唱,
唱着,让黄昏快快降临,
她渴望她的爱人来临,
她的亲爱的意中人。

年老心直的万奈摩宁,
不穿鞋子偷偷地向前,
不穿袜子冲着她跳去;
一到了她的身边,
他就要求她的头发,
他这样地对她说: 220
"姑娘!我要你的头发,
美人!把你的头发给我,
给我头发去做琴弦,
弹奏出永久的狂欢。"

姑娘就将头发给他,
她给他柔软的鬈发,
她给他五根六根头发,
她给了他七根头发,
让他去做他的琴弦,
弹奏出永久的狂欢。 230

他的琴终于完成;
年老的万奈摩宁,
就在岩石上选定座位,
靠近石级的一张石凳。

他拿起他的琴来,

701

就感到逼近的欢畅,
他将琴架转向天空,
他将琴钮支在膝上,
他又将琴弦调整,
来弹奏和谐的乐音。 240

等他校准了琴弦,
等乐器已经停当,
他就将它搁在手下,
他就将它横在膝上,
他用十个指尖弹奏,
让五个活动的手指,
从琴弦上发出乐音,
响着最动人的调子。

年老的万奈摩宁,
他的琴就这样弹奏, 250
他的手指弯弯地向外,
柔软的手指,灵巧的手,
斑驳的木头发出声音,
小绿树响亮地歌吟,
姑娘的头发在欢呼,
黄金的杜鹃在啭鸣。

万奈摩宁的手指弹着,
琴弦发出响亮的乐音,
山颤抖,平原又响应,
小石山都有了回声, 260
浪里的石头都摇晃,
水中的沙砾都移动,
松树都一起欢呼,
树桩在草原上乱蹦。

卡勒瓦的一切继女,
美丽的人们一齐聚集,

就像奔流着的河水，
她们都奔逐在一起。
少妇们喜笑颜开，
母亲们心花怒放， 270
她们倾听弹奏的乐音，
惊异于自己的欢畅。

在场的还有许多男子，
他们的帽子拿在手上，
集会的还有老太太们，
她们的手都垂在身旁，
姑娘们都流着眼泪，
孩子们都跪在地上，
他们倾听着甘德勒，
惊异于自己的欢畅。 280
他们唱着同一的声音，
他们诵着同一的词句：
"我们从来不曾听过，
有这样动人的歌曲，
在我们长长的一生，
只要辉煌的月亮照临。"

动人的乐音远远传布，
听到的有六个乡村，
所有活着的生物，
没有一个不赶来倾听， 290
倾听动人的乐音，
这甘德勒的声音。

森林中的一切野兽，
直立在自己的爪子上，
都倾听着甘德勒，
惊异于自己的欢畅。
飞行天空的一切鸟儿，

都停在邻近的树枝间，
游行水中的一切鱼儿，
都迅速地赶到了岸边，　　　　　300
爬行地下的一切虫儿，
都急急地爬到了地上，
它们都转过身来倾听，
倾听着动人的弹唱，
享受着甘德勒的乐音，
还有万奈摩宁的歌声。

年老的万奈摩宁弹着，
他最动人地将琴弹，
响应着最和谐的乐音，
他弹了一天又两天，　　　　　　310
他永不间断地弹奏，
在早餐之后的早间，
他系着同一的腰带，
也穿着同一的衬衫。

当他在屋子里弹奏，
在他的枞木的屋子里，
屋顶就大声地回响，
也大声回响着板壁，
天花板歌唱，门吱嘎，
所有的窗户都欢乐，　　　　　　320
一切的炉石都活动，
桦木的柱子都对歌。

当他在松林中行走，
当他在枞林中彷徨，
松树都向他低头，
枞树都俯伏在地上；
松果绕着他滚在草间，
针叶散布在树根边，

当他急急地穿过绿林，
当他匆匆地跨过草地，　　　　330
叶子都愉快地招呼，
草地都非常地欢喜，
野花向他吐出香气，
嫩苗也向他把头低。

第四十五篇

在卡勒瓦拉的瘟疫

一、波赫尤拉的女主将可怕的疾病送到卡勒瓦拉。(第 1—190 行。)
二、万奈摩宁以有效的咒语和药膏治疗他的人民。(第 191—362 行。)

  波赫尤拉的女主娄希,
耳朵里听到了这消息:
万诺拉多么兴旺,
卡勒瓦拉多么顺利,
由于有三宝的碎片,
有彩色的盖子的碎片。
  这使她非常妒忌,
她就经常沉思默想:
她怎么将他们毁灭,
她怎么让他们死亡,   10
那在万诺拉的人民,
卡勒瓦拉的全体人民。
  她就向乌戈大声求告,
她这样地祈祷雷神:
"至高无上的大神乌戈!
你杀死卡勒瓦的人民,
用铁的雹子杀戮他们,
用钢的针将他们杀戮,
或者用疾病毁灭他们,

毁灭这凶恶的种族， 20
让男子都死在庄院里，
妇女都死在牛栏里。"

　　多讷拉有个女瞎子，
老妇人罗维雅达尔，
玛纳的最恶的姑娘，
多尼的最坏的女儿，
她是一切邪恶之根，
她是成千灾祸之源，
她的皮肤亮得可怕，
她有一张漆黑的脸。 30

　　这个多尼的黑女儿，
乌拉巴拉的瞎姑娘，
她在不祥之国的路上，
在麦秸上铺她的床，
她转背避开了上风，
侧身迎着寒冷的天气，
背后向着凛冽的狂风，
一阵阵晨风向她袭击。

　　刮起了猛烈的大风，
一阵暴风从东方吹来， 40
吹着这怀孕的怪物，
她急急忙忙地躲开，
在没有树木的荒地上，
在没有草儿的赤地上。

　　她怀着沉重的负担，
这负担沉重又痛苦，
度过了两个月三个月，
四个月五个月也度过，
度过了七个月八个月，
同样地度过了九个月， 50

像老太婆那样计算,
还要过半个的十个月。

九个月早已度过了,
第十个月已经开端,
她疼痛得扭来扭去,
经受着极大的苦难,
却没有什么结果,
她没有生产什么。

她从她的窝里迁出,
她躺下在别的地点, 60
这婆子就躺着分娩,
她迎着风,希望着生产。
她躺在两座岩石中间,
五座大山的裂缝中间,
却没有什么结果,
她什么也没有生产。

她寻找做产的地方,
寻找适合生育的地方,
寻找于抖动的沼泽,
寻找于奔腾的波浪, 70
她找不到合适的地点,
让她解脱她的负担。

她只想将孩子生下,
解脱她身上的负担,
在狂流的漩涡之下,
在急瀑的水沫之间,
那里冲下了三道瀑布,
在九座悬崖的下面,
这恶妇什么也不生产,
她没有解脱她的负担。 80

这恶妇就哭了起来,

这怪物就大声号啕。
她不知道到哪里去,
她连方向也不知道,
她不知道去哪里做产,
去哪里解脱她的负担。

　　俞玛拉从云中说道,
创造主在天上开言:
"沼泽里有三角的小屋,
恰在小湖的岸边, 90
在波赫亚阴暗的大地,
靠近萨辽拉的海湾,
你可以在那里做产,
放下你的沉重的负担。
那里的人民需要你,
他们需要你的孩子。"

　　玛纳拉的最恶的姑娘,
多尼的最黑的女儿,
来到波赫亚的住宅,
来到萨辽拉的浴室, 100
她可以在那里分娩,
她可以在那里做产。

　　波赫尤拉的女主娄希,
波赫亚的缺齿的老妇,
偷偷地领她到浴室里,
领她到浴室里安住,
村子里谁也不清楚,
村子里什么也不说。

　　她偷偷地烧暖浴室,
她匆匆地准备停妥, 110
大门上用麦酒擦洗,
铰链上用啤酒涂抹,

709

大门就不会吱嘎,
铰链也不会叽喳。
　　她表达她的心情,
说出了这样的言辞:
"黄金一样辉煌的太太,
你高贵的创造的女儿!
母亲中间数你第一,
妇女中间数你最老,　　　　　　　120
你且降下到湖中,
在水波里没膝齐腰,
你就将黏液取来,
从鲈鱼和爬虫的身上,
就用这搽敷门口,
就用这涂抹四旁,
让那女人解除痛苦,
让那姑娘卸下负担,
除掉她忍受的折磨,
解脱她经历的苦难。　　　　　　130
　　"如果这样还是不行,
乌戈,至高无上的大神!
我们需要你下来,
我们恳求你降临。
这里有姑娘在做产,
有女人正遭受大难,
就在村子的浴室里,
在浴室的热气中间。
　　"你握着纯金的神杖,
你用你的右手握住,　　　　　　140
你移开一切的障碍,
你分散所有的门柱,
你压弯创造主的城堡,

你把一切门闩打碎,
大的和小的都推去,
连最小的也向前推。"

　　这肮脏丑恶的生物,
多尼的瞎眼的女儿,
立刻解脱了她的负担,
生下了凶恶的孩子,　　　　　　　　　150
在铜饰的毯子下面,
在最软的被子下面。

　　她是九个孩子的母亲,
在一个夏天的夜里,
只预备了一次洗澡,
洗澡只准备了一次,
她的丰满的身体,
也只用了一次力。

　　她很好地养育孩子,
她要给这些男孩取名,　　　　　　　160
就像各人要取名一样,
当他的孩子已经生存。
她把一个称做胸痹,
她把一个叫做疝气,
另一个她立名痛风,
另一个她命名瘰疬,
又一个她决定为痈疽,
又一个她宣称为疥疬,
还有一个她名为毒瘤,
还有一个她称为瘟疫。　　　　　　　170

　　只剩下一个没有名字,
最小的他躺在麦秸上,
她就送他去做术士,
施行魔法于水上,

也同样施行于低地,
各到各处干着坏事。

　　波赫尤拉的女主娄希,
又送别的一齐向前,
到多云的海角上面,
到阴暗的海岛一端,　　　　　　180
愤愤地送去这些恶物,
这些前所未闻的疾病,
她送他们到万诺拉,
去屠杀卡勒瓦的人民,

　　这些前所未闻的疾病,
袭击了万诺拉的人民。
袭击了卡勒瓦的后裔,
谁也不知道它的名称,
连身下的铺板也朽烂,
连身上的被单也腐烂。　　　　190

　　年老的万奈摩宁,
这伟大的原始的法师,
他要拯救他的人民,
他要驱逐这些恶疾,
他就同多尼斗争,
他就同疾病拼命。

　　他就烧暖了浴室,
准备了燃烧的石子,
供应了最好的木料,
又将柴束搁在水里,　　　　　200
水盛在有盖子的桶中,
浴帚也好好地护持,
充分地浸暖了浴帚,
弄软了成百的树枝。

　　他升起了甜蜜的温热,

他升起了蜜甜的暖气,
从那烧热了的石子,
从那通红的石子;
他又这样地说道,
表达了他的心情: 210
"天上的父!降临这浴室,
俞玛拉!在暖气中降临,
让我们恢复健康,
让我们重获安宁,
驱逐这些下流的疾病,
保佑我们恶疾离身,
镇压这过度的热气,
驱逐这不祥的热气,
不让燃烧你的孩子,
不让毁灭你的后裔。 220

"我还要洒下水去,
浇着炽热的石子,
让它变成了蜂蜜,
蜂蜜一样地向下滴,
让它流成蜜的河,
让它流成蜜的湖,
让它沿了炉石流去,
在生苔的浴室流过。

"不要毁灭无辜的我们,
不要让疾病打倒我们, 230
俞玛拉并不要我们死,
这违反创造主的命令。
谁要屠杀无辜的我们,
让他吞下自己的语言,
让灾祸落在自己头上,
让恶意退到自己身边。

"如果我还不够英勇，
乌戈之子并不是英雄，
不能将这灾祸赶散，
不能将它抛到空中，　　　　　　　　240
乌戈却是英雄和好汉，
他统率着天上的云，
他是旱云的统治者，
他是浮云的主人。

"至高无上的大神乌戈！
你在云天之上安身，
我们需要你下来，
我们恳求你降临，
俯察我们的灾难，
结束我们的痛苦，　　　　　　　　250
解除这凶恶的妖术，
将我们的祸患解除。

"给我一把烈火的剑，
给我一把闪耀的火剑，
让我抵抗这样的灾难，
打倒这可怕的灾难，
我要赶开我们的祸患，
在荒漠之间随风飘散。

"我要驱逐妖法的迫害，
我要赶走这样的灾难，　　　　　　　260
一直到远远的岩洞，
在铁硬的岩洞中间，
把迫害带给石头，
把灾难堆上山岩，
石头不会因痛苦啼哭，
山岩不会因灾难抱怨，
无论是多大的打击，

无论是不断的打击。

"吉布第多，多尼的姑娘！
你坐在疾病的石头上，　　　　　　270
三道大河在那里冲击，
在三道水分流的地方，
转动着疾病的山丘，
转动着痛苦的石磨，
你去转动我们的灾难，
转向蓝蓝的石谷，
或者就送它到水里，
打入深深的湖中，
那里没有太阳照耀，
也没有风将它吹动。　　　　　　　280

"如果这样还是不行，
吉乌达尔，高贵的夫人！
瓦玛达尔，高贵的主妇！
来吧，你们一起降临，
让我们恢复健康，
让我们重获安宁！
让受痛苦的不再受，
让生溃疡的不再生，
让有病的安然睡去，
让衰弱的挺然起来，　　　　　　　290
遭难的都有了希望，
结束了我们的悲哀。

"把灾难装进大桶里，
再给扣上了铜扣，
就在痛苦山的中央，
就在灾难山的山头，
你带去了这些苦难，
你扔下了这些灾祸，

715

再将这些灾难烧煮，
用一只最小的小锅， 300
大不过手指的一圈，
也不比拇指更宽。
　"山的中心有一块石头，
石头中间有一个洞，
这洞是钻子钻成，
这洞是钻子钻通。
你把这灾祸推进洞里，
也塞进这厉害的折磨，
压倒了疼痛的溃疡，
结束了我们的灾祸。 310
它们就黑夜也不害人，
它们就白天也不害人。"
　年老的万奈摩宁，
这伟大的原始的法师，
他将溃烂的地方涂抹，
他将破裂的伤口疗治，
用九种不同的药膏，
用八种神妙的药剂，
他表达他的心情，
说出了这样的言辞： 320
"至高无上的大神乌戈，
你在天堂的老人！
让云朵在东方出现，
西北方也升起一片云，
还要云从西方降下，
给我们水，给我们蜜，
把我们的脓疮涂抹，
把我们的伤口疗治。
　"我没有这样的力量，

除了创造主的施恩, 330
创造主！求你大发慈悲,
俞玛拉！求你保佑我们。
我的两眼向上望,
我的两手向上伸,
我的嘴又去诉说,
我的气息又在呻吟。
"在我的手够不到之处,
但愿神的手搁在那里,
我的手指如果够不到,
但愿神伸出他的手指; 340
创造主的手更灵活,
他的手指也伶俐得多。
"创造主！施行你的神术,
俞玛拉！你命令我们,
万能者！向我们鉴临,
让在黑夜健康的人们,
在白天也一样健康,
不再遭到一切灾祸,
疾病不再落到身上,
心头也不再受折磨, 350
不感到一点点苦难,
不感到一点点不幸,
只要黄金的月亮照耀,
在他们长长的一生。"
年老心直的万奈摩宁,
这伟大的原始的法师,
他终于驱散了灾难,
卸去了人民的担子,
赶开了妖法的瘟疫,
疗治了妖法的疾病, 360

717

他拯救了他的人民，
　拯救了卡勒瓦的子孙。

第四十六篇

万奈摩宁和熊

一、波赫尤拉的女主又叫熊去伤害卡勒瓦拉的家畜。（第1—20行。）
二、万奈摩宁杀死了熊，在卡勒瓦拉大开庆功宴。（第21—606行。）
三、万奈摩宁唱歌、弹琴，希望着莫大的幸福和兴旺的日子降临卡勒瓦拉。（第607—644行。）

　　消息传到波赫尤拉，
消息传到寒冷的村庄：
万诺拉恢复了健康，
卡勒瓦拉完全解放，
已经没有妖法的瘟疫，
已经没有无名的恶疾。
　　波赫尤拉的女主娄希，
波赫亚的缺齿的老妇，
她不禁勃然大怒，
就愤愤地这样说： 　　　　10
"我还知道别的方法，
我又想到别的阴谋。
我要唤醒草原上的熊，
荒地里弯爪子的野兽，
去蹂躏万诺拉的家畜，
屠杀卡勒瓦拉的牲畜。"
　　她就唤醒草原上的熊，

她赶它离开它的故乡,
赶到万诺拉的草地,
赶到卡勒瓦拉的牧场。 20
　　年老心直的万奈摩宁,
他就这样地说道:
"伊尔玛利宁,铁匠兄弟!
快给我打造一支长矛,
矛头有三面利刃①,
再装上铜的矛柄,
我一定要把熊打倒,
同这蓬松的野兽斗争,
不让它伤害我的骟马,
袭击我的传种的母马, 30
不让它将母牛毁灭,
不让它将家畜屠杀。"
　　铁匠就打造了长矛,
这支矛不短也不长,
他打造了中等的一支。
矛头上一只蹲着的狼,
矛刃边一只站着的熊,
接缝上一只麋在阔步,
柄上一只跑着的小马,
柄端一只跳着的驯鹿。 40
　　轻轻地下着新雪,
微微的小雪飘来,
像初秋时候一样飘,
像冬天的兔子一样白。
　　年老的万奈摩宁,
说出了这样的话:

---

① 三面利刃,原文作三根羽毛,注释者的意思则如我所译。——英译者。

"现在我想去旅行,
我要去麦德索拉;
到森林女儿的屋里,
到蓝姑娘的家里。　　　　　　　　　　　50

"我离开了人们往森林,
我离开了英雄去远地。
森林!将我做你的英雄,
达彪!将我做你的勇士,
但愿我有这样的好运,
能够打倒森林的美人。

"森林的主妇蔑里基!
达彪的妻子德勒沃!
把你的狗紧紧系住,
把你的小狗好好看住,　　　　　　　　60
在路上金银花之间,
在槲木的屋顶下面。

"奥德索!森林的苹果,
蜜爪子的懒懒的野兽!
如果你听到我来了,
听到我英雄在行走,
就把利爪藏在毛里,
就把利齿藏在口中,
你不可再动一下,
让它们一动不动。　　　　　　　　　　70

"我的亲爱的奥德索,
蜜爪子的漂亮的你!
在可爱的岩石之间,
你在这山乡安息,
松树就在上面摇曳,
枞树就在下面窸窣。
转过去,蜜爪子的你,

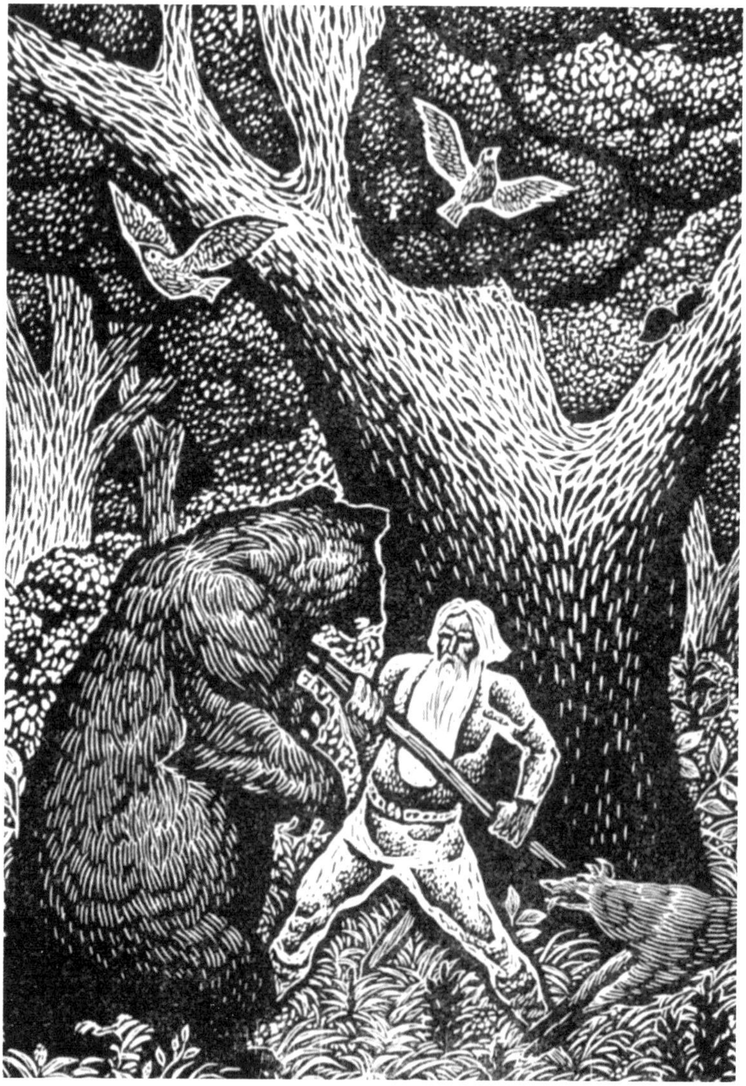

你转过身去,奥德索!
像松鸡在窝上打旋,
像伏卵的鹅打旋。" 80
　　年老的万奈摩宁,
听到他的狗吠汪汪,
他的狗大声地狂吠,
就在小眼睛的住所旁,
就在宽鼻子的小路上;
他就这样地说道:
"起先我以为是杜鹃,
是可爱的小鸟在叫;
并不是杜鹃的鸣声,
没有可爱的小鸟唱歌, 90
原来是我的狗在吠,
我的忠心的狗等着我,
在奥德索的住所门边,
在漂亮的英雄的屋边。"
　　年老的万奈摩宁,
他击中了躺着的熊,
推翻它的缎子的床,
掀翻它的黄金的兽洞;
他表达他的心情,
说出了这样的话: 100
"我赞美你,创造主!
我赞美你,俞玛拉!
你把这熊赐给我,
把森林的黄金赐给我。"
　　他望着贵重的战利品,
说出了这样的言辞:
"我的亲爱的奥德索,
蜜爪子的美丽的你!

不要无缘无故发怒，
不是我打倒了你，110
你自己从森林出来，
离开了松林的隐蔽，
你撕去了你的衣服，
把灰大氅扔在树丛。
秋天的天气变化多，
白天都是云雾蒙蒙。

"森林里贵重的杜鹃，
毛茸茸的可爱的你！
离开你的冰冷的家，
离开你自己的荒地，120
离开你的桦枝的房子，
离开你的编篱的小屋，
你森林里的美人！
且到旷野里漫步，
穿着轻便的鞋走去，
穿着亮蓝的袜子向前，
离开这小小的房间，
离开这狭窄的房间。
让给伟大的英雄们，
将它作为人类的住所。130
谁也不会亏待你，
等着的是幸福的生活。
他们给你吃的是蜜，
喝的是最新鲜的蜜酒，
如果你要到远方去，
就用手杖引你行走。

"你赶快离开这地方，
离开你的小小的窝棚，
离开出色的橡子，

离开漂亮的屋顶； 140
穿着你的雪鞋滑去，
就像莲花在池面，
在枞树中间滑去，
就像松鼠在树枝间。"

　　年老的万奈摩宁，
这伟大的原始的歌手，
在草地上边走边唱，
跨过平原，响亮地弹奏，
携带了这高贵的生客，
同毛茸茸的朋友流浪。 150
房子里听到他的弹奏，
屋顶下听到他的歌唱。

　　房子里人们高声喊，
漂亮的人们大声叫：
"听这响亮的声音，
这森林里来的曲调，
像是交喙鸟的鸣声，
像是林中姑娘的笛音。"

　　年老心直的万奈摩宁，
已经逼近了这房屋， 160
屋子里人们向他询问，
漂亮的人们对他招呼：
"你有没有带来金子，
你有没有带来银子，
带来我们的宝贝钱，
路上可曾把钱收集？
你要把吃蜜的给树林，
把山猫给森林的主人①，

---

① 据注释,这里的"森林的主人"即指达彪。——英译者。

你来我们中间歌唱,
穿着雪鞋,这样地高兴?"　　　　　170
　　年老心直的万奈摩宁,
他就这样地回答:
"我要带水獭来歌唱,
我的赞美归于俞玛拉,
我一边唱一边走来,
穿着雪鞋,十分地愉快。
　　"我带来的不是水獭,
不是水獭也不是山猫,
一个更著名的来了,
来了全森林的骄傲。　　　　　　　180
一个老人流浪到这里,
他披了大氅前来。
如果这使你们高兴,
那就把大门打开;
如果你们讨厌这生人,
那就紧闭了大门。"
　　人们就这样地回答,
漂亮的人们都喊道:
"奥德索!我们欢迎你来,
蜜爪子的你已经来到,　　　　　　190
走进我们新刷的房屋,
会见我们漂亮的家属。
　　"我一生中一直期望,
我少年时一直等候,
听一听达彪的角声,
听一听木笛的吹奏,
在金黄的林中跋涉,
在银白的林中经过,
沿着狭窄的小路,

走近我们的小屋。 200

"我希望幸福的一年,
我等待未来的夏天,
就像雪鞋等候新雪,
等候可以滑雪的路线,
像姑娘等候她的情郎,
爱人等候红红的面庞。

"黄昏我坐在窗下,
早晨我在堆房门口,
一星期等候在门旁,
一个月等候在路口, 210
胡同里逗留了一冬,
我站在坚硬的雪地,
一直到硬地渐渐软化,
软地渐渐变了沙砾,
沙砾又变为沙土,
沙土又成了青绿一片,
我每天早晨都在思索,
我一天天都在想念:
'为什么熊在这里逗留,
逗留着这森林的爱人? 220
为什么不离开索米,
向爱沙尼亚旅行?'"

年老的万奈摩宁,
回答了这样的言辞:
"把我的客人领往哪里,
把我的贵宾带到哪里?"
是不是领它到谷仓,
让它躺在麦秸床上?"

人们都这样地回答,
漂亮的人们发出喊声: 230

"最好是把我们的贵宾,
把我们的高贵的美人,
领到出色的椽子下,
带到漂亮的屋顶下。
食品也已经铺上,
美酒也已经斟下,
地板已经打扫干净,
地板已经揩擦光亮,
妇女都漂亮地打扮,
穿上最漂亮的衣裳,   240
戴着最漂亮的头饰,
披着最华丽的长衣。"

  年老的万奈摩宁,
他就大声地这样说:
"我的奥德索,我的小鸟,
我的蜜爪子的宝物①!
这里有你行走的地方,
你可以在草原流浪。

  "宝贵的!你向前行去,
亲爱的!你走遍乡间,   250
你穿着貂皮袜前进,
你穿着布裤子向前,
依着山雀的小径,
顺着麻雀的路线,
在五根椽子下徘徊,
在六根屋梁上盘桓。

  "你得留意,不幸的女人!
你不要吓唬家畜,
你不要让小畜受惊,

---

① "宝物",英译作"负担"。据英译者说,直译应为"包裹""捆子"。

不要吓唬主母的牛犊,　　　　　　　260
如果熊走近了屋子,
伸出了毛茸茸的爪子。
"孩子们!从门口出来,
姑娘们!从门柱离开,
走向英雄到来的屋子,
人们的光荣已经到来。
"奥德索,森林的苹果,
美丽庞大的林居者!
不要怕披发的姑娘,
对姑娘你不用惊骇,　　　　　　　270
对妇人你也不用怕,
那穿长袜的人们。
立刻聚在火炉周围,
这家里的一切妇人,
当她们看见英雄进来,
当她们看见青年前来。"
年老的万奈摩宁说道:
"保佑我们,俞玛拉!
在出色的椽子下,
在漂亮的屋顶下。　　　　　　　280
我把这宝贝携往哪里,
这毛茸茸的带到哪里?"
人们就这样回答道:
"欢迎,我们欢迎你来临!
把你的小鸟携往那里,
把你的高贵的美人,
带到松木柱子的一端,
带到铁凳子的一端,
让我们检视它的毛皮,
把蓬松的外衣察看。　　　　　　　290

"奥德索！你不要悲伤，
但愿这不惹你气恼，
一小时你的皮就取下，
却要永远欣赏你的毛。
你的皮不会损坏，
你的毛不会弄脏，
像是恶人们的破布，
像是乞丐们的衣裳。"
年老的万奈摩宁，
他就剥下了熊皮，　　　　　　　　　　300
铺在堆房的地板上，
又将熊肉搁进锅子，
搁在镀金的锅里，
搁在铜的大镬里。
他将锅子排在烈火上，
火焰舔着锅子的铜边，
锅子里他装满了肉，
他将肉装得满又满，
炖肉中又加上食盐，
这来自远远的地方，　　　　　　　　　310
是从萨克森国带来，
这来自远远的海上，
他们用船只运来，
经过盐的海峡①划来。
等到熊肉已经煮烂，
锅子就从火上移开，
他们搬来了这战利品，
他们将这交喙鸟搬来，
立刻搁在枞木长桌上，

---

① "盐的海峡"，可能指丹麦的海峡。——英译者。

立刻盛在金黄盘子里，　　　　　　　　320
就坐下来大吃熊肉，
又把啤酒喝个大醉。

桌子是枞木的桌子，
盘子是铜的盘子，
匙子是纯银的匙子，
刀子是金打的刀子，
盘子里盛得满又满，
碟子上高高的一层，
盛着森林里的宝贝，
金黄的林地的战利品。　　　　　　　　330

年老的万奈摩宁，
他就大声地开言：
"你达彪一家的主子，
有黄金的心的老伙伴！
麦德索拉可爱的保姆，
森林的仁慈的主妇！
达彪的红帽的儿子，
达彪之子，漂亮的人物！
达彪的女儿德勒沃！
其余的达彪的一族！　　　　　　　　340
你们来参加家畜宴会，
来吃蓬松的熊的肉，
可吃的东西真不少，
食品和饮料很丰盛，
还有许多可以储藏，
许多可以送给乡村。"

人们就这样地回答，
漂亮的人们这样说道：
"奥德索在哪里生养，
怎么有了蓬松的皮毛？　　　　　　　　350

它还是生在麦秸床上，
还是生在浴室的炉旁？"
　　年老的万奈摩宁，
他就这样地搭腔：
"它不生在麦秸床上，
不在麦芽房的麦皮上。
奥德索在那地方出生，
蜜爪子生在那地方，
靠近月亮，在太阳之下，
在大熊星的肩膀上，　　　　　　　　　　360
傍着大气的美丽姑娘，
在创造的女儿的近旁。

　　"姑娘游行于大气边境，
女郎游行着横过中天，
她在上天的边境流浪，
通过裂开的云朵之间，
她穿着蓝蓝的长袜，
她穿着鲜艳的鞋子，
手提装满绒毛的小包，
臂挎装满柔毛的筐子。　　　　　　　　370
她将绒毛抛在水面，
她将柔毛扔入水中，
刮来了大风将它颠簸，
不息的大气将它摇动，
微风将它摇摆于水面，
波浪将它推动到岸边，
推到蜜甜的森林边缘，
推到蜜甜的海角一端。

　　"森林的主妇蔑里基，
达彪拉的能干的太太，　　　　　　　　380
她取出了水里的绒毛，

软的绒毛从水中取来。

"她就将它卷了又卷，
用一根带子卷在一起，
她放在枫木的筐子中，
她搁在美丽的摇篮里，
她就拿起这个线团，
她又带着黄金的链子，
到树枝蕃茂之处，
到树叶稠密之地。　　　　　　　　　390

"她摇着这可爱的东西，
她摇着这迷人的一团，
在伸展着的枞树下面，
在开着花的松树下面。
熊就是这样的生育，
多毛的野兽这样抚养，
在流蜜的森林之中，
在一棵蜜树之旁。

"熊已经长得非常漂亮，
长成很完美的身段，　　　　　　　　400
矮矮的腿，弯弯的膝，
宽宽的鼻子又粗又短，
宽宽的头，扁扁的嘴，
它的毛蓬松又美丽，
可是熊却没有尾巴，
也还没有给它爪子。

"森林的主妇蔑里基，
说出了这样的言辞：
'我们要给它爪子，
也要给它找来牙齿，　　　　　　　　410
只要它不干坏事，
只要它不怀恶意。'

"熊就屈了膝发誓,
在森林的主妇身边,
对至高无上的俞玛拉,
在全能的他的面前,
它决不干一点坏事,
它决不怀一点恶意。

"森林的主妇蔑里基,
达彪拉的能干的夫人, 420
去搜寻它需要的牙齿,
将它需要的爪子搜寻,
从山梨树的木头,
从最坚实的杜松树,
从坚硬、多脂的树桩,
从一切最坚硬的根株,
其中她却找不到爪子,
其中她却找不到牙齿。

"有一棵松树在草地里,
有一棵枞树在小山上, 430
松树的枝条银一样白,
枞树的枝条金一样黄。
她就折下了树枝,
用来做奥德索的爪子,
剩下的放在颚骨中间,
紧紧按在它的齿龈里。

"她让这蓬松的生物,
让这宝贝出去游行,
让它游行于沼泽,
让它游行于森林, 440
沿着林地的边境,
走着跨过了草原,
她吩咐它小心地行走,

她吩咐它郑重地向前，
要它过快乐的生活，
在晴朗的日子游行，
经过大家跳舞的草地，
沿着平原和沼泽前进，
不穿鞋游行于夏天，
不穿袜游行于秋天， 450
在天气坏的时候休息，
在凛冽的冬季闲散，
在稠李树的空树桩中，
在松树的城堡里面，
在美丽的枞树脚下，
在茂密的杜松之间，
它躲在五件毛大衣下，
它躲在八件大氅下。

"我的战利品就在那里，
我在途中找到了它。" 460
青年人就这样发问，
老年人也同样发问：
"那为什么，和蔼的树林，
树林，还有慷慨的森林，
仁慈的友好的达彪，
愉快的绿林的主子，
肯把这吃蜜的放弃，
肯把他的宝贝给你？
你可曾用矛刺它，
你可曾用箭射它？" 470
年老心直的万奈摩宁，
他就这样地说明：
"非常和蔼的树林，
树林，还有慷慨的森林，

愉快的绿林的主子,
达彪是友好又仁慈。
　"蔑里基,森林的主妇,
德勒沃,达彪的女儿,
森林的美发的姑娘,
森林的娇小的女子,　　　　　　　　　　480
领着我走上大路,
为我竖起了路标,
在路旁建立了标柱,
一直做我的向导,
她在山上做下记号,
她在前面燃起树木,
领到奥德索的大门,
领到高贵的它的住屋。
　"到了我所探求的地方,
到了它的住屋旁边,　　　　　　　　　490
我没有用矛刺奥德索,
我也没有向它射箭。
它蹒跚着离开拱道,
突然从松树顶滚下地,
树枝撞碎了它的胸膛,
树枝撕裂了它的肚子。"
　他表达他的心情,
他就这样地说道:
"我的亲爱的奥德索!
我的亲爱的小鸟!　　　　　　　　　　500
把你的头部让给我们,
把你的虎牙抛在一旁,
剩下的牙齿也都扔掉,
也给我们宽宽的牙床,
这你却不用发怒,

我已经来到你这里，
你撞破了骨头和脑壳，
也一起撞碎了牙齿。

　　"我拿了奥德索的鼻子，
为了扩大自己的鼻子，　　　　　　　　510
我可没有完全拿来，
也不是单单拿了鼻子。

　　"我拿了奥德索的耳朵，
为了扩大自己的耳朵，
我可没有完全拿来，
也不是单单拿了耳朵。

　　"我拿了奥德索的眼睛，
为了扩大自己的眼睛，
我可没有完全拿来，
也不是单单拿了眼睛。　　　　　　　520

　　"我拿了奥德索的额，
为了扩大自己的额，
我可没有完全拿来，
也不是单单拿了额。

　　"我拿了奥德索的嘴，
为了扩大自己的嘴，
我可没有完全拿来，
也不是单单拿了嘴。

　　"我拿了奥德索的舌头，
为了扩大自己的舌头，　　　　　　　530
我可没有完全拿来，
也不是单单拿了舌头。

　　"他就可以视为英雄，
他就可以算做好汉，
只要他能数熊的牙齿，
能把两排的牙齿解散，

从铁一样紧的牙关，
钢一样坚的牙床解散。"
　　没有别的好汉前来，
没有别的英雄来尝试，　　　　　　　　　　540
他就自己数熊的牙齿，
计算它的两排牙齿，
他跪在颚骨的下面，
铁一样紧的牙关下面。
　　他拿了熊的牙齿，
他又对它这样说：
"美丽、庞大的林居者，
奥德索，森林的苹果！
你在路上向前走去，
你在路上向前跳跃，　　　　　　　　　　550
走出这狭窄的住所，
离开这低小的茅舍，
一间大屋在那里等待，
一间高大快乐的住宅。
　　"宝贵的！你向前去，
亲爱的！你向前行，
横过小猪走的大路，
顺着大猪走的小径，
到了茂密的枞树林，
到了针叶的松树丛，　　　　　　　　　　560
到了林木覆盖的山丘，
到了高高矗立的山峰。
你住在这里多愉快，
你住在这里多高兴，
有的是家畜的铃声，
有的是小铃铛的丁零。"
　　年老心直的万奈摩宁，

后来就走进他的屋门，
年轻的人们向他发问，
漂亮的人们向他发问： 570
"你的战利品藏在哪里，
你又走到了什么地方？
是否把它沉在融雪下，
是否把它留在冰原上，
是否把它推在泥淖里，
是否把它埋在草地里？"
　　年老心直的万奈摩宁，
他就这样地回答：
"我没有把它留在冰里，
没有把它沉在融雪下， 580
狗会把它从那里拖出，
鸟也一样会把它弄脏。
我没有把它沉入沼泽，
没有把它在草地埋葬，
那里虫豸要将它咬啮，
那里黑蚁要将它消灭。

　　"我带着我的小俘虏，
我安放我的战利品，
就在黄金山的山顶，
就在铜山的山顶。 590
我搁在一棵大树上，
针叶的松树十分堂皇，
搁在最粗的树枝间，
广阔茂盛的树梢上，
这永远是人们的欢乐，
这永远是旅客的喜悦。

　　"我把它的牙床转向东，
我把它的眼转向西北，

在树梢上不要太高,
不然风会将它摧毁, 600
如果高高地在树梢,
春风就会将它伤害。
也不要太靠近地上,
不然猪会将它破坏,
如果低低地在地面,
拱鼻子就会将它拱翻。"
　年老的万奈摩宁,
又一次准备歌唱,
欢送正在过去的白天,
欢度华美欢愉的晚上。 610
　年老的万奈摩宁,
他就这样地开言:
"掌灯的!让灯光灿烂,
唱歌的时光我可以看,
已经到了唱歌的时光,
我的嘴渴望着歌唱。"
　老万奈摩宁又弹又唱,
整个夜晚皆大欢喜,
当他停止了歌唱,
就说出了最后的祷词: 620
"你保佑我们,俞玛拉!
再一次,慈悲的创造主!
将来再在这里欢聚,
将来再在这里会晤,
享受肥美的熊肉,
享受蓬松的野兽。

　"你保佑我们,俞玛拉!
永远地,慈悲的创造主!
竖起领导我们的柱子,

在我们前面燃起树木, 630
为了最英勇的人物,
为了伟大的英雄种族。

"你保佑我们,俞玛拉!
永远地,慈悲的创造主!
让达彪的角声嘹亮,
让森林的笛声呜呜,
纵使在这小小的院落,
纵使在这狭窄的住所。

"让我们在白天游戏,
让我们在夜晚欢呼, 640
在这坚实稳定的地方,
在索米这广大的国土,
同我们的生长的一代,
年轻的一代正在起来。"

第四十七篇

劫掠太阳和月亮

一、月亮和太阳都下来倾听万奈摩宁的弹奏。波赫尤拉的女主将他们掳去,藏在山中,又从卡勒瓦拉的住所偷去了火。(第1—40行。)

二、至高无上的大神乌戈很诧异于天的黑暗,就燃起火来,要造新月亮和新太阳。(第41—82行。)

三、火落到地上,万奈摩宁和伊尔玛利宁就去搜寻。(第83—126行。)

四、大气之女通知他们火落在阿略湖中,而且被鱼吞了。(第127—312行。)

五、万奈摩宁和伊尔玛利宁设法用级木皮的网去捕鱼,却不成功。(第313—364行。)

  年老心直的万奈摩宁,
  弹奏着他的甘德勒,
  他久久地又弹又唱,
  永远充满了欢乐。

  琴声透进月亮的屋子,
  快乐来到太阳的窗户,
  月亮就离开他的家,
  在弯曲的白桦上站住;
  太阳就走出他的宫殿,
  在枞树的树顶坐下,
  倾听着甘德勒的声音,
  心头是高兴又惊讶。

10

波赫尤拉的女主娄希，
波赫亚的缺齿的老妇，
她就动手掳掠太阳，
她也将月亮抢夺。
她从白桦上抢来月亮，
她从枞树顶掳来太阳；
就一径带回自己的家，
波赫亚这阴暗的地方。 20
她就不让月亮发光，
藏在斑斓的岩石之间，
她唱着，不让太阳照耀，
藏在钢一样坚的高山；
她就这样地说道：
"从此以后万万不能，
月亮不能自由地闪耀，
太阳不能自由地光明，
如果我不来释放他们，
如果我不去携带他们， 30
当我带九匹种马前来，
九匹马都是一母所生。"
当月亮已经带走，
当太阳已经禁锢，
在铁硬的岩石中间，
波赫尤拉的石山深处，
她又偷去了光明，
偷去了万诺拉的火，
屋子里没有一点火光，
房间里没有火焰闪烁。 40
只有无边的黑夜，
永远是漆黑一团，
永远的夜在卡勒瓦拉，

在万诺拉的华屋中间，
黑暗也同样在天上，
在乌戈的神座四旁。

没有火的生活真讨厌，
没有光的生活是负担，
全人类都觉得凄惨，
连乌戈也觉得凄惨。 50

至高无上的大神乌戈，
这在天堂的创造主，
他感到十分稀奇，
他深深地想念思索，
什么怪物遮暗了月亮，
太阳又怎么受到阻拦，
月亮居然不再辉煌，
太阳居然停止灿烂。

他向云国的边境走去，
走上了天空的边境， 60
他穿着灰蓝色的袜子，
有的是彩色的袜跟，
他是去寻找月亮，
他是去寻觅太阳，
他却找不到月亮，
他却寻不着太阳。

乌戈在空中击出火光，
乌戈燃起了一点火焰，
他击着他的炽烈的剑，
剑上有火星闪闪； 70
从他的指甲击出火来，
火星从他的四肢爆裂，
高高地在天空上，
在天空的星星的原野。

他这样地燃起了火，
他拿起这一点火光，
就装进金袋子里，
就在银盒子里安放，
他吩咐姑娘将它摇晃，
这样告诉大气的姑娘，　　　　　　　　80
要造出一个新月亮，
要做出一个新太阳。

姑娘坐在长长的云边，
她坐在大气的边缘上，
她在那里摇晃着火，
摇晃着闪耀的火光，
她在金摇篮里摇晃，
她系着银绳子摇晃。

银的支柱在震颤，
金的摇篮在摇晃，　　　　　　　　　　90
云移动着，天在响，
天的支柱也在动荡，
火也一起在摇晃，
火光也一起在摇晃。

姑娘这样地将火摇晃，
她摇晃着火，火光灿烂，
她用手指将火移动，
她用手指将火照管，
愚蠢的她却让火落下，
粗心的她让火焰落下，　　　　　　　100
从她的手中落下，
从照管人的指间落下。

天空就裂成两半，
火星爆破了大气，
大气中充满了窗洞，

飞速地降下红的点滴,
一条裂缝闪耀于天空,
红的点滴经过云层,
落下了,经过九重天,
经过六重灿烂的苍穹。 110
　年老的万奈摩宁说道:
"铁匠兄弟伊尔玛利宁!
让我们看一看四周,
也许能发现什么原因,
刚才降下了什么火,
落下了什么火焰,
从那高高的天上,
落到低低的地面。
也许是月亮的碎片,
也许是太阳的破片。" 120
　两个英雄就出来,
一边走一边思念,
他们怎么能够找到,
他们怎么可以发现,
火刚从哪里落下,
火光刚从哪里降下。
　一道河在前面奔流,
流成了大湖①,茫茫一片,
年老的万奈摩宁,
立刻动手造一艘船, 130
他就在树林里修造,
伊尔玛利宁从旁协助,
他用枞木做船舵,
他又用一块松木。

---

① 大约指的是拉多戛湖。——英译者。拉多戛湖是欧洲最大的湖。

船终于修造完成,
桨架、船舵一应俱全,
他们将它推入水中,
掌着舵、划着桨向前,
沿着涅瓦河划行,
绕着涅瓦海角前进。 140
　　创造的可爱的长女,
姑娘伊尔玛达尔①,
她和英雄们遇见,
说出了这样的言辞:
"你们是怎样的人,
他们怎么称呼你们?"
　　年老的万奈摩宁说道:
"你当我们船夫就行,
我是年老的万奈摩宁,
他是铁匠伊尔玛利宁, 150
告诉我们你又是谁,
他们又怎么称呼你?"
　　这太太就这样地回答:
"我是最老的女人,
大气的最老的姑娘,
我又是第一个母亲。
我已经结了五次婚,
又打扮作第六次新娘。
英雄们!你们去哪里,
你们要去什么地方?" 160
　　年老的万奈摩宁,
他就这样地开言:
我们的火完全灭了,

---

① 本书第一篇说她就是万奈摩宁的母亲,这里却不同了。

火焰都消失于黑暗，
我们长久见不到火，
我们在黑暗里藏身，
我们终于下了决心，
我们去把火搜寻，
这火刚从天上降下，
从云层上面落下。 170

妇人就这样地回答，
她就这样地说道：
"火却不容易搜寻，
光明的火焰难于找到。
火已经干下了坏事，
火焰已经犯下了罪过；
当乌戈燃起了火，
就从创造主的天国，
射下了红红的火星，
降下了红红的弹丸， 180
经过高天的原野，
经过大气的空间，
穿过乌黑的烟囱，
穿过干燥的屋梁，
在杜利新造的屋子上，
在没有屋顶的小屋上。

"当火终于来到这里，
进了杜利新造的屋子，
它就干下了坏事，
它就完成了恶事， 190
烧坏了姑娘们的胸脯，
烧裂了姑娘们的乳房，
将孩子们的脚膝烧伤，
将主人的胡须烧光。

"有母亲正给孩子哺乳，
在不幸的摇篮里；
火也向他们冲来，
又完成了它的坏事，
它烧着摇篮里的婴儿，
也烧着母亲的胸脯， 200
孩子当即往玛纳去了，
走上了到多尼去的路。
小孩就这样毁灭，
就这样投身于死亡，
在红焰的磨难之间，
在火光的苦痛中央。

"母亲的知识很丰富，
她并没有去玛纳拉，
她懂得把火光赶开，
她知道驱逐火的方法， 210
穿过小小的针眼，
跨过斧子的斧背，
通过闪烁的剑的剑鞘，
她赶着它经过了耕地。"

年老心直的万奈摩宁，
听到了就这样说：
"火已经退往哪里，
这瘟疫在哪里藏躲，
是不是在杜利的草原，
在湖中，在森林之间？" 220

太太就这样地回答：
她就这样地开言：
"当火离开了那里，
当火焰一径向前，
它先烧掉许多地区，

许多地区,许多沼地,
最后它冲到了水中,
冲到阿略湖的波浪里,
火闪闪烁烁地升起,
火焰辟辟剥剥地升起。 230

"在夏天夜晚有三次,
有九次在秋天夜晚,
湖涌起了,枞树一样高,
在湖岸上面咆哮呐喊,
显示着狂怒的火力,
显示着炽烈的热力。

"鱼儿抛到了湖岸上,
鲈鱼冲到了岩石上,
鱼儿都向四周眺望,
鲈鱼都在沉思默想, 240
它们要怎么活下去。
鲈鱼哀悼它们的屋子,
鱼儿哀悼它们的住所,
鲈鱼哀悼石头的堡垒。

"弓起了背脊的鲈鱼,
就向这火星猛扑,
鲈鱼没有抓住它,
蓝鲱鱼却将它抓住。
它就将火星吞下肚,
消灭了火光的闪烁。 250

"阿略湖就此退下,
从四周退到了原地,
就在一个夏夜之间,
恢复了以前的高低。

"过去了不多的时间,
这吞食者受到了烧灼,

这吞咽者遭到了痛苦，
　　这吞噬者遇到了折磨。
　　　"这鱼儿游上又游下，
　　它游了一天又两天，　　　　　　　260
　　一直沿着鲱鱼的岛屿，
　　在鲑鱼群集的石缝间，
　　到一千海角的尖端，
　　到一百海岛中的海湾，
　　每个海角都这样宣布，
　　每个海岛都这样发言：
　　'在这缓缓的流水中，
　　在这狭窄的阿略湖里，
　　吞不掉这可怜的鱼，
　　毁不了这不幸的鱼，　　　　　　　270
　　它受着火的折磨，
　　它遭到火光的痛苦。'
　　　"一条鳟鱼听到了，
　　就把蓝鲱鱼吞下肚，
　　过去了不多的时间，
　　这吞食者受到了烧灼，
　　这吞咽者遭到了痛苦，
　　这吞噬者遇到了折磨。
　　　"这鱼儿游上又游下，
　　它游了一天又两天，　　　　　　　280
　　在鱼儿游戏的深处，
　　在鲑鱼群集的石缝间，
　　到一千海角的尖端，
　　到一百海岛中的海湾，
　　每个海角都这样宣布，
　　每个海岛都这样发言：
　　'在这缓缓的流水中，

在这狭窄的阿略湖里，
吞不掉这可怜的鱼，
毁不了这不幸的鱼，　　　　　　　　　　290
它受着活火的折磨，
它遭到火光的痛苦。'

"灰色的梭子鱼赶来了，
就把鳟鱼吞下肚。
过去了不多的时间，
这吞食者受到了烧灼，
这吞咽者遭到了痛苦，
这吞噬者遇到了折磨。

"这鱼儿游上又游下，
它游了一天又两天，　　　　　　　　　　300
经过海鸥群集的峭壁，
经过白鸥游戏的巉岩，
到一千海角的尖端，
到一百海岛中的海湾，
每个海角都这样宣布，
每个海岛都这样发言：
'在这缓缓的流水中，
在这狭窄的阿略湖里，
吞不掉这可怜的鱼，
毁不了这不幸的鱼，　　　　　　　　　　310
它受着活火的折磨，
它遭到火光的痛苦。'"

年老的万奈摩宁，
其次是伊尔玛利宁，
织了一张级木皮的网，
他们用杜松木制成，
浸渍着柳树的液汁，
用的是水杨的树皮。

年老心直的万奈摩宁，
叫妇女们去拉大网，　　　　　　　　320
妇女们向大网走去，
姊妹们都来拉网；
他掌着舵顺流而下，
经海角又绕海岛前去，
到鲑鱼群集的石缝间，
沿着了鲱鱼的岛屿，
棕红的芦苇在飘动，
在美丽的灯芯草丛。
　　他热望有一次捕获，
就把网抛入水中，　　　　　　　　330
他却抛下扭歪了的网，
又向相反的方向拉动，
他们没有把鱼捕获，
不管多么热心地劳作。
　　弟兄们都走下水去，
人们来到网的近旁，
他们摇着网,推着网，
他们拉着网,拖着网，
拉过岩石嶙峋的深处，
拖过卡勒瓦拉的沙滩；　　　　　　340
他们没有把鱼捕获，
不管他们多么想念。
灰色梭子鱼永不游来，
它不到平静的水上，
也不到宽广的水面；
很小的鱼,不多的渔网。
　　鱼儿们都鸣着不平；
梭子鱼向梭子鱼说明，
鲱鱼向鲤鱼问询，

鲑鱼又向鲑鱼发问： 350
"那些名人有没有消灭，
卡勒瓦的伟大的子孙？
他们拉着麻线的网，
他们的网用线结成，
击水的杆子长又长，
搅水的杆子长又长。"

　著名的万奈摩宁，
回答了这样的言辞：
"英雄们并没有消失，
卡勒瓦的一族没有死， 360
一个死去，一个又生，
他们拿着最好的长棒，
用更长的杆子测量水，
还有加倍吓人的大网。"

第四十八篇

捕　　火

一、英雄们准备了麻线的网,终于将那条吞火的鱼捕获。(第 1—192 行。)

二、在鱼的肚子里找到了火,但突然燃烧起来,灼伤了伊尔玛利宁的两颊和双手,十分厉害。(第 193—248 行。)

三、火又冲进森林,延烧了不少村落,越烧越远,最后却将火逮住,送到卡勒瓦拉的黑暗的房屋里。(第 249—290 行。)

四、伊尔玛利宁的灼伤也就复原。(第 291—372 行。)

　　年老心直的万奈摩宁,
这伟大的原始的乐师,
他又在想来想去,
要想一个什么法子,
结一张麻线的网,
有一百个网眼的网。
　　他表达他的心情,
说出了这样的言辞:
"有没有谁为我种麻,
种出来再将它梳理,
又用来为我结网,
有一百网眼的网,
让我把可怜的鱼毁灭,
让我把不幸的鱼杀伤?"

他们为他找了一块地，
一小块没有烧过的地，
在两个树桩中间，
在很广阔的沼泽里。
他们掘起了树根，
在那里找到了麻籽， 20
多尼的虫豸在看守，
蚯蚓在那里监视。
他们找到了一堆灰，
他们就将灰弄干，
原是烧掉的木船，
一艘在那里烧掉的船。
他们就播下麻籽，
播下于松松的土中，
在阿略湖的湖岸上，
在黏土的田中播种。 30
麻籽立刻抽芽吐穗，
麻长得又密又壮，
出乎意料地长大了，
就在一个夏天的晚上。
他们沤麻在夜间，
他们梳麻在月下，
他们洗麻又剥麻，
他们打麻又搓麻，
他们使全力剥取，
他们用铁器刮摩， 40
又将麻浸在水里，
立刻变得很软和，
他们急忙地捣烂，
他们急忙地晾干。
他们将麻带进屋子，

他们急忙地剥皮，
接着又急忙地捶击，
他们又急忙地弄碎。

　　他们用心地洗麻，
梳理着，在黄昏的时光，　　　　　　　　　50
他们安放在纺机上，
迅速地带到纺锤旁，
在一个夏天的夜晚，
就在两个白天之间。

　　随后姊妹们就来纺麻，
妯娌们就来结网，
弟兄们编着网眼，
母亲们也来帮忙。

　　他们迅速地转着网机，
他们飞快地缠着网眼，　　　　　　　　　60
终于完成了一张网，
网索也装配在上面，
在夏天的一个夜晚，
还得加上半个夜晚。

　　这张网终于完成，
网索也装配在上面。
这网有一百寻长，
这网有七百寻宽；
缚上了压网的石子，
配上了适当的浮子。　　　　　　　　　　70

　　青年们带了网走去，
老人们在家里思索，
他们能不能成功，
将那条需要的鱼捕获。

　　他们拖着网又拉着网，
又辛苦地将水拍打，

他们向前后两面拖，
他们向左右两边拉，
捉了许多许多小鱼，
捉了许多不幸的鲈鱼，　　　　　　　　　80
许多鱼刺多的鲈鱼，
一条鱼胆大的红眼鱼，
他们却捉不到那条鱼，
为它结了网的那条鱼。

　年老的万奈摩宁说道：
"铁匠伊尔玛利宁！
到撒网的地方看一下，
让我们一起前行。"

　两英雄就一起走去，
他们拉着水里的网，　　　　　　　　　　90
沿着水中的岛屿，
他们将网铺在一旁，
沿着海角的周围，
又将网铺在另一边，
平衡杆跟着前进，
老万诺推网向前。

　他们将网撒下、推去，
他们将网又拉又拖，
他们捉了很多的鱼，
他们捉了鲈鱼很多，　　　　　　　　　100
很多很多的鳟鱼，
也捉了鲷鱼和鲑鱼，
在水里的所有的鱼，
他们却捉不到那条鱼，
他们为它结了网，
又把绳缚在网上。

　年老的万奈摩宁，

他又把网结得更长，
他放大了网的两边，
放宽了五百寻模样，　　　　　　　110
他结了足足七百寻，
他就这样地开言：
"我们把网带到深水里，
我们要把网撒得更远，
再一次探索到水底，
再一次撒网捕鱼。"
　他们把网带到深水里，
把网撒在更远的地方，
再一次在水底探索，
再一次撒下了渔网。　　　　　　　120
　年老的万奈摩宁，
就大声地这样说：
"大水母亲韦拉摩，
你宽宏大量的老母！
换下你身上的短衣，
换下你全部的服装，
你穿的是灯芯草短衣，
水沫的帽子戴在头上，
是大风的女儿的制作，
是波浪的女儿的馈赠。　　　　　　130
现在你穿上麻纱短衣，
是用最细的麻织成，
织麻纱的是古达尔，
纺麻的是白韦达尔。
　"波浪的主子阿赫多，
一百个岩洞的主子！
用你的五寻长的杆子，
用你的七寻长的桩子，

拍打这茫茫的大水,
搅动这深深的湖底,   140
推开一堆堆的垃圾,
赶来一群群的鱼儿,
赶到了撒网的地方,
成百的浮子在漂动,
从鱼儿群集的海湾,
从鲑鱼隐藏的岩洞,
从大湖的汹涌的漩涡,
也从那深深的深渊,
那里永不见太阳照耀,
那里的沙也永不动弹。"   150
  湖水里升起一个矮子,
波浪中上来一个好汉,
他站在宽阔的湖面,
他又这样地开言:
"要不要将水来拍打,
要不要用长杆搅动它?"
  年老心直的万奈摩宁,
他就这样地回答:
"很需要将水来拍打,
很需要用长杆搅动它。"   160
  这矮子,小小的英雄,
他把岸上的松树拔起,
松林中的一棵大树,
他就准备来拍打水,
他又这样地问道:
"还是使出我的全力,
尽力地将水来拍打,
还是视需要而出力?"
  年老心细的万奈摩宁,

他就这样地回答: 170
"如果你视需要出力,
你得多多地拍打。"

 这汉子,小小的英雄,
他就动手来拍打水,
他合乎需要地拍打,
赶着一群群的鱼儿,
都赶进了渔网里,
有成百的浮子的网里。

 铁匠就把桨停下;
年老心直的万奈摩宁, 180
他自己正在拉网,
拉着网,靠近网绳。
年老的万奈摩宁说道:
"我们捉到了一大群鱼,
在我拉起来的网里,
有成百的浮子的网里。"

 渔网立刻拉了上来,
他们一边拉一边摇,
在万奈摩宁的船里,
在一群鱼儿中寻找, 190
那条为它结网的鱼,
又配备了成百的浮子。

 年老心直的万奈摩宁,
就把他的船赶到岸边,
带到蓝蓝的桥的一旁,
带到红红的桥的一端,
他们就挑拣那群鱼,
翻转了一堆多刺的鱼,
终于找到了那梭子鱼,
他们追捕了好久的鱼。 200

年老的万奈摩宁,
他就这样地想道:
"能不能用手去抓它,
如果不戴铁的长手套,
也不戴石头的手套,
也不戴铜的短手套?"
太阳的儿子听到了,
他就这样地回答:
"我来剖开这梭子鱼,
我敢用我的手抓它, 210
只要我有一把大刀,
高贵的父亲给我的刀。"
一把刀从天上落下,
一把刀从云层下降,
金的刀柄,银的刀身,
就落在他的腰带上。
太阳的儿子抓住了它,
他紧紧地握在手里,
他剖开了那条梭子鱼,
砍断了宽鼻子的身子, 220
在灰色梭子鱼的肚里,
他看见了灰色的鳟鱼,
在灰色鳟鱼的肚里,
他找到了光滑的鲱鱼。
他剖开光滑的鲱鱼,
找到了蓝蓝的线球,
这藏在鲱鱼的肠子里,
在第三折肠子里存留。
他解散了蓝线球,
又从蓝线球里面, 230
有一个红线球落下,

他又将红线球解散,
就在红线球的中央,
他找到了那火星,
是以前降自天空,
是以前降自云层,
降自高高的八重天,
降自第九重的空间。

 万奈摩宁还在考虑,
怎么将这火星带去,   240
带到没有火的住所,
阴冷黑暗的房间里。
火却突然烧了起来,
从太阳之子手中冲上,
烧焦万奈摩宁的胡须,
又狠狠地烧伤了铁匠,
它将他的两颊灼伤,
它将他的两手烧伤。

 它迅速地向前赶去,
飞过阿略湖的水波,   250
穿过杜松树林前进,
在丛林中烧开一条路,
它又冲过了枞树林,
将堂皇的枞树烧光,
它不息地向前冲去,
烧了波赫亚一半地方,
延烧到萨沃的极边,
到卡列拉的两半。

 年老心直的万奈摩宁,
尽力地随着它向前,   260
急急地穿过了森林,
紧跟在狂怒的火后面,

他终于追上了它,
在两个大树桩的根下,
躲在赤杨的树桩下,
在烂树桩下找到了它。
　　年老的万奈摩宁,
就大声地这样说:
"你俞玛拉创造的火, 270
光辉的创造主的生物!
你懒散地来到深处,
你胡乱地来到远方,
远远不如隐藏在那里,
在石头炉灶里隐藏,
把你的火星束在一处,
四周有煤炭围绕,
在厨房的桦树柴捆里,
白天你不用燃烧,
到夜晚你可以隐藏,
隐藏于黄金的火箱。" 280
他就拿起这火星,
塞在一小块火绒里面,
在白桦树上的干菌①里,
在铜的锅子中间。
他将火带到锅子里,
带到白桦树皮里面,
带到多雾的海角一头,
带到阴暗的海岛一端。
住所中又有了火,
火又在房间里闪烁。 290
　　铁匠伊尔玛利宁,

---

① 可能是火绒菌,可制火绒。——英译者。

急急地赶到湖岸旁,
湖水冲洗着岩石,
他就坐在岩石上,
忍受着火伤的苦痛,
忍受着灼伤的疼痛。

他在那里熄灭了火,
压下了火光的灿烂,
他表达他的心情,
他就这样地开言: 300
"你太阳的儿子巴努!
火啊,俞玛拉的创造!①
是谁使你这样发怒,
竟把我的两颊烧焦,
又把我的腰胯烧坏,
两胁又烧得多厉害:

"我怎么能将火熄灭,
怎么消减它的炽热,
使它没有力量行凶,
它的光辉也不能作恶, 310
不再让它使我痛苦,
不再让它使我受苦?

"从杜尔亚来吧,姑娘!
从拉伯兰来吧,女郎!
穿着霜的袜子、冰的靴,
短裙上又结着严霜,
你提着一把冰壶,
冰壶里是一把冰勺。
你用冰冷的水浇我,
你用冰水向我浇, 320

---

① 伊尔玛利宁以为太阳之子是与火联成一气的。——英译者。

浇着那灼伤的地方,
浇着我身上的火伤。
"如果这样还是不行,
来吧,青年!从波赫亚,
来吧,孩子!从中拉伯兰,
来吧,长人!从比孟多拉,
像森林中枞树那样长,
像沼地上松树那样长,
白霜手套套在你手上,
白霜靴子穿在你脚上, 330
白霜帽子戴在你头上,
白霜腰带围在你腰上。
"从波赫尤拉带来白霜,
从冰冻的村子带来冰。
波赫亚多的是白霜,
冰冻的村子有的是冰。
冰的湖,冻结的河,
大气中充满了冰。
兔子在白霜上跳跃,
熊又在冰上游行, 340
就在雪堆的中央,
就在雪山的山崖,
天鹅在边上徜徉,
野鸭在冰上摇摆,
在满是雪的河中,
在冰流的冻雪之中。
"你把白霜带上雪车,
你把冰带到雪车上,
从那崎岖的山坡,
从那高山的四旁。 350
将火给我的一切创痛,

将我遭到的一切火伤，
敷上白霜使它雪白，
敷上冰使它冰凉。

"如果这样还是不行，
乌戈，至高无上的大神！
统治着云朵的乌戈！
你看守着四散的浮云，
你从东方降下云来，
再从西方降下浓云， 360
密密地系住边缘，
缝隙要系得紧紧，
你降下冰，降下白霜，
也降下神妙的药膏，
治疗那灼伤的地方，
将遭到的火伤治疗。"

铁匠伊尔玛利宁，
灭火的方法已经找到，
他压下了辉煌的火，
得到了完全的治疗， 370
他又像以前一样坚强，
治愈了他遭到的火伤。

第四十九篇

真假月亮和太阳

一、伊尔玛利宁打造了新月亮和新太阳,可是无法使它们发光。(第1—74行。)

二、万奈摩宁从占卜知道了月亮和太阳藏在波赫尤拉的大山里。(第75—110行。)

三、他就到波赫尤拉去,征服了全国。(第111—230行。)

四、他看到山里的月亮和太阳,却进不去。(第231—278行。)

五、他又回家,去拿开山的工具。(第279—308行。)

六、正当伊尔玛利宁打造工具的时候,波赫尤拉的女主害怕对她不利,就释放了月亮和太阳。(第309—378行。)

七、万奈摩宁一见月亮和太阳重现于天空,他就向他们致敬,但愿他们永远辉煌地运行,给国家带来幸福。(第379—422行。)

> 太阳依然没有照临,
> 金黄的月亮也不闪烁,
> 在卡勒瓦拉的旷野,
> 万诺拉的黑暗的住所。
> 严寒下降到谷物上,
> 家畜遭受极大的灾害,
> 空中的鸟儿觉得诧异,
> 人类也感到了悲哀,
> 为什么太阳不再辉煌,
> 也不见闪耀的月亮。

梭子鱼知道游得多深,
老鹰知道飞得多高,
风也知道船的航线,
人类却什么也不知道,
这究竟还是夜晚,
这究竟还是清早,
在这多云的海角,
在这阴暗的海岛。

青年们就细细商量,
老者们就深深考虑, 20
没有月亮怎么生存,
没有太阳怎么活下去,
在那悲惨的国家,
在那可怜的波赫亚。

姑娘们也细细商量,
亲戚们也深深考虑,
他们跑到了铁工场,
说出了这样的言辞:
"铁匠啊!你从墙下起来,
起来吧,从你的炉石旁! 30
为我们铸新的月亮,
为我们造新的太阳。
没有月亮实在为难,
没有太阳真不习惯。"

铁匠从熔炉旁起来,
从墙下起来了工匠,
要为他们铸新的月亮,
要为他们造新的太阳,
用黄金造一个月亮,
用白银做一个太阳。 40

年老的万奈摩宁来了,

就坐在他的门旁,
他又这样地说道:
"我亲爱的兄弟铁匠!
你在工场里打造什么,
锤着锤着,一歇也不歇?"
　　铁匠伊尔玛利宁,
他就这样回答道:
"我用黄金把月亮镕铸,
我用白银把太阳打造,　　　　　　　　　　50
我把它们在天堂安放,
在六重的星空之上。"
　　年老的万奈摩宁,
他就这样地说道:
"铁匠伊尔玛利宁!
你所干的全是徒劳。
黄金不能照耀如月亮,
白银不能照耀如太阳。"
　　铁匠造出了一个月亮,
他也完成了一个太阳,　　　　　　　　　　60
他热心地举到天空,
举到最合适的地方,
月亮举到了枞树梢上,
太阳举到了松树顶上。
汗流下了,从他的头上,
汗落下了,从他的额上,
这是多费劲的劳动,
他举的有多么沉重!
　　月亮已经举得高又高,
太阳也在原来的地方,　　　　　　　　　　70
月亮在枞树梢之间,
太阳在松树顶之上,

月亮却一点也不辉煌，
太阳也没有一点光芒。

　　年老的万奈摩宁，
就大声地这样说道：
"现在必须占卜一下，
仔细地问一问征兆，
太阳究竟在哪里隐匿，
月亮究竟在哪里消灭？"　　　　　　　　　　80

　　年老的万奈摩宁，
这伟大的原始的法师，
立刻砍下赤杨树枝，
又排列得整整齐齐，
他就动手来占卜，
用手指排列着树枝，
他表达他的心情，
说出了这样的言辞：
"我恳求创造主的准许，
我寻觅正当的大路，　　　　　　　　　　　90
创造主的占象指示我，
俞玛拉的征兆教导我，
在哪里隐匿了太阳，
在哪里消灭了月亮？
在天上望不见它们，
已经过去了多少时光。

　　"征兆啊！显示人的智慧，
你老老实实告诉我，
对我们说忠实的语言，
同我们订忠实的契约！　　　　　　　　　100
如果征兆对我撒谎，
那么这就毫无价值，
我要把它扔在火中，

让占象在火中焚毁。"

征兆最忠实地说道，
占象很老实地回答，
它们说太阳已经藏起，
月亮也已经沉下，
在波赫尤拉的石山，
深深在铜的小山里面。　　　　　　　　　110

年老心直的万奈摩宁，
他就这样地说道：
"我必须到波赫尤拉去，
踏上波赫亚人的大道，
我要让月亮依旧照耀，
黄金的太阳依旧照耀。"

向黑暗的波赫尤拉，
他急急忙忙地上前，
他走了一天又两天，
终于来到了第三天，　　　　　　　　　120
波赫亚的大门就望见，
也出现了崎岖的大山。

他来到波赫亚的河边，
他就竭力地叫喊：
"快快给我把船带来，
让我渡过这河面。"

没有人给他带船来，
他的喊声谁也不注意；
他就堆起一堆木头，
又加上枞树的枯枝。　　　　　　　　　130
他在岸上生起火来，
浓烟就升到高天；
火焰袅袅地上升，
在空中升起了黑烟。

波赫尤拉的女主娄希,
就走到窗户旁边,
在海峡的豁口眺望,
她又这样地开言:
"就在萨利海峡的豁口,
火焰在那里烧得多高,　　　　　　　　140
说它是营火又太大,
说它是渔火又太小。"
波赫亚国的儿子,
匆匆地跑到门外,
他向周围眺望又倾听,
可有什么消息传来:
"就在河那边的岸上,
一位英雄堂皇地来往。"
年老的万奈摩宁,
又一次发出了喊声:　　　　　　　　　150
"带船来,波赫亚的儿子!
把船带给万奈摩宁!"
波赫亚的儿子说道,
他就这样地回答:
"这里从来没有什么船;
只能自己用手指来划,
用你的手作为船舵,
渡过波赫尤拉的大河。"
年老的万奈摩宁,
他深深地思索想念:　　　　　　　　　160
"如果他要半途而废,
他就算不了好汉。"
像窜入湖中的梭子鱼,
像缓流的河里的鲱鱼,
他迅速地游过海峡,

跨过海峡飞快地游去,
他一步又两步地向前,
到达了波赫亚的岸边。

波赫亚儿子们大声叫, 170
这凶恶的军队大声说:
"到波赫亚的院落里去!"
他就走进了院落。

波赫亚儿子们大声叫,
这凶恶的军队大声说:
"到波赫亚的房屋里去!"
他就走进了房屋,
他的脚立在地板上,
紧紧握着门的把手,
他闯进了这所住宅,
在屋顶之下停留。 180

汉子们在大喝蜜酒,
将蜜酒喝个不息。
汉子们都佩着剑,
英雄们都举起武器,
瞄准万奈摩宁的脑袋,
要将苏万多莱宁杀害。

他们询问这闯入者,
他们就对他这样说:
"可怜的人!有什么新闻?
游水的英雄!你要什么?" 190

年老心直的万奈摩宁,
回答了这样的言辞:
"月亮的新闻真古怪,
太阳的新闻真稀奇。
太阳监禁在哪里,
月亮又带到了哪里?"

波赫亚儿子们回答,
这凶恶的军队开言:
"在彩色的石头中,
在铁硬的山岩间, 200
太阳是已经藏起了,
藏了太阳,监禁了月亮,
它们从那里逃不了,
它们也得不到释放。"
年老的万奈摩宁,
他就这样地开言:
"如果太阳不升自巉岩,
如果月亮不升自高山,
让我们面对面作战,
紧握着忠心的宝剑。" 210
他们拔出锋利的武器,
剑鞘中拔出他们的剑;
剑尖上有月亮的辉煌,
剑柄上有太阳的灿烂,
有站着的马在剑面上,
有叫着的猫在剑鼻上。
比一比他们的武器,
量一量他们的利剑,
年老的万诺的剑,
比他们的长了一点点, 220
只长了一粒大麦那样,
只长了麦秸的宽那样。
他们立刻到院子里,
他们在草地上作战,
年老的万奈摩宁,
他的一击恰如电闪,
他击了一下又两下,

波赫亚儿子们的头颅,
他砍着像是砍麻秆,
他砍着像是砍萝卜。 230

年老的万奈摩宁,
去寻找月亮的藏身地,
他也要解放太阳,
从五颜六色的岩石,
从钢一样坚的深山,
从铁一样硬的巉岩。

他走了没有多远,
只走了一点点路,
他就看到青翠的树丛,
树丛中有可爱的桦树, 240
桦树下有大的石块,
石块下有一座山岩,
前面是九扇大门,
门里面有一百根门闩。

他看到石头上有裂缝,
岩石上刻着几条线,
他从剑鞘中拔出剑来,
在彩色的石上劈砍,
用他的锋利的剑尖,
用他的闪耀着的剑, 250
他把石头劈为两半,
又迅速地砍成三段。

年老心直的万奈摩宁,
向如画的石头中细看,
有许多蛇在喝麦酒,
翻扭于麦芽汁里面,
隐匿在彩色的石头里,
在猪肝色的缝隙里。

年老心直的万奈摩宁,
他就这样地说道: 260
"难怪那不幸的主妇,
得到的麦酒那么少,
原来有蛇在喝麦酒,
又在麦芽汁里面翻扭。"
他就割下了蛇头,
他就打断了蛇脖子,
他表达他的心情,
说出了这样的言辞:
"只要这世界存在,
从此以后,从今天起, 270
不让蛇喝我们的麦酒,
不让喝我们的麦芽汁。"
年老的万奈摩宁,
这伟大的原始的法师,
他想用手将大门打开,
用咒语将门闩抽去,
大门却不服从他的手,
门闩也不理他的神咒。
年老的万奈摩宁,
他说着这样的话: 280
"男子不武装,就像妇女,
不拿着斧头,就像青蛙。"
他立刻转身回家,
垂下头,非常地懊丧,
他没有取回月亮,
也没有夺回太阳。
活泼的勒明盖宁说道:
"年老的万奈摩宁!
作为你的忠心的伙伴,

为什么忘了带我同行? 290
我要去打碎门锁,
我要去打断门闩,
解放了月亮,重又辉煌,
举起了太阳,重又灿烂。"
　年老心直的万奈摩宁,
他就这样回答说:
"我的咒语咒不动门闩,
我的法术打不碎门锁;
我的两手推它不动,
我的胳臂全然无用。" 300
　他走到铁匠的工场,
他说着这样的话:
"铁匠伊尔玛利宁!
为我打造一杆大叉,
为我打造一打斧子,
还要一串大的钥匙,
让月亮从石头中得救,
让太阳从山岩间脱离。"
　铁匠伊尔玛利宁,
这伟大的原始的工人, 310
满足了这英雄的需要,
一打斧子给他打成,
打了一串大的钥匙,
还有一大捆的枪矛,
他打造得大小适中,
不太大也不太小。
　波赫尤拉的女主娄希,
波赫亚缺齿的老太太,
她给自己装配了翅膀,
就张着翅膀飞来, 320

先在屋子附近飞翔，
后来渐渐飞往远方，
跨过波赫亚的湖上，
到伊尔玛利宁的工场。

　　铁匠正打开了窗户，
看一看有没有刮风，
原来并没有风刮来，
却是一只灰色的老鹰。

　　铁匠伊尔玛利宁，
大声说着这样的话： 330
"猛禽啊！谁带了你来，
居然停在我的窗下？"

　　鸟儿就这样地回答，
老鹰就这样地说明：
"铁匠伊尔玛利宁，
你最勤勉的工人！
你的手艺巧妙入神，
你是最有成就的工人。"

　　铁匠伊尔玛利宁，
回答了这样的言辞： 340
"如果我是巧妙的工人，
这却一点也不稀奇，
就是我打造了天空，
熔铸了大气的苍穹。"

　　鸟儿就这样回答道，
老鹰就立刻回答说：
"铁匠！你干的是什么，
铁匠！你在打造什么？"

　　铁匠伊尔玛利宁，
他就这样回答说： 350
"我在打造一根项链，

为那波赫亚的老太婆,
我要紧紧地锁住她,
锁在一座大山脚下。"
　　波赫尤拉的女主娄希,
波赫亚缺齿的老太太,
她感到大难已经临头,
她感到末日已经到来,
她立刻急急地逃生,
向波赫尤拉飞行。　　　　　　　　　　360
　　释放了石头中的月亮,
释放了山岩间的太阳,
她再让自己变化一下,
变成了鸽子的形象,
她又继续她的飞行,
到伊尔玛利宁的工场,
鸟儿似的飞到门边,
鸽子一样停在门槛上。
　　铁匠伊尔玛利宁,
他就说着这样的话:　　　　　　　　370
"鸟儿!你干吗飞来?
鸽子!干吗在门槛停下?"
　　野鸟就在门边说道,
鸽子就从门槛回答:
"我给你带来了消息,
就在这门槛停下。
石头中升起了月亮,
山岩间解放了太阳。"
　　铁匠伊尔玛利宁,
连忙出去向周围眺望,　　　　　　　　380
他站在工场的门边,
焦急地仰望着天上,

他看到了辉煌的月亮,
他看到了灿烂的太阳。
　他走到万奈摩宁那里,
说出了这样的言辞:
"年老的万奈摩宁,
你伟大的原始的乐师!
你来看一看那月亮,
你来看一看那太阳。　　　　　　　　　　390
它们在天空的中央,
在它们原来的地方。"
　年老心直的万奈摩宁,
他急急地跑到外面,
他立刻抬起头来,
仰望着高高的青天。
月亮上升,太阳解放,
太阳也照耀于天上。
　年老的万奈摩宁,
立刻作了一次发言,　　　　　　　　　　400
他表达他的心情,
他就这样地开言:
"月亮啊!你在那里闪耀,
又显露了美丽的面庞,
太阳啊!你在那里上升,
金黄的你又到了天上!
　"月亮已从石头中解放,
太阳已从山岩间升起,
上升了,像金黄的杜鹃,
起来了,像银白的鸽子,　　　　　　　　410
又过着从前的生活,
又走着以往的路途。
　"永远地在早晨上升,

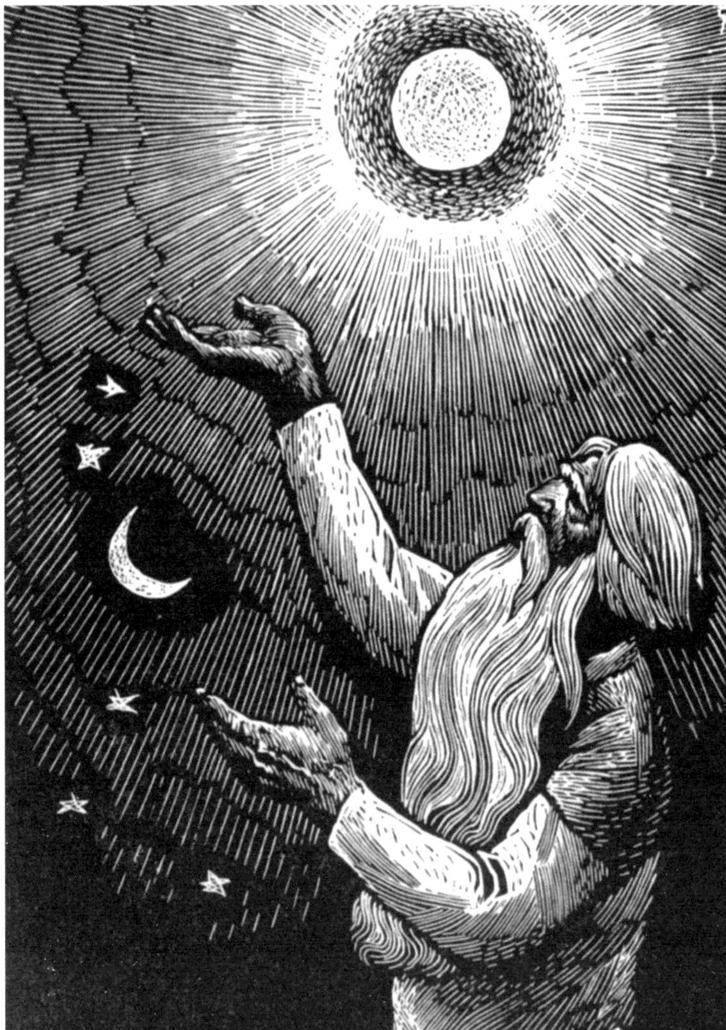

从此以后，从今天起，
向我们幸福地问候，
我们的财富永远增益，
野味永远在手指间，
好运永远在鱼钩尖。
　"你们走着祝福的路途，
你们走着可爱的行程，　　　　　　420
让你的新月非常美丽，
夜晚的安息十分高兴！"

第五十篇

玛丽雅达

一、处女玛丽雅达吞下了一颗蔓越橘,就生了一个孩子。(第1—346行。)

二、孩子不见了,经过长久的寻觅,终于在沼泽里找到。(第347—424行。)

三、带他到一位老者那里去给他施行洗礼,但老者要在经过相当的考察之后,才能给这无父的孩子施洗。(第425—440行。)

四、万奈摩宁知道了这事,就劝告他们,应该将这不祥的孩子处死,孩子却为了这不公平的判决而责骂他。(第441—474行。)

五、老者就给孩子施洗,尊之为卡勒里亚之王;万奈摩宁对此感到了侮辱,就离开这国土,但他首先声明,他还要制造新的三宝和甘德勒,将光明带给人民。他乘了一艘铜船,航到天地之间的国土去;他留下他的甘德勒和伟大的歌,作为对于他的人民的离别的赠品。(第475—512行。)

六、尾声。(第513—620行。)

　　　　娇养的姑娘玛丽雅达,
　　　　长久地在家里生活,
　　　　在伟大的父亲的家宅,
　　　　在慈爱的母亲的住所;
　　　　她掌管着父亲的钥匙,
　　　　这些就挂在她腰边,
　　　　已经擦破了五条链子,

磨损了六个钥匙环。

　她的长裙拖在门槛上，
已经拖破了一半门槛；　　　　　　　　10
她的丝带挂在屋椽上，
已经挂伤了一半屋椽；
美丽的衣袖擦着门柱，
门柱也擦损了一半；
她在地板上拖着拖鞋，
也渐渐拖破了地板。

　娇美的姑娘玛丽雅达，
是一个小小的姑娘，
她始终是清白贞洁，
她始终是谨慎温良，　　　　　　　　20
她吃的是最好的鱼，
枞树的柔嫩的树皮，
她却不吃母鸡的蛋，
公鸡就在上面长啼，
母羊的肉她也不吃，
母羊同公羊跑在一起。

　如果母亲要她去挤奶，
她总是不愿前去，
她就这样地说道：
"我不是那样的婢女，　　　　　　　　30
去拉扯母牛的乳房，
母牛同公牛一起玩耍，
除非小牛有奶流出，
除非牛犊有奶滴下。"

　如果父亲让她去坐车，
公马驾的车她不坐，
如果哥哥带来了母马，
这姑娘就这样说：

"我决不乘母马的车,
母马同公马跑在一起, 40
除非小马来拉雪车,
只有六个月大的马驹。"

娇养的姑娘玛丽雅达,
披发的谨慎的姑娘,
她过着处女的生活,
大家都敬重这女郎,
她把羊群赶往牧场,
她走在绵羊身旁。

绵羊在小山上踯躅,
小羊攀登到山顶, 50
姑娘在草地上徜徉,
穿过赤杨树丛游行,
那里啼着金黄的杜鹃,
银白的小鸟也在叫唤。

娇养的姑娘玛丽雅达,
她一边倾听一边观看,
她坐在莓果的小山上,
休息在斜下的小山边。
她表达她的心情,
她就这样地说道: 60
"啼吧,金黄的杜鹃!
叫唤吧,银白的小鸟!
从银白的胸脯歌唱!
萨克森的草莓!告诉我,
难道我永远不带头巾,
老做牧女,把羊群放牧,
在这空旷的草地上,
在这辽阔的林地间,
过了一个又两个夏天,

还要五个又六个夏天，70
也许还要十个夏天
也许时间已经完满？"
　娇养的姑娘玛丽雅达，
一时过着牧女的生活。
牧人的生活很不幸，
对于姑娘又更辛苦；
有蛇爬行于草丛，
有蜥蜴在草丛扭动。
　没有蜥蜴在那里扭动，
没有蛇在那里蜿蜒，80
是莓果在山上喊叫，
是蔓越橘在草地叫喊：
"姑娘啊，你快来采我，
玫瑰颊的你快来采我，
佩锡胸饰的你来采我，
围铜腰带的你来选我，
在蛞蝓来吃我之前，
在黑虫来害我之前。
成百的人看见过我，
成千的人坐在我旁边，90
成百的姑娘、成千的妻，
还有孩子们数不胜数，
却谁也不来碰一碰我，
谁也不来采可怜的我。"
　娇养的姑娘玛丽雅达，
只走了一点点距离，
她要去看一看莓果，
她要去采蔓越橘，
用她的灵巧的手摘下，
用她的美丽的手摘下。100

787

她在小山上找到莓果,
她在草地找到蔓越橘;
它看起来像是莓果,
它似乎就是蔓越橘,
要吃它,它却长得太高,
要爬上去,树又太弱小。
　　她要将那莓果打下,
就从草地举起了竿子;
莓果就从地下上升,
登上她的漂亮的鞋子,　　　　　　　110
又从漂亮的鞋子上升,
登上她的雪白的脚膝,
又从雪白的脚膝上升,
登上她的绛缪的裙子。
　　它从扣紧的腰带上升,
又从腰带升到胸前,
又从胸前升到下巴,
又从下巴升到唇边,
它就滑进她的口中,
沿着她的舌头下去,　　　　　　　120
又从舌头滑到喉咙,
终于落到她的胃里。
　　娇养的姑娘玛丽雅达,
后来她就怀了孕,
不久一天大似一天,
她的负担越来越沉。
　　她就抛开她的腰带,
穿上了宽绰的衣裳,
她秘密地走进浴室,
在黑暗中间隐藏。　　　　　　　　130
　　她的母亲老在想念,

她的母亲老在沉思:
"玛丽雅达遭到了什么,
这家鸽出了什么事,
她干吗抛开了腰带,
老是穿着宽绰的衣裳,
又秘密地到浴室去,
在黑暗中间隐藏?"

 一个小儿这样回答道,
一个孩子这样回答说: 140
"玛丽雅达遭到事了,
可怜的她出了事故,
她当牧女已经太长久,
牧着羊,路也走得太多。"

 她带着沉重的负担,
这使她痛苦忧愁,
带了七个月又八个月,
她带了九个月之久,
按照老太婆的计算,
还要第十个月的一半。   150

 到了第十个月里,
姑娘就感到很痛苦,
忍受着可怕的折磨,
重担狠狠地将她压迫。

 她要母亲让她洗澡:
"亲爱的母亲!我求你,
给我准备温暖的地方,
给我准备温暖的浴室,
让姑娘在那里安息,
在受苦的妇女的屋里。"   160

 她的母亲就这样回答,
这老太太就这样说道:

"你该死的希息的娼妇!
告诉我你同谁睡觉,
还是同未婚的男子,
还是同已婚的勇士?"
　　娇养的姑娘玛丽雅达,
回答了这样的言辞:
"没有同未婚的男子,
没有同已婚的勇士, 170
那天我去采蔓越橘,
我到了莓果的小山上,
有一颗像莓果的果子,
我就搁在我的舌头上,
它立刻滑进我的喉咙,
一直落到我的胃里,
这样我就怀了孕,
这是我怀孕的事实。"
　　她要父亲让她洗澡:
"亲爱的父亲! 我求你, 180
给我准备温暖的暗房,
给我准备温暖的浴室,
让受苦的在那里安卧,
让姑娘忍受着折磨。"
　　她的父亲就这样回答,
给了她这样的侮辱:
"你快滚开,你这妓女!
走吧,这该烧死的娼妇!
你到熊的岩洞里去,
你到熊躲着的洞里, 190
你这妓女,烈火的娼妇!
去熊那里养你的孩子。"
　　娇养的姑娘玛丽雅达,

她就顺从地回答说:
"我完全不是妓女,
也不是该烧死的娼妇,
我要生伟大的英雄,
我要生高贵的后代,
像万奈摩宁那样坚强,
他要做伟大的胜利者。" 200
　　这姑娘觉得十分为难,
她怎么上路,又去哪里,
在哪里能让她洗澡,
就说出了这样的言辞:
"我的小姑娘比尔第,
你是我最好的侍女,
给我到村里去找浴室,
靠近围着芦苇的小溪,
让受苦的在那里安息,
让姑娘忍受着熬煎。 210
你马上去,赶快动身,
我已经不能再拖延。"
　　小小的姑娘比尔第,
她就这样回答说:
"我到哪里去找浴室,
又有谁来帮助我?"
　　我们的玛丽雅达,
回答了这样的言辞:
"你去问洛杜斯要浴室,
靠近围着芦苇的小溪。" 220
　　小小的姑娘比尔第,
顺从地听着她吩咐,
时刻准备着,决不马虎,
老是很敏捷,也不啰唆。

她像一阵雾似的赶去，
也像蛇似的冲往院子，
她拉起了她的长裙，
她抓住了她的长衣，
径向洛杜斯的屋子，
她急急忙忙地前行，　　　　　　　　230
大山在她脚下颤抖，
小山响应她的步声，
松果在草地上跳舞，
沙砾在沼泽间撒布，
她来到洛杜斯的住所，
迅速地走进他的房屋。

凶恶的洛杜斯坐着，
大人物似的大喝、大吃，
穿着衬衣，在桌子一端，
穿着麻纱的衬衣。　　　　　　　　240
他一边吃一边问道，
靠在桌上呜呜地大喊：
"你要说什么，你这乞丐？
为什么跑来，你这坏蛋？"

小小的姑娘比尔第，
回答了这样的言辞：
"我来找村里的浴室，
靠近围着芦苇的小溪，
让受苦的得到救济，
她已经非常着急。"　　　　　　　　250

洛杜斯的凶恶的妻子，
两手叉腰地立刻出现，
在地板上懒懒地走着，
大摇大摆地走到中间，
她一走来就问道，

说出了这样的言辞：
"是谁需要我们帮助，
是谁需要一间浴室？"
　　小姑娘比尔第就回答：
"是我们的玛丽雅达。" 260
　　洛杜斯的凶恶的妻子，
说出了这样的言辞：
"村里没有空着的浴室，
芦苇的小溪口也如此。
开垦地上有一间浴室，
松林里有一间马房，
让那娼妇去生小孩，
让那贱人去养儿子，
她可以随意洗澡去，
马儿就在那里喘息。" 270
　　小小的姑娘比尔第，
就回头跨着快步，
她急急忙忙地赶路，
一到了她就这样说：
"在村里并没有浴室，
芦苇的小溪边也如此，
洛杜斯的凶恶的妻子，
就说出了这样的言辞：
'村里没有空着的浴室，
芦苇的小溪口也如此。 280
有一间浴室在开垦地，
有一间马房在松林里，
让那娼妇去生小孩，
让那贱人去养儿子，
她可以随意洗澡去，
马儿就在那里喘息。'

这是她对我说的话,
这就是她的回答。"

不幸的姑娘玛丽雅达,
听了这话就哭哭啼啼,   290
她就这样地说道:
"我只得到那里去,
纵使像是被逐的苦工,
纵使像是被雇的仆人,
我只得前往开垦地,
我只得走向松林。"

她用手将裙子抓住,
她用手将裙子拉起,
她又随身带去浴帚,
枝叶最柔软的帚子,   300
她快步地向前走去,
忍受着肉体的剧痛,
走向松林里的马房,
在达彪的山上的马棚。

她就这样地说道,
表达了她的心情:
"创造主啊,保佑我!
保佑我,慈悲的大神!
在这最切望的时刻,
在这最艰难的时间,   310
把这姑娘的负担卸下,
把这女人的痛苦解免,
不让她在折磨中死去,
不让她在疼痛中死去。"

她的行程终于结束,
她说出了这样的言辞:
"好马啊!你向我喘气,

你拉车的!向我喷鼻息,
给我全身来一次汽浴,
让温暖充满了浴室, 320
让受苦的得到救济,
我已经非常着急。"

　　好马就向她喘气,
拉车的就向她喷鼻息,
对着这受折磨的身体。
等到马的喘息停止,
马房里就弥漫着热气,
恰像是沸水的热气。

　　不幸的姑娘玛丽雅达,
这圣洁的小姑娘, 330
她获得充分的洗澡,
她的痛苦终于解放,
她生下了一个男孩,
一个无罪的小儿郎,
在马房里的干草上,
在马槽里的干草上。

　　她就洗她的小孩,
她用襁褓将他包裹,
她将小孩搁在膝上,
又用自己的长衣包裹。 340

　　她养育这小小的孩子,
她养育这美好的小儿,
她养育这小的金苹果,
她养育这小的银棍子,
她在怀中将他守护,
她用手将他爱抚。

　　她将小儿搁在膝上,
她在膝上搁下小儿,

795

她要刷直他的头发,
她要将他的头发梳理, 350
小儿忽然从膝上不见,
他忽然从膝上不见。

不幸的姑娘玛丽雅达,
遭到了不幸的打击,
她就急急忙忙地寻觅,
寻觅那小孩,她的儿子,
她寻觅她的金苹果,
她寻觅她的小银棍子,
她在磨石下寻觅,
在飞跑的雪车下寻觅, 360
在筛着的筛子下寻觅,
在无盖的筐子下寻觅;
她推开树木,拨开野草,
找遍了软软的草地。

她久久地寻觅着小孩,
寻觅着小孩,她的儿子,
在小山上、松林中寻觅,
在矮树林、在荒草地,
在一道道的树丛中央,
在一片片的丛林里面, 370
掘起的杜松的树根下,
树木的挺直的树枝间。

她决定了再向远方,
她继续着她的行程,
有一颗星星同她相遇,
她就向星星致敬:
"俞玛拉创造的星星!
你可知道我的孩子?
我的小儿子藏在哪里,

我的金苹果藏在哪里?"   380
　　星星就这样回答道:
"纵使知道,我也不告你。
这是他创造了我,
在这些不祥的日子里,
永远在寒冷中辉煌,
永远在黑暗中发光。"
　　她决定了再向远方,
她继续着她的行程,
这次月亮同她相遇,
她就向月亮致敬: 390
"俞玛拉创造的月亮!
你可知道我的孩子?
我的小儿子藏在哪里,
我的金苹果藏在哪里?"
　　月亮就这样回答道:
"纵使知道,我也不告你。
这是他创造了我,
在这些不祥的日子里,
老在寂寞的夜晚照耀,
老在长长的白天睡觉。"   400
　　她决定了再向远方,
她继续着她的行程,
太阳来了同她相遇,
她就向太阳致敬:
"俞玛拉创造的太阳!
你可知道我的孩子?
我的小儿子藏在哪里,
我的金苹果藏在哪里?"
　　太阳聪明地回答道:
"我很知道你的孩子。   410

这是他创造了我，
在天气晴朗的日子里，
周围放射着金色的光，
周围撒布着银色的光。

"我很知道你的孩子，
不幸的母亲！你的儿子，
你的小儿子藏在那里，
你的金苹果藏在那里，
落在沼地，沉到了腰下，
落在泽地，沉到了膝下。" 420

不幸的姑娘玛丽雅达，
到沼泽去找她的孩子，
在沼泽里找到了儿子，
就胜利地带回家里。

玛丽雅达的这儿子，
长成了漂亮的小伙子，
他们不知道怎么叫他，
不知道给他什么名字，
他的母亲叫他小花儿，
陌生人却叫他懒小子。 430

他们请人给他画十字，
用水给他施行洗礼；
老人维洛甘纳斯来了，
给他画十字，给他施洗。

这老者表达他的心情，
说出了这样的言辞：
"我不能给他画十字，
我不能给这孩子施洗，
除非有人来将他考验，
除非有人来将他判断。" 440

有谁敢来将他判断，

将他考验,将他检视?
年老心直的万奈摩宁,
这伟大的原始的法师,
他独自前来将他考验,
将他检视,将他判断。

  年老心直的万奈摩宁,
他做出了这样的判决:
"这孩子从沼泽升起,
从莓果、从地下出来,   450
就得把他放回地下,
放回莓果丛生的山丘,
或者领他回沼泽去,
在树上撞碎他的头。"

  这半个月大的大声说,
这两星期大的高声叫:
"你这可怜的老东西!
可怜的老人,知识太少,
你的断定多么愚蠢,
你的判决多么不行!   460
你犯过多大的罪恶,
你干过多蠢的事情,
他们没有领你去沼泽,
在树干上撞碎你的头;
你交出你母亲的孩子,
在你愚蠢的年轻时候①,
他们才释放了你,
这样才救出了自己。②

  "他们却没有带了你去,

---

① 在本书中,这是唯一的诗行,说万奈摩宁是"年轻的"。——英译者。
② 这指的是万奈摩宁使用诡计,将伊尔玛利宁送到波赫尤拉去。——英译者。

799

没有把你抛弃在沼地； 470
在你愚蠢的年轻时候，
让年轻的姑娘们淹死，
沉在深深的水底，
在水底的黑泥里。"①

那老者立刻就画十字，
立刻用水给孩子施洗，
尊为全卡列拉之王，
尊为最伟大的主子。

万奈摩宁勃然大怒，
感到了愤怒和羞惭， 480
他就准备远走他方，
离开这茫茫的湖边，
他又唱起了神秘的歌，
大声地唱最后一遍，
他唱出了一艘铜船，
船上铺着铜的甲板。

他就在船尾坐下，
航行于闪耀的水上，
他又唱着离别之歌，
一边航行一边歌唱： 490
"让时间迅速地过去，
一天去了，来了第二天，
人们一定会需要我。
将我期待，将我思念，
再打造一座三宝，
再制作一架甘德勒，
让别的月亮再闪耀，
让别的太阳再灼烁，

---

① 这指的是爱诺的命运，也许指未见于本书的别的故事。——英译者。

太阳和月亮如果不在，
天空就一点也不愉快！" 500
　年老的万奈摩宁，
歌唱着航行向前，
他在他的铜船里，
航行着他的铜船，
航向更高的地区，
向着天空下的大地。
　他带了船安息在那里，
疲乏地带了船安息，
甘德勒却留给我们，
将可爱的琴留在索米， 510
为人民的永久的欢乐，
索米儿女的伟大的歌。

*　　*　　*

　我不再说什么了，
我一定要闭口结舌，
我不再吟诵我的诗，
也放弃我的快乐的歌。
结束了一次长行，
马儿一定要休息；
割完了夏天的草儿，
铁器也一定要乏力； 520
紧跟着蜿蜒的河流，
水滴也一定要松懈；
整夜地闪耀着光辉，
火光也一定要熄灭。
我们唱着可爱的歌，
度过了欢乐的长夜，
太阳落了还要唱，

歌儿怎么能不停歇!
我听人们这样说,
说了一遍又一遍: 530
"纵使是奔泻的瀑布,
也没有不竭的水源;
成功的歌者也这样,
不会唱到失去了智力。
还不如默默地坐着,
如果要半途而废。"
我的歌已经完成,
完成了又将它放弃,
我把我的歌卷成球,
我又抛球似的抛去; 540
我搁在堆房的地板上,
又用一把骨头锁锁上,
什么时候都扭不开,
也永远不能逃往他方;
除非打开那把锁,
它才能张开它的口;
除非放松它的牙,
它才能活动它的舌头。
为什么还要唱歌,
如果唱的是很坏的歌, 550
如果只在山谷里唱歌,
只在枞树林中唱歌?
我的母亲已经死去,
我的老母不再醒来,
我的宝贵的人听不见,
我的老母也不了解;
听着我的只有枞树,
了解我的只有松枝,

还有可爱的山梨树，
还有白桦的嫩叶子。 560
　　母亲死去,我还很弱,
母亲不在,我还很小;
撇下我,像山上的画眉,
撇下我,像石上的云雀,
画眉一样地歌唱,
云雀一样地唱歌;
受陌生人的保护,
听凭继母的摆布。
她赶开不幸的我,
赶开没有人爱的孩子, 570
赶我到刮着风的家里,
赶我到北风的家里,
迎着风,毫无防御,
风要将这孤儿刮去。
　　我像不幸的小鸟,
像云雀一样飘零,
无依无靠地在乡下;
筋疲力尽地向前行,
我熟悉了种种的风,
我了解了它的呐喊; 580
冰冻时我知道啼哭,
严寒中我知道打颤。
　　现在也还有许多人,
我遇到过的许多人,
对我掷来了粗鲁的话,
发出了恨恨的语声;
他们咒诅我的舌头,
他们呵斥我的声浪,
他们痛骂我的报怨,

他们嫌我的歌儿太长, 590
他们说我唱得不像样,
说我的歌声不正常。

你们友好的人民!
你们也许不会奇怪,
我在儿时唱得太多,
我小时候唱得太坏。
我缺乏足够的学识,
没有出门向学者请益,
我也没有学过外国文,
我也不懂外国的歌曲。 600

别人受过一切教育,
我却不曾离过家,
我老是帮助我的母亲,
一直在家里伴着她;
我在家里受到教育,
就在堆房的屋椽下,
傍着我母亲的纺车,
傍着我哥哥的刨花,
在我的最早的儿时,
和只穿着破烂的小衣。 610

这样也就让它这样;
我给歌者指出了道路,
截断树梢,指出了大道,
砍去树枝,出现了小路。
这条路通向这里,
这是一条新辟的路径;
它敞开着,为了歌人,
为更伟大的民谣歌人,
为成长着的年轻一代,
为那正在起来的一代。 620

神名、人名、地名表(附小注)

三　画

万奈摩宁(Väinämöinen)：原始的歌手和"文化英雄"①，伊尔玛达尔之子。

万诺(Väinö)：即万奈摩宁。

万诺拉(Väinölä)：万奈摩宁的领地。

四　画

巴尔沃宁(Palvonin)：显然与杜利相同。

巴哈莱宁(Pahalainen)：凶神，意为"恶人"。

巴卡宁(Pakkanen)：严寒的拟人称。

巴努(Panu)：太阳之子。克氏注："火孩子，自乌戈之剑产生。"

比尔第(Piltti)：玛丽雅达的侍女。

比拉亚达尔(Pihlajatar)：山梨树仙女。

比孟多拉(Pimentola)：即波赫尤拉。

比萨(Pisa)：山名。

厄德莱达尔(Etelätär)：南风女神。

瓦玛达尔(Vammatar)：凶神之女。

韦拉摩(Vellamo)：海与水的女神，阿赫多之妻。

乌戈(Ukko)：天神，云的统治者，亦为雷神；一般视为与俞玛拉相同。意为"老人"。

乌拉巴拉(Ulappala)：显然与多讷拉相同，意为"海之国"。

乌万多(Uvanto)：即万奈摩宁。

乌万多莱宁(Uvantolainen)：即万奈摩宁。

---

① "文化英雄"，即在文化的发展上有所发明或设施的传说中的人物。

尤戈(Jouko)：即尤卡海宁。

尤戈拉(Joukola)：尤卡海宁的领地。

尤卡海宁(Joukahainen)：一个拉伯兰的青年。

五　画

白韦达尔(Päivätär)：太阳之女。

布呼利(Puhuri)：北风。

甘卡哈达尔(Kankahatar)：纺织女神。

古达尔(Kuutar)：月亮之女。

古拉(Kuura)：即迭拉。

古勒沃(Kullervo)：一位英雄，卡勒沃之子。

古勒沃宁(Kullervoinen)：即古勒沃。

卡达亚达尔(Katajatar)：杜松树仙女。

卡达戈斯基(Kaatrakoski)：瀑布名。

卡尔玛(Kalma)：死亡的拟人称；更常用的名字是多尼或玛纳。

卡尔尤(Karjo)：母牛名。

卡勒瓦(Kaleva)：英雄们的祖先，在本书中并未出现。

卡勒瓦达尔(Kalevatar)：卡勒瓦之女。

卡勒瓦拉(Kalevala)：卡勒瓦的领地，意为"英雄国"。

卡勒瓦莱宁(Kalevalainen)：卡勒瓦的后裔。

卡勒万宁(Kalevainen)：即万奈摩宁。

卡勒沃(Kalervo)：一位首领(族长)，古勒沃之父，温达摩之兄。

卡勒沃宁(Kalervoinen)：即卡勒沃。

卡列拉(Karjala)：即卡勒里亚。

卡摩(Kammo)：岩石名，吉摩之父。

尼利基(Nyyrikki)：达彪之子。

印格尔兰(Ingerland)：通称印格尔曼兰(Ingermanland)，即印格利亚(Ingria)，在今之圣彼得堡。

六　画

安德洛·维布宁(Antero Vipunen)：最古老的巨人，注释者认为他就是卡勒瓦。

安尼基(Annikki)：伊尔玛利宁之妹。

达彪(Tapio):森林之神。

达彪拉(Tapiola):达彪的领地。

达玛达尔(Tammatar):槲树女神。

达尼卡(Tanika):一位城堡建筑师。

多利基(Tuorikki):母牛名。

多麦达尔(Tuometar):稠李树女神。

多米基(Tuomikki):母牛名。

多讷达尔(Tuonetar):多尼之女。克氏注:"多讷拉之女神。"

多讷拉(Tuonela):阴间,即玛纳拉。

多尼(Tuoni):地府之神,即玛纳。

圭巴纳(Kuippana):即达彪。

吉布第多(Kiputyttö):痛苦姑娘。

吉尔尤(Kirjo):母牛名,意为"斑驳的"。

吉里(Kylli):即吉里基。

吉里基(Kyllikki):一个萨利的姑娘,勒明盖宁之妻。

吉摩(Kimmo):(1)岩石名,卡摩之子;(2)母牛名。

吉乌达尔(Kivutar):痛苦之女。

迈尔盖哈都(Märkähattu):一位牧人,意为"稀湿的帽子"。

迈利基(Mairikki):母牛名。

米莫尔基(Mimerkki):即蔑里基。

伊尔波达尔(Ilpotar):即娄希。克氏注:"认为是雪花的女儿。"

伊尔玛(Ilma):伊尔玛利宁之家,意为"大气"。

伊尔玛达尔(Ilmatar):大气之女,世界的创造者,万奈摩宁之母。

伊尔玛利宁(llmarinen):原始的工匠。

伊古·杜尔索(Iku-Turso):水中巨人。

伊玛德拉(Imatra):沃格息河的大瀑布或急流,在维布利(Viipuri,瑞典文作 Viborg)附近。

约旦(Jordan):克氏注:"很奇怪,是巴勒斯坦的河名。"

七 画

阿哈瓦(Ahava):春天的凛冽的东风。

阿赫第(Ahti):即勒明盖宁。

阿赫多(Ahto):海神及水神。

阿赫多拉(Ahtola):阿赫多的领地。

阿略(Alue):湖名。

杜尔萨斯(Tursas):即伊古—杜尔索。

杜尔索(Turso):见伊古—杜尔索。

杜尔亚(Turja):即拉伯兰。克氏注:"即波赫亚。"

杜尔亚莱宁(Turjalainen):即拉伯兰人。

杜利(Tuuri):储蜜房的建筑师。克氏注:"蜜之国之神。"

杜里基(Tuulikki):达彪之女。

玛丽雅达(Marjatta):一般认为她与圣母马利亚相同。

玛纳(Mana):地府之神,即多尼。

玛纳拉(Manala):阴间,即多讷拉。

玛纳拉达尔(Manalatar):玛纳之女。

玛纳莱宁(Manalainen):即玛纳。

麦德索拉(Metsola):森林之国。克氏注:"即达彪拉。"

麦拉达尔(Melatar):船舵女神。

苏尔玛(Surma):死亡的拟人称,或死亡之神。

苏万多拉(Suvantola):即万诺拉,意为"静水之国"。

苏万多莱宁(Suvantolainen):即万奈摩宁。

苏韦达尔(Suvetar):夏之女神。

沃格息(Vuoksi):河名,流入拉多戛湖(Laatokka,瑞典文作 Ladoga)。

沃亚莱宁(Vuojalainen):即高比。

希多拉(Hiitola):希息的领地。

希息(Hiisi):凶神,与楞波同;此字常用为詈词。

秀第基(Syötikki):母牛名,意为"饮者"。

秀崖达尔(Syöjätar):公认的妖魔,毒蛇的母亲。

八　画

波赫亚(Pohja):即波赫尤拉,意为"北方"。

波赫尤拉(Pohjola):阴暗的国家,在拉伯兰之北,但亦指拉伯兰;娄希的城堡或家宅,亦以此为名;意为"北国"。

波卢卡(Puolukka):母牛名,意为"蔓越橘"。

迭拉(Tiera):勒明盖宁之战友。

罗多拉(Luotola):海湾名。克氏注:"同尤戈拉。"

罗卡(Lokka):伊尔玛利宁之母。

罗维亚达尔(Loviatar):多尼之女;种种疾病的母亲。

岳第基(Juotikki):母牛名,意为"食者"。

九 画

柏勒沃宁(Pellervoinen):见散伯萨·柏勒沃宁。

洪戛达尔(Hongatar):枞树女神。

娄希(Louhi):波赫尤拉的女主。

洛杜斯(Ruotus):一位村长;注释者认为他就是希律王(Herod)。

俞达斯(Juutas):即希息,亦常用为詈词。

俞玛拉(Jumala):天神,一般认为与乌戈相同。

十 画

爱尼基(Ainikki):勒明盖宁之妹。

爱诺(Aino):尤卡海宁之妹。

爱尤(Äijö):伊古·杜尔索之父。

高比(Kauppi):一个拉伯兰的雪鞋匠。

高戈(Kauko):即勒明盖宁。

高戈莱宁(Kaukolainen):即勒明盖宁。

高戈蔑里(Kaukomieli):即勒明盖宁。

格米(Kemi):河名。

海莱彪拉(Hälläpjorä):瀑布名。

海麦(Häme):即达瓦斯特兰(Tavastland),芬兰的一省,瑞典的名称是达瓦斯特呼斯(Tavastehus)。

涅瓦(Neva):河名,自拉多戛湖流入芬兰湾。

索德戈女儿们(Sotkottaret):鸭子的保护仙女们。

索米(Suomi):芬兰,意为"沼地"。

索讷达尔(Suonetar):血管的保护仙女。

索瓦戈(Suovakko):一个老妇。克氏注:"波赫尤拉的老女巫。"

息玛(Sima):海峡名,在波赫尤拉。

息讷达尔(Sinetar):染花成蓝色的仙女。

十 一 画

第尔亚(Tyrja):瀑布名。克氏注:"即鲁德亚"。

盖多莱宁(Keitolainen):凶神,意为"卑鄙者"。克氏注:"五金之神之子,毒蛇之舌即自他的长矛产生。"

勒明盖宁(Lemminkainen):一个轻率的冒险家。

隆诺达尔(Luonnotar):创造之女,亦与伊尔玛达尔同。

曼息卡(Mansikka):母牛名,意为"草莓"。

萨克森(Saksa):日耳曼。

萨拉(Sara):即波赫尤拉。

萨勒莱宁(Saarelainen):即勒明盖宁。

萨利(Saari):岛名,尤指现在的克朗斯达德岛(Kronstadt)。

萨辽拉(Sariola):即波赫尤拉。

萨沃(Savo):即萨沃拉克斯(Savolaks),芬兰的一个省。

维布宁(Vipunen):见安德洛·维布宁。

维洛(Viro):爱沙尼亚。

维洛甘纳斯(Virokannas):一个爱沙尼亚的老人,据字义,显然是"聪明的爱沙尼亚人"的意思。

十 二 画

奥德索(Otso):熊的爱称。

奥斯摩(Osmo):即卡勒瓦。

奥斯摩达尔(Osmotar):奥斯摩之女。

奥斯摩拉(Osmola):即卡勒瓦拉。

奥斯摩宁(Osmoinen):即万奈摩宁。

黑尔米基(Hermikki):母牛名,意为"健壮的"。

鲁德亚(Rutja):瀑布名,据说与第尔亚相同。

散伯萨·柏勒沃宁(Sampsa Pellervoinen):万奈摩宁的侍从或代理人,农业的天才。

温达摩(Untamo):(1)睡眠与梦之神;(2)一位强横的首领,卡勒沃之弟。

温达摩拉(Untamola):温达摩的领地;有时亦用以指温达摩。克氏注:"即'阴暗的萨辽拉'。"

温达摩宁(Untamoinen):即温达摩。

温多(Unto):即温达摩。

温多拉(Untola):温多的领地。

十 三 画

楞比(Lempi):勒明盖宁之父,意为"爱"。

楞波(Lempo):即希息。

十 四 画

莪里基(Mielikki):森林的女主,达彪之妻。

慕利基(Muurikki):母牛名,意为"小黑"。

慕斯第(Musti):狗名,意为"小黑"。

十 五 画

德黑讷达尔(Terhenetar):云之女神。克氏注:"雾的女儿。"

德勒沃(Tellervo):达彪之女;但在有几处,显然与莪里基相同。

黎里基(Lyylikki):即高比。

十 六 画

霍尔纳(Horna):山名,意为"地狱"。克氏注:"芬兰的神圣的岩石名。"

译者后记

早在四十多年前,我们就有了关于《卡勒瓦拉》的介绍,那是在《芬兰的文学》一篇译文中提到的,篇末附有小注(见《小说月报》第 12 卷第 10 号,1921 年 10 月):

"《卡勒伐拉》是芬兰自古代传下来的著名的叙事诗歌;内中是讲三个英雄冒险的事和恋爱的事。篇幅很长,包括许多一篇一篇独立的诗歌。但是自来不曾写在纸上,不过流传于野老口中,直到十九世纪方有集为一本而用文字写定的;第一次在一八二二年印行的版本①尚不得称为足本,一八三五年出版的方是足本。"

然而一直到解放后,我们才有它的译本。

本书系由英译本转译。有两种英文全译本:一是一八八八年纽约出版、驻圣彼得堡美国领事克劳福德(J. M. Crawford)所译;一是一九〇七年伦敦出版、英国博物学家葛贝(W. F. Kirby)所译。克氏译本有任意增删之处,诗行与原本不符;葛氏译本则是行对行的直译,他在译本的序言中说:"由于原文的韵律之富于伸缩性,使我有尝试直译的可能,但也希望,不至于损及它的优美。"中译本采用了葛氏的译本(1951 年《万人丛书》版)。

《卡勒瓦拉》是不同的歌手的"口头的集体创作",难免有前后矛盾之处:如第一篇中说万奈摩宁的母亲是大气的女儿伊尔玛达尔,但在第五篇中又说他向在坟墓里的死去的母亲哭诉(见本书第 5 页及第 74 页);又如第七篇中描写伊尔玛利宁的本领,显然与第一篇所述创造天地的故事不符(见本书第 96 页及第 6 页)。英译者葛贝也在序言中提到这一点:"娄希的女儿的性格有三个阶段,这说明了《卡勒瓦拉》这部史诗的集合性,因为如果是一手所成,决

---

① 大约指的是诗人和医师多贝留斯于一八二二年出版的《芬兰古代的民间诗歌》,也是芬兰的鲁诺的集录。多贝留斯是芬兰诗人 Z. Topelius(1818—1898)的父亲。

不能有如此不同的描写。第一,她是一个女巫的美丽、能干的女儿;第二,她又是怕羞、畏缩的新娘;第三,在结婚之后,她却变成凶狠的最坏的农妇了。"

这部史诗全由八个音的扬抑步诗行组成,每节长短不一,自二行、四行、六行……以至数十行,都是双数的诗行(全书只有三处例外),不用脚韵而用头韵;英译本每行的韵律与原本相同,不用脚韵,也不用头韵。中译为了比较可以诵读和不致与原文的长短相差过甚,也就用了脚韵(还是"大致相近的韵",有时也用相同的字押韵),每行的字数以七个到九个为限。押韵的方式是这样的:每节四行的,ABCB;六行的,ABCBDD;八行的,ABCBDEFE;十行的,ABCBDEFEGG;以下类推。每节两行的是 AA 或者押前面的诗节的末行的韵。但全书也有三四处例外——为了语句的一致。

英译本后面附了一个专名表,今即据以译出,但作了一点改动,也改正了一点错误。克氏译本也有这样的一个表,而且与葛氏的有不同之处,现在就采取了几个可供参考的不同的解释,分别附于个别的专名之后。书中所附注释,都分别注明英译者注及英译者所依据的克隆教授(Kaarle Krohn——K. K.)和玛伦堡女士(Aino Malmberg——A. M.)的解说,不注明者则系中译者所加。

本书每篇前面的提要,系英译者自原文译出,而有一点改动;现在都依据英译本改定。

还有,译文中所用的动植物名称,都据《动物学大词典》和《植物学大词典》二书(均为商务印书馆版),不见于词典中的名称则另附说明。度量衡的名称都改用汉名,只有"维尔斯特"一词是例外。也有几个单词,不用英译而改从原文翻译。

一九六四年十一月

"中国翻译家译丛"书目

(以作者出生年先后排序)

第 一 辑

书 名	作 者
罗念生译《古希腊戏剧》	[古希腊]埃斯库罗斯 等
朱光潜译《柏拉图文艺对话集》《歌德谈话录》	[古希腊]柏拉图　[德国]爱克曼
纳训译《一千零一夜》	
丰子恺译《源氏物语》	[日本]紫式部
田德望译《神曲》	[意大利]但丁
杨绛译《堂吉诃德》	[西班牙]塞万提斯
朱生豪译《莎士比亚戏剧》	[英国]莎士比亚
罗大冈译《波斯人信札》	[法国]孟德斯鸠
查良铮译《唐璜》	[英国]拜伦
冯至译《德国,一个冬天的童话》	[德国]海涅 等
傅雷译《幻灭》	[法国]巴尔扎克
叶君健译《安徒生童话》	[丹麦]安徒生
杨必译《名利场》	[英国]萨克雷
耿济之译《卡拉马佐夫兄弟》	[俄国]陀思妥耶夫斯基
潘家洵译《易卜生戏剧》	[挪威]易卜生
张友松译《汤姆·索亚历险记》《哈克贝利·费恩历险记》	[美国]马克·吐温
汝龙译《契诃夫短篇小说》	[俄国]契诃夫
冰心译《吉檀迦利》《先知》	[印度]泰戈尔　[黎巴嫩]纪伯伦
王永年译《欧·亨利短篇小说》	[美国]欧·亨利
梅益译《钢铁是怎样炼成的》	[苏联]尼·奥斯特洛夫斯基

第 二 辑

书 名	作 者
钱春绮译《尼贝龙根之歌》	
方重译《坎特伯雷故事》	[英国]乔叟
鲍文蔚译《巨人传》	[法国]拉伯雷
绿原译《浮士德》	[德国]歌德
郑永慧译《九三年》	[法国]雨果
满涛译《狄康卡近乡夜话》	[俄国]果戈理
巴金译《父与子》《处女地》	[俄国]屠格涅夫
李健吾译《包法利夫人》	[法国]福楼拜
张谷若译《德伯家的苔丝》	[英国]哈代
金人译《静静的顿河》	[苏联]肖洛霍夫

第 三 辑

书 名	作 者
季羡林译《五卷书》	
金克木译天竺诗文	[印度]迦梨陀娑 等
魏荒弩译《伊戈尔远征记》《涅克拉索夫诗选》	[俄国]佚名 涅克拉索夫
孙用译《卡勒瓦拉》	
朱维之译《失乐园》	[英国]约翰·弥尔顿
赵少侯译《莫里哀戏剧》《莫泊桑短篇小说》	[法国]莫里哀 莫泊桑
钱稻孙译《曾根崎鸳鸯殉情》《日本致富宝鉴》	[日本]近松门左卫门 井原西鹤
王佐良译《爱情与自由》	[英国]彭斯 等
盛澄华译《一生》《伪币制造者》	[法国]莫泊桑 纪德
曹靖华译《城与年》	[苏联]费定